「必、必須集中。」
妮姿
（蛇神族）
Nid / Snake God

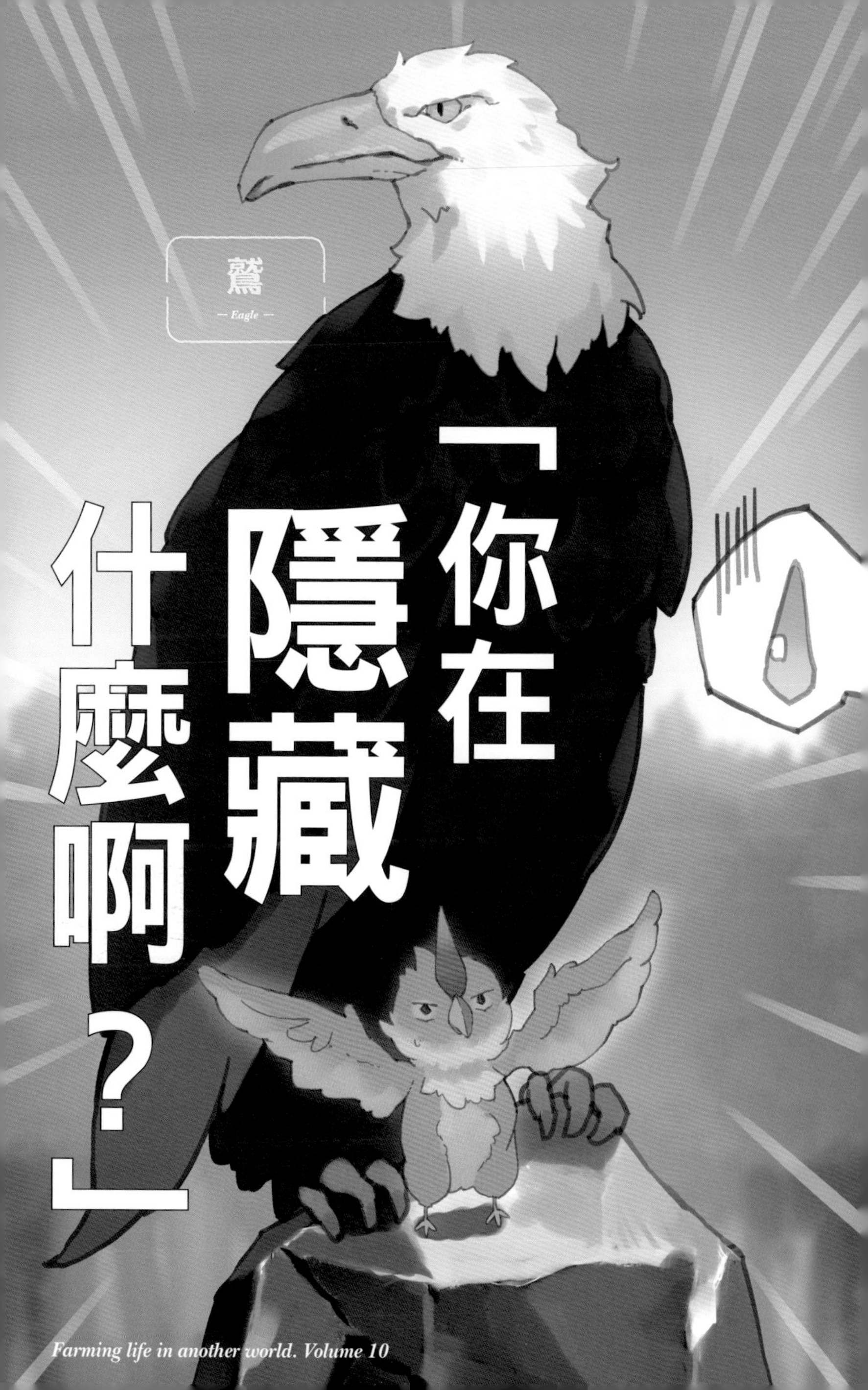
鷲
— Eagle —
「你在隱藏什麼啊？」
Farming life in another world. Volume 10

「乾」

乾杯！
Farming life in another world. Volume 10

藍登
（魔族）
Landan / Magic Human
比傑爾
（魔族）
Bezel / Magic Human
登場啦！」

「魔王與
四天王
Farming life in another world. Volume 10

異世界悠閒農家 10

Farming life in another world.

Presented by Kinosuke Naito

Illustration by Yasumo

序章 預言 013

第一章 收穫祭 017

第二章 小孩的爭執 103

第三章 「五號村」的村長 175

終章 「五號村」與三騎士 263

内藤騎之介

插畫やすも

Farming life
in another world.

Kadokawa Fantastic Novels

異世界悠閒農家

Farming life in another world.

Prologue

Presented by
Kinosuke Naito
Illustration by
Yasumo

〔序章〕

預言

我是神。世上數之不盡的眾多神祇之一。儘管職位小，負責支撐世界依然令我感到自豪。

但是，有一道彷彿在嘲諷我這種自豪的預言。

預言說我管理的世界將毀滅。

包含我在內的同僚諸神，採取各式各樣的手段試圖推翻預言。我們做好挨罵的心理準備向上級低頭尋求支援，並且拋開自尊向其他世界的神祇求助。

上級與其他世界的神儘管有諸多怨言，卻還是願意助我們一臂之力。

然而，都是白費力氣。

預言無法推翻。世界步向毀滅。

支撐世界並盡可能拖延毀滅到來的時間，成了我的工作。

沒錯，一天也好、一小時也罷、一分鐘也無妨，讓毀滅延後是我的工作。

雖然覺得沒意義，我依舊做了些嘗試。

有時得到成功，順利讓毀滅稍微延後。

有時不幸失敗，毀滅稍微接近。

現實是殘酷的。

我長達數千年的努力，只讓世界毀滅延後了數小時。

啊，殘酷的地方不在於此。憑我這點微末力量也能延後數小時，已經算是很大的希望了。

殘酷的是，我花費數千年的努力，創造神（偉大的父親）只下了一步棋就讓它煙消雲散。

如果要譬喻，這種狀態就像是身為大企業員工的我，在旁邊看著一份自己長年交涉依舊無法簽訂的合約，社長跑來講一句話就搞定。

即使曉得能力差距有多大，依舊十分心酸。

啊，不，創造神您不需要道歉……非、非常抱歉。不敢當。

創造神的一步棋，讓世界毀滅的預言消失。

非常值得高興。

但是，不能掉以輕心。畢竟只是預言消失，還無法保證世界不會毀滅。

……

慶祝預言消失的宴會嗎？

呃……由農業神領頭自然令我感激不盡，但是不能掉以輕心吧？

要是被創造神發現……創造神也要參加？

呃，我、我也願意參加。

為了支撐世界，我會小心翼翼如履薄冰。

咦？是、是的，要幫忙嗎？準備酒？請包在我身上。我這就跑一趟酒神那邊。

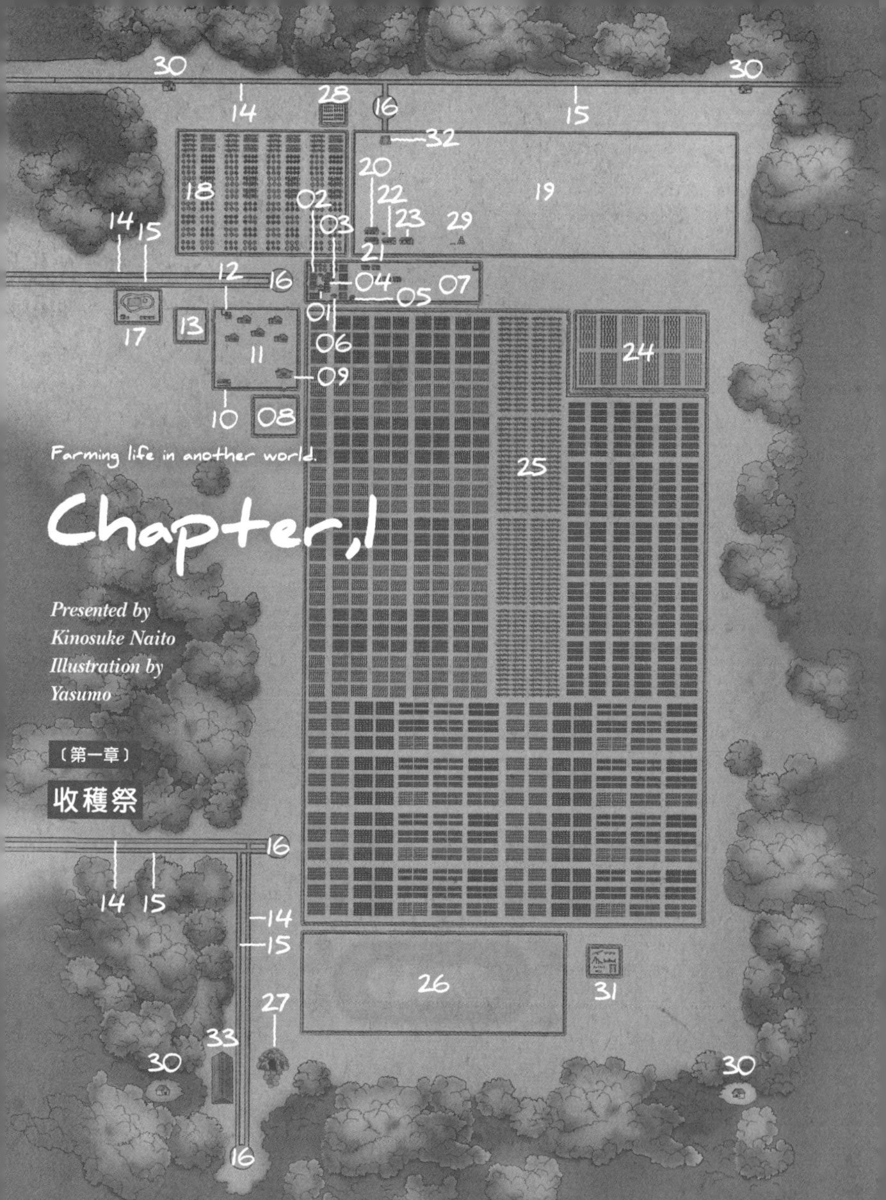

Farming life in another world.

Chapter.1

Presented by
Kinosuke Naito
Illustration by
Yasumo

〔第一章〕

收穫祭

01.住家　02.田地　03.雞舍　04.大樹　05.狗屋　06.宿舍　07.犬區　08.舞台　09.旅舍　10.工廠
11.居住區　12.澡堂　13.高爾夫球場　14.進水道　15.排水道　16.蓄水池　17.泳池與相關設施
18.果園區　19.牧場區　20.馬廄　21.牛棚　22.山羊圈　23.羊圈　24.藥草田
25.新田區　26.賽跑場　27.迷宮入口　28.花田　29.遊樂設施　30.看守小屋
31.正規遊樂設施　32.動物用溫水浴池　33.萬能船專屬船塢

1 樹苗

武鬥會結束，看得出村裡有些變化。

首先，參加武鬥會的南方迷宮半人蛇族以及北方迷宮巨人族，各有數名留下。似乎要在村裡工作到秋收結束。

半人蛇族協助釀酒，巨人族則在加特那邊幫忙鍛冶。希望他們好好努力。

武鬥會期間來訪的天使族族長瑪爾比特和輔佐長琳夏，在武鬥會結束後依舊沒有回去，打算就這樣留在村裡。

「冬季期間我們想留在這裡打擾。」

瑪爾比特這麼說著往我家移動，不過她馬上就回來了。

「沒有暖桌！」

「還是秋天嘛。」

琳夏無視瑪爾比特，將伴手禮交給我。

「雖然晚了點。」

禮物是用羊皮紙做的書，以及培育到約一公尺高的樹苗。

「這是天使族之里代代種植的樹。如果不嫌棄，請種在村裡。」

「妳真客氣。」

既然是天使族之里會種的樹，蒂雅和格蘭瑪莉亞看了說不定也會很高興。試著讓它茁壯成長吧。

不過，這是什麼樹啊？如果有果實就好了……

琳夏去蒂潔爾和奧蘿拉那邊之後，琪亞比特慌慌張張地跑來。然後她盯著我手上的樹苗。

「哇……哇……」

…………

這樹很危險嗎？

琪亞比特沒回答我的問題。她別開目光，喃喃自語著「我沒看見」就飛走了。

不得已，我只好去問蒂雅。

「妳知道這是什麼樹嗎？」

「咦？咦？這個？咦？」

蒂雅也假裝沒看見。

…………

我藏起樹苗，去問格蘭瑪莉亞。

「格蘭瑪莉亞，聽說在天使族之里種著樹，妳知道這件事嗎？」

「知道啊，不過和普通的村子一樣，只種了些會結果實的樹而已……啊，該不會是指那棵樹吧？」

「有棵奇怪的樹？」

「與其說奇怪，不如說是象徵。需要說明嗎？」

「拜託了。」

「以前，天使族還自稱神人族時，曾經和大地之神訂下契約得到一棵樹。」

「和大地之神訂契約？真誇張呢。」

「是啊。這個嘛，也不知道究竟是真是假。只不過，天使族將這棵樹當成種族象徵加以祭拜，小心翼翼地培育它……話是這麼說，但就算什麼都不做它也會自己長大就是了。」

「是這樣嗎？」

「嗯，據說就算擺在酷熱地區或嚴寒地區，它一樣不會枯萎。」

「那還真厲害，不過真的把它擺到那種環境過嗎？」

「自稱神人族時代的天使族，似乎非常亂來。我們也覺得很不好意思。」

「呃，這個嘛，嗯。」

這是天使族的黑歷史吧。

「咳。回歸正題，這棵樹的厲害之處不是只有不會枯萎而已。更厲害的，是它葉子的功用。據說，拿一片葉子搗碎塗抹，能醫治各式各樣的傷；拿兩片葉子熬煮之後喝下，可以讓各式各樣的疾病痊癒；然後，要是拿三片葉子烤了吃掉，連失去的四肢都會重新長出來。」

「這還真是厲害呢。」

「是的。不過，全都是傳聞。是不是真的能療傷，我也不清楚。」

「哈哈哈，我想也是。如果有這麼方便的樹，會讓人嚇一跳。」

「對啊。只不過，和傳聞加在一起後，這棵樹就成了天使族的象徵。當然，嚴禁外流。就算被村長拜託，瑪爾比特大人……啊～或許會讓村長看，不過琳夏大人應該會阻止她吧。就是這樣的樹。」

原來如此。

就是因為我拿到了這種樹的樹苗，琪亞比特和蒂雅才會覺得尷尬？可是，我覺得還沒到需要當沒看見的程度耶。

唉，畢竟是象徵嘛，或許她們對於這種樹的看法和我有所不同。格蘭瑪莉亞……她有孕在身，先別告訴她吧。

「話說回來，這種樹叫什麼名字？」

「雖然聽起來很誇張，不過在天使族之里被稱為世界樹（Yggdrasill）。」

「確實很誇張。」

我走出格蘭瑪莉亞的房間，前往藏樹苗的地點。

好啦，該拿這棵樹苗怎麼辦？

這個嘛，想好好培育它的想法沒變。只不過，這棵樹對於天使族來說似乎意義重大，總不能種下去就不管了。畢竟孩子們在玩的時候有可能不小心撞斷嘛。

…………

說起村裡最安全的地方，就是我家或居住區。

就種在居住區正中央吧。然後，幫它造個牆。把種樹地點四邊都圍起來的牆。

我拜託高等精靈們，三兩下就完成了。

…………不太美觀。

畢竟只是牆嘛。於是我們把牆加工成沒有屋頂的小屋。

不錯耶。

那麼，馬上把樹苗種到小屋中央吧。等到樹苗長大後，它的枝葉說不定會變成屋頂……不，希望它的枝葉能形成屋頂。

我在內心這麼祈願，同時拿「萬能農具」挖地，準備將樹苗種下去。

遠處。

庫德兒發現了格蘭瑪莉亞。

「格蘭瑪莉亞，妳在外面亂跑沒問題嗎？」

「稍微活動一下比較好喔。比起那個，知道村長在哪裡嗎？」

「喔，好像在那邊做什麼東西。有事我可以轉達。」

「不用啦，沒什麼大不了的。」

「那我更該這麼做。明明沒什麼大不了的，孕婦不能亂跑。」

「妳太愛操心了。不然，我們一起去吧。」

「知道啦。所以呢？妳所謂『沒什麼大不了的』是什麼事？」

「剛剛，我把世界樹的事告訴村長，不過有些部分漏掉了。」

「漏掉？」

「嗯，世界樹的大小。雖然種下去已經差不多兩千年，卻只長了一公尺左右這件事。」

「啊，雖然擺哪裡都不會枯，但是不種在適合的地方就不會成長對吧？」

「沒錯沒錯，這點也得告訴村長。不過，村長為什麼突然問世界樹的事啊？」

「瑪爾比特大人和琳夏大人來訪，從她們那邊聽到的吧？」

「如果是這樣，詳情應該會去問她們兩位啊？」

「的確。啊，找到了找到了……蓋得還是一樣快。好像已經完工了。」

「要直接把大樹當成屋頂，還真時髦。」

「嗯，不錯呢。話說回來，樹精靈們聚集在小屋周邊耶……」

「在拜拜？村長又做了什麼嗎？」

「或許吧。不過，那棵當屋頂的樹，好像在哪裡見過…………不、不會吧。」

「……不能影響到肚子裡的孩子，所以我決定暫時當沒看到。」

「我、我同意。」

2 天使族駐外辦事處建設計畫

在我的宅邸客房，瑪爾比特和琳夏窩進提早搬出來的暖桌裡，享用晚餐後的茶。

「那棵樹，扎根扎得好快啊。」

「意料之中。更何況，光靠我們沒辦法讓那棵樹長大也是事實。考慮到那棵樹的狀況，我覺得該慶幸有把它帶來。」

「話是這麼說沒錯，不過長老們會囉唆吧？」

「那些把樹種在村里角落就丟著不管的長老們，憑什麼多嘴？」

「那棵樹啊，對於長老們來說可是自稱神人族時的象徵喔。要是她們發現妳把樹帶出來，應該會找上門嘮叨幾句吧。」

「要是她們敢多話，就用『唉喲～神人族～』回應。這樣她們就會閉嘴了。」

「好歹我們也在自稱神人族的時代鬧過不少事耶。」

「早就忘了。現在我是蒂潔爾和奧蘿拉的外婆。」

「嗚。有孫輩真的很讓人羨慕。琪亞比特得加把勁才行。」

「妳口中的琪亞比特好像來了，大概是為了那棵樹吧。」

在琳夏視線前方的琪亞比特，靠過來逼問瑪爾比特。

「母親，那是怎麼回事！」

瑪爾比特想了一下，這麼說道：

「唉喲～神人族～」

武鬥會的對決再次上演了。不，應該是母女爭吵吧。下半身離不開暖桌的瑪爾比特看來落入下風。

順帶一提，我也窩進暖桌喝茶了。原本覺得時間還早，但是暖桌魅力十足。

「所以說，琳夏。那棵樹好像是天使族的象徵，就這樣種下來行嗎？」

「如果不行，我就不會拿過來了。這裡不但住著蒂雅和琪亞比特，還有蒂潔爾和奧蘿拉。請當作傳承給新世代的一環吧。」

「既然沒問題就無妨。我聽說葉子有很多功效，可以讓我們調查嗎？實際上，露和芙蘿拉已經摘走幾片了。」

蒂雅也想摘，不過她很努力地忍住了。

一旁的不死鳥幼雛艾基斯倒是毫不客氣地吃了幾片葉子，還一臉「不怎麼樣」的表情，相當有趣。

「要調查是沒關係，不過一併交給您的書籍裡，已經有一定程度的記載囉。」

「是這樣嗎？」

「是的。」

原本想之後再看的，我就努力讀一下吧。不，直接交給露是不是比較好啊？不過，露還真喜歡研究呢。在「夏沙多市鎮」做研究，回到村裡還是做研究。

她剛來村裡的時候，還沒這麼誇張……好像有研究藥草之類的。這麼一想，覺得她沒什麼變。這樣究竟是好是壞呢？有嗜好算好事吧。啊，說嗜好會惹她生氣。有工作是好事。

「村長，關於之前和您商量的那件事。」

琳夏拿出羊皮紙。

之前商量過的事。也就是天使族移居這件事。

「我原本考慮讓天使族全體移居，但是加雷特王國上門哭訴而受到阻礙。」

加雷特王國，就是天使族之里所在的國家吧。他們似乎將天使族當成神聖象徵加以供奉，要是這些供奉的對象全都搬走，想來會很頭痛吧。

「這件事原本進行得十分隱密，不過好像有幾個被加雷特王國收買……不，認為加雷特王國對我們有恩的人將情報外流……嗯，已經肅清完了。今後，不會再發生這種事。」

我剛剛聽到「肅清」這個有點恐怖的詞……該不會……

「這些人被處以禁止甜點之刑。大家吃甜點時，她們只能拿到苦澀的東西。」

……這樣算得上肅清嗎？呃，不，還好不是什麼恐怖的刑罰。

「於是，移居計畫受挫，不過這裡有份準備好的替代方案。」

琳夏將羊皮紙遞給我。我拿來一看。

「天使族駐外辦事處建設計畫？」

「雖然寫著駐外辦事處，不過說穿了就是冬季別墅。只要在村裡蓋一棟寬敞到足夠讓大約十個人生活的住家就好。」

「這是無妨，但是只來過冬嗎？」

「冬天人數較多。其他時間預定會過來一到兩人。目的在於讓天使族知曉這個村子的事，避免她們採取愚蠢的行動。」

「愚蠢的行動？」

我看向被琪亞比特強硬地從暖桌裡拖出來的瑪爾比特。

「那只是愚蠢之人。在天使族裡，有些人沒看見天使族當第一就不甘心。」

「原來有這種人啊？」

「很遺憾，那些人才是主流。來到這個村子的，都是些非主流的……思考比較有彈性的人。」

我聽得出來，琳夏剛剛差點就把「怪胎」說出口。

這樣啊，我都拿蒂雅和格蘭瑪莉亞等人當標準，原來她們在天使族裡算怪胎嗎？

「當然，來別墅的人會事先教育過，我想不至於給這個村子添麻煩。如果有個萬一，按照村長的判斷加以處分也無妨。」

「話是這麼說啦……不能當成客人嗎？」

「可以的話，希望您將她們當成自己人看待。」

「知道了。待在村裡的期間，我會將她們當成居民。」

「感謝您的諒解。總而言之，剛剛交給您的羊皮紙，下面那張寫著興建別墅的費用、居住花費與賠償金等預算。請您確認。」

人家要我確認，所以我稍微看了一下。

嗯，寫著很誇張的金額。

不過，琳夏說這是一年份。

「原則上她們待在這裡時算是客人，如果為村子工作可以打折喔。」

「雖然我對這點有所期待，但想來還是會有些人不肯幹活。」

琳夏的視線，落在搔著琪亞比特癢的瑪爾比特身上。

形勢逆轉了呢。

「總之，興建別墅一事我知道了。地點在居住區沒關係吧？」

「交給您處理。」

「對於屋子有什麼要求？」

「只要在預算內都沒問題。不過，如果能在明年冬天之前完工，從各方面來說能幫上不少忙。」

「嗯……如果只有這樣，在今年入冬前就能完工吧。」

不知道是不是在等我說出這句話，高等精靈和文官少女正好走來。

「不用等到入冬，我們在收成前搞定它吧。這裡是完工後的預想圖。」

「然後，這裡是估算的建築費用。請確認是否在預算內。家具自備嗎？還是要由村裡準備呢？」

議題轉交給高等精靈和文官少女。

嗯，交給實際負責的人最好。我就在暖桌裡悠哉地窩到洗澡時間吧。

嗯？在那邊的不是小貓艾利爾嗎？已經長大到不能稱為小貓了呢。看起來修長又漂亮喔。妳也要進暖桌嗎？

我掀開暖桌的被子，但是牠不理我。看來牠覺得進暖桌還太早了。

艾利爾跳到暖桌上，用背對著我。好好好，要我摸背是吧。

我一邊摸著艾利爾的背，一邊喝起剩下的茶。

從琳夏、高等精靈與文官少女的討論聽來，明天大概要蓋別墅了。

戰勝琪亞比特的瑪爾比特，窩回暖桌繼續吃點心。至於輸家琪亞比特……則是以不能見人的模樣倒在地上。看來她很怕癢。

我別開目光，拜託就在附近的蘇爾琉與蘇爾蔻姊妹去救她。

3 秋季某日

早晨，我成了諮詢人員。對象是池龜。

由於世界樹長大，牠擔心池龜龜殼皮的價值下滑。

這方面我不太清楚，所以找露幫忙。

「你的龜殼皮不止能當藥材，也能用來施法，還可以製作魔道具，超級貴重。那種葉子根本算不上什麼。更何況，池龜龜殼的皮很有名喔，那些葉子一直被天使族藏著，幾乎沒人聽過。」

因為露拚命讚美池龜的龜殼，好不容易解決了這個問題。

當成諮詢費的龜殼皮，露開開心心地拿回去了。以後用不著諮詢費喔，畢竟你們是村裡的居民，而我是村長嘛。

「還有，露。龜殼皮和葉子相比，龜殼皮比較寶貴嗎？」

「畢竟研究時間相差太多，所以從應用範圍來看，池龜龜殼的皮占了壓倒性優勢喔。就算以藥材的角度來看，世界樹之葉是否具備文獻上的效果，也得調查一番才行。」

「妳不相信『拿片葉子搗碎塗抹就能療傷』這種話？」

「我相信，但是必須經過驗證。說不定會有副作用啊？」

原來如此，確實沒錯。

「除非情況緊急，否則我不會用它。」

這麼一來，想要避免必須用世界樹之葉的狀況發生呢。

「雖然我很想早點驗證完畢，讓大家能夠安心使用……畢竟天使族很寶貝這棵樹，要在村外用的時候，我會先找蒂雅和格蘭瑪莉亞商量。」

「了解，那就拜託了。」

「大樹村」的居住區，開始興建天使族的別墅。

我在森林裡尋找大小符合要求的樹……結果小黑的子孫們幫忙找到了，於是我用「萬能農具」把樹砍倒，弄成木材。

運輸有巨人族幫忙，所以在午飯前搞定了。感謝。

午飯後，高等精靈和巨人族直接開始蓋別墅。

我原本也想參加，卻被文官少女制止。她們說要是我繼續參與，似乎會讓預算升級。不得已，我只好放棄。

怎麼辦，時間空出來了。

……………

小黑的子孫們，用期待的眼神看著我。

道具……有帶球來？知道了，在晚飯前陪你們玩吧。

在犬區，我把球丟出去。四隻小黑的子孫們同時衝向我丟出去的球，互相爭奪。

只要其中一隻咬到球，就算分出勝負。

我摸摸把球叼回來的小黑子孫的頭。然後，把球叼回來的休息一次。位置讓給其他孩子們吧。

輪到下一組，我再次把球丟出去。

…………

嗯，先休息一下吧。我的手啊，已經有點痠了。

期待的眼神十分刺人。知道了，跑步吧。我們一起跑。

小黑的子孫們很開心，真是太好了。

放心，只是有點累而已。先讓我躺一下，馬上就會恢復。

到了晚上，吃過晚飯後，一隻拳頭大小的座布團孩子來到我面前。

牠用絲線將木片綁在背上和腳上。然後擺出姿勢。哈哈哈，很帥喔。

所以說，這個打扮是？喔，收穫祭表演戲劇時的戲服啊。

…………

我可以加工一下嗎？不要單純用絲把零件綁住，讓它們再合身一點……也不要直接拿整片木片來用，把它做成不會妨礙活動的形狀。為了提昇防禦力，各個部位都要加上裝甲。細節也要講究。

去找座布團拿點布過來，我幫你貼在內側。然後呢，再來點暗雕。就雕上大樹圖案吧。上色。

要什麼顏色？就紅色吧。我試著弄得鮮豔一點。

武器呢？

既然沒辦法拿，把它們嵌在腳上吧。如果只有兩隻前腳裝備武器，會不方便移動？那麼，要不要試著每隻腳都裝上武器？喔喔，好帥。看起來很強。不錯耶。

話說回來，我剛剛忘了確認……這身服裝是正義的伙伴嗎？還是壞蛋那一邊啊？正義的一方是吧。這樣啊……

全副武裝一身赤紅，要說是正義的一方倒也不是不行。

雖然不是不行，不過…………把腳上的武器卸下來吧。咦？不要？

可是，這種武器感覺有點像壞人喔？裝甲太多，以正義的伙伴來說是扣分耶……不行。牠擺出絕對不脫的態度。我知道你很中意，可是毀掉那齣戲也不好啊。

好吧，我來想個解決辦法。

解決辦法很快就出爐了。是另一隻座布團的孩子提出的意見。交換角色。

向我提議的座布團孩子，原本似乎是演壞蛋。抱歉啦，你之前的練習搞不好都白費力氣了。

正義的伙伴很受歡迎，所以大家都有練習？還真是厲害呢。嗯，我知道。正義伙伴用的服裝對吧？就弄成輕裝，顏色用白色吧。

再套上披風，看起來就很像樣囉～

隔天。

兩隻進化後大了一圈的座布團孩子來到我面前。

呃，你們把服裝也融入體內了？沒問題嗎？不，帥是很帥……呃，這就叫適應能力強嗎？

我十分困惑，身旁的某個文官少女組成員倒是很冷靜。

「總而言之，這是新品種對吧。種族名稱就叫……裝甲惡魔蜘蛛。個體名稱紅的叫紅裝甲，白的叫白裝甲。」

紅裝甲和白裝甲舉起一隻前腳，似乎很開心。

既然當事者高興就無妨。

問題在於……其他拿著木材在後面等的座布團孩子。你們也有演戲對吧？

差不多有二十隻吧。

…………我費了一番力氣。不過，牠們沒像最早的兩隻那樣進化。

我鬆了口氣。但是座布團的孩子們顯得很遺憾。抱歉。

不過，你們現在的模樣也很帥喔。演戲加油囉。

嗯～進化有什麼法則嗎？好比說不是主角就不行？不會吧。

4 鰻魚和鷲

座布團的孩子紅裝甲與白裝甲，最近常看到牠們在宅邸門前。

原以為是要對路過的人炫耀自己已經進化，不過似乎是在守門。

你們願意守門我很感激，但是不要逞強啊。也別忘記練習演戲喔。

那邊也有好好努力？這樣啊，我很期待喔。

我前往果園區，採收差不多到了收穫時節的水果。

主要是柿子、橘子、梨子、檸檬、蘋果和栗子。

栗子能稱為水果嗎？算了，不重要。

座布團的孩子們也來幫忙採收，所以很快就結束了。

至於採收好水果的搬運問題，由於山精靈做了能夠讓小黑子孫們拉的車輛，這部分也結束得很快。

所以，試吃時間早早開始。

由幫忙的座布團孩子與小黑子孫們先來。

座布團的孩子們想吃柿子啊？好好好，我幫你們剝皮。

小黑的子孫們要蘋果對吧？好，我把它切成兔子的形狀吧，哈哈哈。

隔天，是把澀柿做成柿餅的工作。

平常忙著照顧拉娜農的拉絲蒂，也過來默默幫忙。

拉娜農……交給萊美蓮顧了是吧。被火一郎和拉娜農包圍的萊美蓮顯得很幸福。

德萊姆也默默地幫忙，大概是被拉絲蒂叫來的。謝謝你。拿酒當回禮行嗎？

雖然是去年釀的新酒，不過矮人們的評價很好。還要水煮栗子下酒是吧？不過很遺憾，栗子還在處理，要等到明天。

今天只有魷魚乾……和葡萄酒不太合耶。還是老實地烤肉吧，哈哈哈。

拉絲蒂在瞪我。努力做柿餅吧。

麥可先生久違來訪。

「這裡還是老樣子呢。」

確實，和「夏沙多市鎮」及「五號村」相比，發展算不上快。不過，這正是這個村子的優點。

麥可先生之所以過來，是為了討論海產運輸與收穫祭相關事宜。

他的兒子馬龍也跟著他到了「五號村」，不過麥可先生好像把馬龍留在那邊處理「五號村」的工作了。這種即使是兒子也要以工作為優先的態度，值得學習。

…………

我想起阿爾弗雷德、蒂潔爾和烏爾莎。

身為父親，是不是應該再嚴格一點？真難拿捏啊。

唉，雖然不該管別人家的家務事……不過啊，收穫祭時把馬龍帶過來如何？雖然和「夏沙多市鎮」、「五號村」相比或許只是個小慶典，但是歡迎你們來喔。

而且，馬龍在經營夏沙多大屋頂這方面幫了不少忙，馬可仕他們跟我說過很多次呢。

「我明白了。收穫祭時，就算得把繩子套在馬龍脖子上，我也會把他帶來。」

哈哈哈，麥可先生你也太誇張了。

啊，能不能一併把馬龍的堂兄弟提特、蘭迪，還有護衛米爾弗德邀來啊？沒空的話不勉強就是了。

「說得也對。如果有人一起上路……抱歉。如果多幾個人同行，我兒子應該也會很高興。那麼到時候就打擾了。」

麥可先生笑著答應。嗯，我會期待地等著。

麥可先生帶來許多海產，都放在裝了水的馬車裡。

「身體滑溜，味道不怎麼樣，而且因為血液有毒，所以沒什麼人吃……就連漁夫都討厭牠，這種魚行嗎？」

沒問題。

那就是我要找的魚——鰻魚。

麥可先生帶來的鰻魚，長度是我所知的六十公分左右那種。至於粗細……由於季節還早，所以不怎麼肥。但是，已經夠了。

「有幾條啊？」

「兩百條以上。」

「捕獲方法呢？」

「帶了大約十個人到乾淨的河川中游，叫他們抓的。這種魚不受歡迎，很簡單就能抓到一堆。只不過，數量會隨季節增減，要穩定供應或許有困難。」

麥可先生笑著解釋。我想，他大概已經發現這種魚可以變成美食了吧。不愧是商人，有夠精明。

「不需要穩定供應啦。我打算能抓到多少就調理多少來賣。」

「了解。」

「話是這麼說，不過調理方法和味道還需要研究……冬天能麻煩你準備一輛馬車的份嗎？」

「沒問題。至於貨款……請容我和芙勞小姐商量。」

芙勞和數名文官少女組在旁邊待命。

「麻煩了。」

我立刻和鬼人族女僕們著手處理鰻魚。

關於鰻魚的切法和鰻魚料理的知識，我都是從電視上看來的。

不，還有小時候讀過的料理漫畫。

…………

儘管有點胡來，不過加油吧。

「一定會很好吃！」

目標是蒲燒鰻魚。

好啦，雖然做了不少事，不過……不死鳥幼雛艾基斯啊。

你背後那隻藏也藏不住的猛禽是誰啊？從外型看來……是鷲吧。

翅膀如果張開，大概有三公尺長。

雖然是艾基斯的好幾倍大，艾基斯卻想把牠藏在背後。

……沒辦法。鷲的存在感太強，要當成沒看到實在很難。

在哪裡撿到的？

停在世界樹上頭？想在那邊築巢？

原來如此。

在許可之前有些事要先確認。鷲是肉食動物對吧？牠不會吃座布團的孩子吧？還有，不會對村裡的牛、馬、羊、雞下手吧？

……

太好了，看樣子沒問題。

鷲很有志氣地表示，會自己去森林裡抓兔子。不需要我們費心。

知道了，允許你留下。

世界樹不算大，沒關係嗎？村裡還有更大的樹呀？

喔，座布團住在那裡所以會怕。沒什麼好怕的啦。

啊，之前被絲纏住落得悽慘下場，然後被艾基斯解救。原來如此。

所以，艾基斯為什麼想把鷲藏起來？我不會生氣啊。

……

覺得來了新的鳥會危及自己的地位？

哈哈哈，安心吧。你就是你。即使來了其他的鳥，對你的待遇也不會改變啦。

我邊說邊戳了戳艾基斯。艾基斯顯得很不好意思。

日後，我撞見鷲獵兔子的場面。

嗯……真帥。

正當我看得出神時，艾基斯戳了我的腳。抱、抱歉。

你襲擊柿餅的模樣也很帥喔。那種毫不害怕拉絲蒂的行動，連德萊姆看了都感到佩服。

番外　露的研究

吃飯時，露碎碎唸了。因為傳送門的研究不太順利。這幾天，她始終眉頭深鎖。

難得吃栗子飯卻看見她這種表情，實在令人無奈。但是，我幫不上忙。因為我完全搞不懂露的研究內容。

魔力的流動如何如何、精靈的干涉如何如何、月亮和星星位置如何如何，對我來說門檻太高了。

話雖如此，但是看見老婆煩惱能不管嗎？身為丈夫，總該有些事能做吧？

飯後，我找露談這件事。

「露。能向我說明一下妳在研究上碰到的困難嗎？」

「咦？可是……」

「我不認為自己有辦法理解，或想出什麼解決方法。不過，對別人說明有助於整理思緒吧？」

我能做的，就是當個聽眾。

就算研究幫不上忙，好歹能讓露排解壓力。

「然後呢，這兩個數值似乎是以太陽為基準，可是增減量會隨設置地點不同。我搞不懂會這樣的理由啊。」

「怎麼個不同？」

「呃……如果要講得簡單一點——在第一個地點，基準是十，每次會增加一；然後呢，換到第二個地點，基準是十一，每次會增加二。」

「嗯嗯。」

「換到第三個地點，基準是十一，每次增加三……到了第四個地點，基準是十，每次增加二。就像這樣，有兩個莫名其妙的部分。啊，實際上數字還要更多更細喔。剛剛講的加一加二是為了讓它比較好懂。」

「謝了。以太陽為基準，而且會依照設置地點改變的兩個數值……如果將它們想成某種因素，一般來說應該是自轉和公轉吧。」

「……咦？」

「呃，自轉和公轉。」

「那是什麼？」

「咦？」

……啊。

這裡是奇幻世界。也有可能太陽會移動、大地是平的。畢竟夜空之中有兩個月亮嘛。

「抱歉，把我剛剛說的忘掉吧。」

「不行，講清楚一點。」

露的眼神有點恐怖。

我向露解釋自轉和公轉。

自轉是地球自身旋轉。公轉則是地球繞著太陽移動。我用非常簡單的方式說明這兩件事。

相對於太陽有傾角的自轉，再加上以太陽為中心但稍微有些偏移的橢圓形公轉軌道，才產生了季節變化。

「雖然很想說『哪有這種蠢事』，不過這能解釋很多至今都無法解釋的現象。」

太好了。和之前的世界一樣，地動說是通用的。

換句話說，大地是球形。可是……

「大家不曉得大地是球形嗎？」

「以前也有人這麼主張，但是沒有人能證明……目前一般認為，大地是平緩的半球形喔。」

…………

我請哈克蓮代表在天空飛翔的龍族，詢問她的看法。

「大地當然是球形啊。」

露雙腿一軟。

「順帶一提，這個我有教孩子們耶？不能嗎？」

沒有不能啦。

只不過，這對露來說是落井下石。

露，沒事吧？起得來嗎？不行啊。今天要就這樣睡？我知道了。

隔天起，吃飯時露不再碎碎唸了，但是目光會飄向遠方。

「我是不是也該去上哈克蓮的課啊？」

由於不知道該怎麼回答，我決定默默吃飯。

抱歉，我無能為力。

露花了十天左右才振作起來。

5 邁向收穫祭

收穫祭預定在秋收後舉行。

已經通知大家，這次是以各種族與志願團體的表演為主。

因此，各地都能看見有人忙著練習以及製作小道具。

宅邸裡最顯眼的，就是座布團的孩子們。

牠們分成一樓隊、二樓隊、三樓隊、閣樓隊、地下室隊共五支隊伍練習。

順帶一提，紅裝甲和白裝甲是一樓隊。我知道一樓隊是演戲，其他隊伍是什麼就不清楚了。雖然問了牠們會告訴我，不過樂趣就留到當天吧。

宅邸外，小黑的子孫們在練習遊行。

其中幾隻到時候似乎要換上遊行服裝，因此座布團臨時替牠們縫製了幾套。雖然是臨時縫製的，卻相當適合呢。小黑的子孫們也頗為得意。

蓄水池裡，池龜們在練習水藝。令人不禁莞爾。

世界樹附近，巨人族和鷲似乎在商量什麼。

雖然不曉得你們打算做什麼，但是別做危險的舉動喔。

好啦，雖然村裡瀰漫著慶典前夕的氣氛，但是不能忘記重要的收穫工作。

畢竟，收穫祭是收穫順利完成之後的慶祝活動嘛。

……算了，離正式收成還有點時間，現在沉浸在慶典前夕的氣氛也無妨吧。

我望向天空，看見琳夏回到村裡。

她代替懷孕中的格蘭瑪莉亞巡邏村子周邊。幫了大忙。

相對於琳夏，瑪爾比特則是窩在宅邸客房的暖桌裡，不動如山。

「我可沒在玩，是真的有好好工作。」

她好像忙著試吃鬼人族女僕要在收穫祭推出的新菜色，以及試喝矮人們新釀的酒。

證據就是，暖桌上擺著數不清的盤子和酒。不死鳥幼雛艾基斯和酒史萊姆好像也跟著享受。雖然無妨就是了。

「話說回來，瑪爾比特。小貓們在咬妳背上的翅膀，沒關係嗎？」

聽到我這句話，瑪爾比特便拍拍翅膀驅趕那些小貓，但是動作一停小貓們又回來了。

「翅膀可以收起來吧？」

「我剛剛有想到這點，結果把翅膀收起來後牠們就抓我的背。」

這還真是抱歉。

要用短褂擋住背部嗎？

結束巡邏報告歸來的琳夏，提醒我不要太寵她。

宅邸客房一角，滿面笑容的葛菈法倫抱著拉娜農。

拉娜農已經長大，所以拉絲蒂也不再一直守著她。這是好事。不止葛菈法倫，之前一直沒什麼機會照顧拉娜農的鬼人族女僕們也很高興。

再過一段時間，拉娜農也能像火一郎那樣變成龍形態吧？不用急著長大也沒關係喔，哈哈哈。

話說回來，德萊姆在那邊幹什麼？排隊等著抱拉娜農？看那個樣子……我覺得葛菈法倫應該不會放手喔。

德萊姆的雙手顯得很空，誰來……蒂雅把奧蘿拉交給德萊姆了。德萊姆雖然一臉尷尬，卻也不怎麼排斥。

可是，琳夏就在背後瞪著他。不告訴他會不會比較和平啊？還是說，告訴他比較好……難以判斷。

數天後，收穫作業正式開始。

孩子們交給哈克蓮、萊美蓮與葛菈法倫，村民總動員……琳夏和琪亞比特把瑪爾比特拖了出來。麻煩妳們了。

和春收、夏收不同，秋收時「一號村」、「二號村」、「三號村」等地也都要忙自家的收成，無法指望他們伸出援手。

不過，今年有武鬥會後留下來的半人蛇族和巨人族，而且，德萊姆他們也在。戰力上綽綽有餘。加油吧。

全部的收穫作業一共花了兩週。嗯，大家都很努力。

要說有什麼值得一提的……

看見德萊姆採收蘿蔔的樣子後，哈克蓮認為自己也做得到而上前挑戰，結果只拔出葉子，蘿蔔的白色部分就這麼留在田裡。德萊姆見狀爆笑出聲，於是姊弟就這麼吵了起來。

由於他們在田裡吵，所以我一個不小心就把「萬能農具」化成的長槍給丟出去了。反省。不過，收穫工作要認真做。

收穫結束後就是收穫祭。

確認其他村子的收穫狀況後，決定在三天後舉行。

正好，招待麥可先生來也需要時間。姑且在收穫作業開始之前就聯絡了，希望不會出什麼問題。

收穫祭前的空檔，我們也沒有玩樂。

文官少女組忙著將收成分為要儲藏的部分、賣給好林村的部分、賣給戈隆商會的部分、賣給魔王與比傑爾的部分，以及分給德斯的部分。

農作物種類繁多，管理起來有點辛苦。不過，今年沒有武鬥會，應該會輕鬆一點。

問我取消武鬥會改辦收穫祭不是一樣嗎？哼哼哼，其實收穫祭是由始祖先生負責籌劃的。

並沒有推給始祖先生喔，是他自告奮勇擔任候補。

所以，始祖先生前一段時間常常過來，做了不少準備。在始祖先生指揮下行動的，是蜥蜴人們。由於都是些不太熟的作業，所以有一部分我請文官少女組協助，不過大家都很努力。辛苦了。

收穫祭主會場雖然在舉行武鬥會那裡，不過最重要的地點，依然是大樹所在的神社。

根據始祖先生的安排，會先在這裡舉行一連串收穫祭儀式，才移動到主會場。

「村長，這是……篝火台嗎？」

高等精靈之一對我正在做的東西很感興趣。

「嗯，始祖先生要我做的。不行嗎？」

由於打算讓它在收穫祭期間一直燃燒，所以我試著用比較大的柴薪堆成像營火那樣……

「不，我想沒問題。」

高等精靈欲言又止，所以我追問下去。

「我、我在想……尺寸會不會太大了？」

……確實大了點呢。

我搭起來的柴薪，差不多有三公尺高。

不過，大一點總比太小來得好。那麼，馬上就是收穫祭了。

6 收穫祭

收穫祭前一天。

參加者先後抵達。

首先是始祖先生和芙修。他們似乎三天前就開始沐浴淨身了。其實不需要認真到這種程度……

再來是魔王、比傑爾和藍登。葛拉茲和荷有工作，三個獸人族和莉格涅因為學校活動而不克參加。

三名混代龍族（Elder Dragon）婉拒了，她們好像正在「夏沙多市鎮」努力找工作。

德斯和基拉爾。雖然打招呼時說好久不見，但我總覺得已經見面得太頻繁啦。

萊美蓮、德萊姆和葛菈法倫則是已經來一段時間了。

來自「一號村」、「二號村」、「三號村」、「四號村」的志願……應該說幾乎全員。

戈隆商會來了麥可先生和他兒子馬龍，馬龍的堂兄弟提特與蘭迪，還有護衛米爾弗德。

溫泉地來了三位死靈騎士。

南方迷宮的半人蛇族和北方迷宮的巨人族的參加者，則是從武鬥會那時就一直留著。

明天才正式開始，不過已經先來場簡單的宴會。明天要出場的記得早點睡。

早晨。

三名鬼人族女僕各自將很大的淺盤放到大樹神社前準備好的祭壇上。今年的收成像水果擺盤般堆在盤裡。

淺盤並排放在祭壇正面。

鬼人族女僕退下後，換成三名高等精靈登場。

她們拿著剛獵回來的兔肉，放到祭壇上。

高等精靈退下後，換成三名矮人登場。

矮人們各自抱著大酒桶，令人有點擔心……不過沒出問題。矮人們將大酒桶擺上祭壇後，心滿意足地退下。

接著登場的是座布團，以及座布團的孩子們。

座布團在祭壇前吐出自己的絲，織成三匹布。

座布團的孩子們，則拿著小杯子，杯中裝有蜂蜜。當然，杯子的數量也是三個。牠們將杯子擺到祭壇上。

座布團牠們退下後，響起莊嚴的音樂。

先前在祭壇附近待命的樂隊負責演奏。樂隊由蜥蜴人、文官少女組與獸人族女孩組成，但是不知道為什麼，指揮是藍登。

「他堅持要當指揮。」

旁邊的文官少女組之一告訴我理由。他曾憧憬過當指揮家嗎？看起來很熟練耶。

儘管藍登令人在意，不過該把注意力放在儀式上。

音樂到一個段落時，始祖先生、芙修與聖女瑟蕾絲登場。

始祖先生在中央，芙修與瑟蕾絲分站兩旁。

「接下來我們要感謝豐饒神，舉行收穫宴。」

始祖先生宣告後，始祖先生、芙修與瑟蕾絲同聲向神獻上感謝的禱詞。

待在祭壇前的我與各種族代表，則是嚴肅地聆聽。

儀式到此為止。據說正規儀式需要花費十天，這是我請他們從簡的結果。

再來，就是移動到會場，宴會即將開始。

和武鬥會時一樣，客席圍著舞台。外面還有提供餐點和酒的帳篷。

舞台上，按照抽籤決定的時程表進行了表演。

『座布團孩子一樓隊帶來的戲劇。』

要是只有座布團的孩子們，台詞就得靠舉牌，因此獸人族女孩們幫忙唸台詞。
紅裝甲和白裝甲的對決是一大看點。最後由兩隻攜手對抗真壞蛋的劇本也不錯。
以真壞蛋身分登場的露，顯得相當威風，雖然輸掉了。但演技不錯喔。
會被孩子們罵這點，妳早就有心理準備了吧？畢竟是壞蛋。
雖然已經有心理準備，卻沒想到他們會哭叫？
因為妝化得很有壓迫感嘛。不不不，很可愛喔。哈哈哈。

『蜥蜴人帶來的團體演武。』

手持長槍的蜥蜴人一個接一個走上舞台，人數不斷增加的團體演武。
最後，由達尬和另一人進行一對一演武，但是那不叫演武吧？是來真的對吧？雖然好像沒人受傷，但是不能做危險的事喔。

『座布團孩子二樓隊帶來的踢踏舞。』

舞台上擺著木板，木板上則有大約六十隻座布團孩子踩著節奏感十足的舞步。
數量雖多，不過都是拳頭尺寸，所以音量小了點。此時會場一片安靜。有種一體感。

『矮人帶來的疊羅漢。』

配合笛聲，動作整齊劃一，相當厲害……可是，為什麼動不動就要喝酒啊？

雖然應該沒喝醉，但是最後的金字塔讓人基於不同的理由心跳加速。

『巨人族與半人蛇族的創作舞蹈。』

巨人族個頭大，震撼性十足。而且多達八人，咚噠啪噠地跳著舞。似乎是種感謝神明的舞蹈。

正當我想著怎麼沒看見半人蛇族時，巨人族圍成一個圈擺出最後的姿勢，此時半人蛇族從圈子的正中央跳了出來。嚇我一跳。剛剛人在哪裡啊？

居然還有戲法要素，不能小看巨人族啊。

『魔王帶來的幻術。』

「幻術！」

魔王說完就表演起瞬間移動。

應該花了不少時間練習吧。不過，會用瞬間移動魔法的比傑爾就在我旁邊呢。

「幻術！」

這回魔王從帽子裡掏出了小貓們。

一隻、兩隻、三隻、四隻………這些小貓明明對瑪爾比特很凶，在魔王面前倒是很乖巧呢。

「幻術！」
魔王相當努力。
『艾基斯帶來的馴鷲。』
待在地上的不死鳥幼雛艾基斯，用喙叼起肉片拋向空中。鷲在空中接住肉片後吃掉。吃了五片後，鷲繞了個圈在艾基斯附近著地，一起擺了個結束的姿勢。
至於這個姿勢……怎麼看都像艾基斯被鷲抓住，不過還是別說出來吧。
『高等精靈帶來的演奏。』
起先只有高等精靈，不過拿著樂器加入的人越來越多，成了大合奏。
指揮一開始是莉亞，途中交棒給藍登。
藍登大概對指揮家有什麼執著吧。
到這裡暫時休息。
舞台掛上白布當成螢幕。
播放起棒球名場面集錦與夏沙多大屋頂的廣告。
很遺憾，村裡的居民大多不知道棒球規則。

所以大家對於美技場面沒什麼反應，反倒是一些奇葩演出很受歡迎。對於魔王來說，似乎不太符合他預期的結果。

在始祖先生的指示下，要替篝火台點火了。

為了以防萬一，篝火台設在會場角落。

「我以為一開始就要點火耶？」

原本以為是始祖先生忘了，不過並非如此。

「正規做法是要在日正當中的時候點火。」

確實，現在是中午。

那麼，這就點火吧。

正當我這麼想時，貓不知何時已經跑來，叫了一聲表示交給牠。

然後，牠用魔法點了火。

…………怪了？

總覺得和平常的火不太一樣…………在那一瞬間，我還以為高高竄起的火柱會直達太陽。

「這真是不得了呢。」

始祖這麼說道，然後他向我解釋。

「剛剛那叫『原初之火』。傳說是魔法之神為了拯救世界而點的燈火。」

「喔、喔……？」

現在火勢已經減緩，成了普通的篝火。

「呃，有什麼效果嗎？」

「是很久以前守護魔族的火呢。據說魔族的某位君王裹上那團火焰之後，便誕生了魔王……」

也不知道火是不是聽到了始祖先生的解釋，火柱突然伸向身在會場的魔王。

「咦？」

魔王，起火燃燒。

「魔、魔王————————————！」

我慌了。

連忙從附近拿水潑過去，裹住魔王的火焰卻沒有熄滅。

究竟出了什麼事？不，重點是必須快點滅火。

我拜託周圍的人施展水魔法。

但是火沒熄。魔王倒地。喂、喂，該不會……火焰和魔王變得越來越小。騙、騙人的吧？

在火焰熄滅的同時，魔王也消失了。

…………這是怎樣？我當場呆掉，此時始祖先生拍拍我的肩膀，然後指向舞台。

在白布螢幕前，魔王擺出帥氣的姿勢。

「幻術！」

我把長槍丟出去也不會有人罵我吧？

……………………

7 收穫祭後續

「魔王啊，聽好。」

「你、你是誰？」

「看了你的表演後，因為冷場而嘆息的人。」

「沒有冷場啊。」

「那種只是意思意思給點面子的掌聲能讓你滿足？」

「唔唔唔……」

「也罷。接下來我會用火烤你。」

「咦？火？」

「放心，不會傷到你。再來你自己配合一下，要好好幹喔。」

「咦？火？咿————！好熱、好熱、好……不會熱？怪了？這是……大家的目光集中在我身上。這樣啊，就是這個。我知道了，神祕的聲音啊！」

魔王一邊吃著咖哩，一邊解釋他和神祕聲音有段這樣的對話。

「很抱歉讓你擔心了，但我也完全搞不懂究竟怎麼回事。」

「你明明精準地擺出姿勢大喊幻術？」

「因為當下我覺得那是最佳選擇。話說回來，我的咖哩是不是比平常辣？汗水和淚水流個不停耶。」

「你讓我多擔心，咖哩就有多辣。」

這點懲罰就接受吧。

還有，始祖先生。不要因為魔王或許聽到了神的聲音就瞪他。畢竟有可能是幻聽。

不過，剛剛的火是什麼？真的是為了鼓勵表演不受歡迎的魔王嗎？

…………

想不通。

火在我搭的篝火台上正常燃燒。總而言之，我對火這麼說道。

「別做些會讓旁人擔心的事。」

嗯？我是對火說的，不是對貓說喔。你不需要反省啦。哈哈哈，真可愛。

雖然魔王的幻術拖了點時間，不過流程進行得很順利。

「剛剛魔王大人嚇了我一跳。」

比傑爾嘴上這麼說，卻還是和芙拉西亞一起享受芙勞等文官少女組的表演。

藍登則忙著和樂隊討論。

…………

你們可以多擔心魔王一點吧？那些在魔王身邊走來走去，彷彿氣鼓鼓地說「我們很擔心耶！」的小貓們，看起來還比較擔心魔王。

不，之所以和平常沒兩樣，是因為信任魔王，認為那種程度打不倒魔王？

這麼一想，就覺得驚慌失措的自己很丟臉。我得冷靜一點才行。

…………不，辦不到吧。熟人被烈火焚身當然會吃驚。我沒有保持冷靜的自信。

所以，我希望盡量避免發生這種會讓人驚慌的狀況。

…………

於是我在魔王的咖哩盤中追加辣度。

舞台上，芙勞和文官少女組帶來某種近似大喜利（註：由主持人出題，參加者各自想一個簡單有趣的答案逗笑觀眾）的表演。

主持人是芙勞。

笑聲不斷，但偶爾也會出現我無法理解的內容。

「換句話說，那個拿著紅桶子的男人，就是卡宣王。」

觀眾大爆笑。

但是我有疑問。卡宣王是誰？為什麼會變成笑點？

除了我以外……「一號村」居民、蜥蜴人、麥可先生也都在笑，應該是常識吧。

沒笑的……只有我嗎？有種疏離感。

儘管在這個世界已經生活了很久，但還是得多了解一些一般常識才行呢，我反省了一下。

還有，我希望自己的心胸更寬廣一點。就算不懂卡宣王的意義也無妨，當周圍都在笑的時候，一樣能因為大家開心而跟著一起笑。

不要想太多，放寬心去享受。孩子們都做得到。我得效法他們才行。

芙勞與文官少女組的類大喜利節目結束，小黑的子孫們開始團體行動。動作整齊劃一，連尾巴都一致，厲害喔。

啊，有一隻因為緊張所以腳……沒踩好跌倒了。

沒事吧？那就好。

那麼，當作什麼事都沒發生直接歸隊吧。沒錯。很好喔，加油。

結束之後，跌倒那隻顯得很沮喪，於是我安慰牠。沒關係沒關係。

當然，我也沒忘記誇獎那些到最後都表現完美的孩子們。

舞台上，由座布團帶來時裝秀。

模特兒有蜥蜴人、矮人、獸人族女孩、巨人族、半人蛇族等各種體型，全都穿著相同概念的服裝。

「下一個主題是森林戰士。意象是在森林裡行動自如地戰鬥的戰士。」

時裝秀的司儀是聖女瑟蕾絲。

主持人是獸人族的賽娜。她會指示座布團和司儀時間。

嗯？座布團叫了一位觀眾上台。是麥可先生。似乎要他當臨時模特兒。衣服……沒準備呢。嗯，現場做嗎？

座布團的孩子們從旁協助，轉眼間已完成。

麥可先生也習慣了，在舞台正中間擺出帥氣姿勢。現場氣氛相當熱烈。

舞台之外，設置於會場周圍的帳篷也十分賣力。

在鬼人族女僕們推出新菜色的帳篷，那些使用剛拿到的鰻魚所做成的料理頗受歡迎。

對我來說味道還太重，所以給不了多好的評價，不過蜥蜴人們倒是吃得很開心。

妖精女王的甜點帳篷，我起先以為是由妖精女王提供甜點，但並非如此。

這裡是和妖精女王一起吃甜點，同時聆聽甜點解說的帳篷。

「甜點不是砂糖加得多就好。」

妖精女王以大人模式露面，一本正經地說明。

還有天使族瑪爾比特開設經濟講座的帳篷。

她原本似乎覺得弄成正經教學就不會有人來，能樂得輕鬆，但是真的沒人來卻又很寂寞，所以拿出了真本事。

麥可先生的兒子馬龍的堂兄弟提特與蘭迪，拚了命地在木板上做筆記。

也有格魯夫的小試身手帳篷。

麥可先生的護衛米爾弗德似乎一直泡在裡面。

這麼說來，馬龍去哪裡了？希望他玩得開心。

……………喔，在這裡啊。

酒史萊姆的帳篷。

帳篷裡只有桌子和酒。在酒史萊姆和矮人的圍繞下，馬龍痛快暢飲。不能喝過頭喔，也要吃點東西……

「這是各位點的炙燒鰻魚，以及醬油燒鰻。」

鬼人族女僕端來料理。然後，兩三下就被吃個精光。

「啊哈哈……我再拿點過來。」

不好意思。

如此這般，收穫祭到了晚上。

宴會是徹夜舉行，不過孩子們該撤囉。不准抱怨。你們已經比平常晚睡，腳步都搖搖晃晃了吧？

阿爾弗雷德、烏爾莎。帶著孩子們回宅邸去。

大人們都沉浸在宴會裡嘛，今天就讓大家一起睡在宅邸裡吧。

哈克蓮，拜託妳顧著孩子們。我也會看準時間撤退。火一郎和拉娜農已經由萊美蓮和葛菈法倫帶回屋裡了，所以沒問題。

嗯？鷲？你用腳抓著不死鳥幼雛艾基斯飛……喔，因為艾基斯睡著了，所以你要把牠送回屋裡是吧？麻煩你了。

不過，原來鷲在晚上也能飛啊。

唉呀，現在不是讚嘆的時候。格蘭瑪莉亞，差不多該撤囉。妳還在懷孕，不要亂來。如果要吃東西，待會兒我拿過去。嗯，我知道了。一起回屋裡吧。

收穫祭的夜晚就這麼過去了。

8 收穫祭的檢討會

收穫祭隔天。

各村居民與來訪客人踏上歸途。

離開時，代表者要從祭壇前那些分成三份的供品作物裡挑一種帶走。

「一般來說，這個村子的人從右邊的作物拿起，其他人則是從左邊的拿起並帶回去。」

始祖先生這麼解釋。

要拿哪一種作物可以自由挑選，先拿先贏。而且按照規矩，代表者拿了作物之後就該趕快回去，或許也有避免訪客拖拖拉拉不肯走的用意在內。

仔細一想，收穫祭是在秋末。講得難聽點，在這種必須準備過冬的時期，客人留下來會添麻煩吧。

不過嘛，普通的村子才會有這個問題，這個村子頗有餘力，所以留久一點也無妨就是了。

看著大家打過招呼先後離開，讓人有點寂寞。

「話說回來，正中間的呢？」

「那是神明的份，所以就這樣放到中午。之後請村長收下。」

「明白了。」

晚上。

在宅邸會議室裡，舉行了收穫祭的檢討會。

參加者……雖然是自主參加，會議室裡依舊聚集了不少人。該當成自主性高呢？還是該看成很多人有話想說呢？

畢竟是第一次舉辦，有問題也是理所當然。該為意見多感到高興吧。

「對於咖哩辣度的挑戰，應該到某種程度為止。如果只會辣卻不好吃，那就算不上咖哩。」

對於「一號村」居民的意見，魔王深深點頭。

順帶一提，比傑爾與藍登先回去了。魔王似乎要待在這裡和小貓們玩到明天。

接著，魔王舉手發言。

「關於棒球轉播的部分，有必要讓大家更了解規則。」

確實，舞台上播放的名場面集錦，由於大家不熟規則所以反應不佳。

「棒球規則有許多複雜的部分，光用看的無法理解，需要有人解說。」

這是文官少女組之一的意見。

「關於這點，我有個提議……」

轉播部的代表伊雷舉手。

「拍攝一部解說棒球規則的影片吧。我認為這樣會比單純口頭說明來得好懂，也能引起大家對棒球的興趣。」

「不愧是伊雷，好主意。真是個天才。」

「多謝您的誇獎，魔王大人。」

伊雷和魔王似乎相處融洽，好事一樁。

「關於舞台節目的排程，我覺得太緊湊了。還有，一旦把注意力放到舞台上，就沒有餘力享受周圍的帳篷了。」

高等精靈之一提出這樣的意見。許多人聽了紛紛點頭。

「我忙著顧帳篷，沒辦法看舞台表演，覺得很可惜。」

「舞台上的景象有幾個地方轉播，但是數量太少……」

鬼人族女僕和蜥蜴人們，也希望想辦法解決這個問題。

下一次，是不是該把節目排得稍微鬆一點呢？或者將收穫祭改為兩天，第一天帳篷、第二天舞台？

趁著冬天思考吧。

「有人抱怨甜點都被妖精女王吃掉，太狡猾了——這是孩子們的意見呢。」

「有交代過孩子們來了要分給他們吧？她獨占甜點嗎？」

「不，有分，但是被同行的大人制止了。」

我看向有參加會議的哈克蓮。

「不能吃太多，所以每人限一個。何況在其他帳篷也有得吃吧？」

哈克蓮沒有錯。

「孩子們專用的休息區，頗受好評。」

山精靈之一這麼報告。

不過，休息區的主要客群是照顧孩子的大人，孩子們總是想往外跑似乎讓他們很辛苦。

明年擺些會讓孩子們開心的玩具或許不錯。

「還有，關於舞台表演的部分，池龜好像很難爬上舞台。」

的確。

池龜以龜類來說移動速度算快，但是上階梯就有點麻煩。

途中注意到這點的巨人族幫忙將池龜搬上舞台中央，不過應該在事前準備好斜坡的。

另外還有在收穫祭期間的警衛體制問題。

琪亞比特等天使族與小黑的子孫們和平常一樣努力，但也因為這樣沒辦法充分享受收穫祭。果然，明年應該延長為兩天嗎？

可是……

「文官少女組的負擔怎麼樣？今年有始祖先生幫忙籌備，但是明年預定由我們自己來喔？」

「比武鬥會輕鬆。關鍵在於事前就能知道舞台節目排程和帳篷所辦的內容。」

那就好。

老實說，我本來還擔心武鬥會是否比較輕鬆。

「畢竟大多數居民都會參加武鬥會，而且大家相當熱中……還有，當天會給我們添亂的比較多。」

會給妳們添亂的不是我吧？是指德斯或基拉爾他們對吧？

總而言之，檢討會上聽到各種意見值得高興。希望能加以改善，讓明年更好。

「村長，雖然現在才講有點晚……」

文官少女組之一舉起了手。

「什麼事？」

「村長做的篝火台現在也還在燃燒，該怎麼辦？我們潑了水想澆熄它，但是火只有變小一點，沒有熄滅耶。」

…………

我都當沒看見了，結果還是被人注意到。

畢竟是引發了問題的火嘛。始祖先生，你有什麼看法？

「用石頭造個篝火台，把火移到那裡當成村子的藝術作品如何？」

就這麼決定了。

隔天。

石造篝火台設置在居住區。

由於擔心倒下引起火災，所以篝火台做成梯形。高度降到約一公尺。

要是孩子們太靠近篝火台而燒傷也不好，於是周圍立起了柵欄。

「這個火，把手伸進去也不會覺得熱耶？」

獸人族女孩把手伸進火裡強調沒問題，拜託別做會對心臟不好的行為。

「就算這種火沒問題，其他的火依舊會讓人受傷吧？立柵欄也是為了避免孩子們產生誤解。」

柵欄做得很牢靠。

啊～小黑的子孫們、不死鳥幼雛艾基斯，還有鷲。那裡可不是喝水的地方喔。那些是以防萬一的消防用水。呃，既然能有效利用，當成飲水區或許更好吧。

小黑的子孫們應該沒問題，不過艾基斯和鷲可要小心火喔。雖然說不會燒傷……艾基斯，不要撲進火裡！

這樣對心臟不好啦。真是的。

閒話 常識人 馬龍

我的名字叫馬龍。

戈隆商會的下任會長，也是現任會長的長子。

不過，更加為人所知的，則是「夏沙多大屋頂的分配人」這項頭銜。

在夏沙多大屋頂裡頭，除了「大樹村」的直營店馬莅以外，還有許多間市內的店家。決定這些店最後分配到夏沙多大屋頂何處，是我的工作，所以大家這麼稱呼我。

雖然說，位置基本上是定期抽籤決定，所以我不太插手，但我不在意。

我的工作與其說是分配，不如說是協調店家與顧客，以及店家與店家之間的紛爭。

順帶一提，顧客之間的紛爭，則是丟給負責圍事的戈爾迪。這就叫人盡其才。

好啦，對像這樣在夏沙多大屋頂工作的我，爸爸說：

「今年的『大樹村』收穫祭，我會帶你同行。」

我全力逃跑。速度連自己都覺得特別快。但被爸爸搶先一步，以臂鎖把我放倒。

「我懂你的心情，但是休想逃。」

「我不是講過很多次，只會跟到『五號村』嗎！我絕對不去『大樹村』！」

「這是村長指名的，無法拒絕。做好心理準備吧。」

「就算手臂斷了，我的心也不會屈服！」

我想起守門龍（Gate Dragon）的巢。

爸爸曾經把我綁去那裡，當時的恐怖就算想忘也忘不掉。至今我偶爾還會夢到。

然後，你居然要我去那個守門龍的巢的另一邊？

「放心吧，恐懼到極點之後就不會有感覺了。可以的，你做得到的。」

「不行、不行、絕對不行！等等，真的要斷了、要斷了啦——————！」

我被迫投降了。難以置信。居然真的要折斷兒子的手臂……

爸爸那種能夠令王都大商人退讓的強勢態度，看來還健在。

只是我從沒想過他會用在我身上。嗚……

一想到堂兄弟提特、蘭迪和戰鬥隊長米爾弗德也會一起上路，讓我安心不少。喔，你們的手臂也挨了關節技嗎？很痛對吧。

不過，米爾弗德是怎麼回事？你應該贏得了爸爸吧？辦不到？在開口前武器就被踢飛並在手臂被鎖住後他才提起這件事……嗯，我替家父道歉。

但是，這麼一來得有所覺悟了。

嗯？你說當天逃跑不就好了？

哈哈哈，我的老婆小孩在爸爸的指示下去旅行了。

沒錯，人質。

這點小事，爸爸做起來可是面不改色。我想，你們那邊應該也不例外吧。

再怎麼說也不能拋下家人逃跑。只能努力了。

收穫祭前日。

我們利用傳送門，從「五號村」移動到「大樹村」。

爸爸交代，傳送門的事是機密。放心吧。我絕對不會說出去。看見帶路的那位阿拉克涅——阿拉子小姐後，這種念頭我一點也不敢有。

阿拉子小姐應該是災害級的魔物吧？我反而想盡快忘掉這一切。

通過傳送門前方的迷宮，眼前是一片剛收成完的廣闊田地與村落。

這裡真的在死亡森林的正中央嗎？儘管抱持這種疑問，不過在前往村長宅邸的路上，讓我深切體會到這裡的確是死亡森林正中央。

首先，地獄狼在練習遊行。隊伍排得真整齊呢。光是那些，就能滅掉一個國家吧。

還有，旁邊是惡魔蜘蛛的小孩嗎？正在練舞。牠們也能滅掉一個國家呢。

然後那是妖精女王吧？就算你說不是我也不信。存在感強得想感受不到都難。

就算空中有幾頭龍飛過，也沒有半點突兀感。

那隻大狼……芬里爾嗎？那麼，那隻大鷲是赫拉斯瓦爾格？話說，還有棵看起來非常神聖的樹耶？不會吧。

那棵樹該不會是天使族之里小心呵護的……那邊的天使族，長得和天使族族長很像耶？雖然我只看過畫像，或許搞錯了。應該是錯覺吧？啊，輔佐長就在旁邊。是本人呢。

…………不行。

別、別開目光。全力別開目光。不要看生物。只看建築……怪了？這個村子的建築，是以死亡森林的樹所打造。難以置信。

用黃金舉例可能太誇張，但是用白銀蓋房子絕對比這些木材便宜。不，正常人根本不會想到拿死亡森林的樹來蓋房子。然後這房子的金屬部分……好林村製？布則是用惡魔蜘蛛的絲織成的……

待在這裡，感覺價值觀會崩潰，腦袋會出問題。

啊，守門龍先生，好久不見。是的，我是麥可的兒子。蘿蔔？喜歡啊。我都煮來吃。哈哈哈哈哈。

看見守門龍令人安心。能夠正常交談，身體也不會發抖。

能夠體會自己的成長幅度有多麼誇張。

順帶一提，見到村長之前我差不多換了五次衣服。我明白爸爸為什麼前一天要我盡量減少飲食了。

為了逃避恐懼，我不停灌酒。現在非常後悔。

還有，一直沒醒的提特、蘭迪和米爾弗德，有點可恨。

收穫祭結束了。

我幾乎什麼都不記得。

爸爸身上的衣服，為什麼成了國寶級？

啊……真想再喝點酒。布丁好好吃。他們稱為鰻魚的伊爾也……對了，伊爾！沒想到漁夫討厭的魚會變得那麼好吃。那玩意兒會是一門大生意。

我知道爸爸在收集伊爾，原來他是預料到會有這種事？

「呵呵，變成商人的表情了呢。」

「爸爸。」

「我一直覺得你還太嫩，不過看來你已經是個能獨當一面的商人了。這麼一來，隨時都能把會長一職交給你。我放心了。」

「哈哈哈，您說笑了。我還遠遠不及，爸爸您這個會長得再當五十年才行。」

「別講沒出息的話。何況，五十年再怎麼說都不可能。我可是人類喔。」

「只要拜託村長……不，拜託這個村子的居民，壽命這種小事總能擺平的。」

「哈哈哈……啊，你是認真的吧。」

「認真的喔。我絕對不會接繼承的！麻煩請跳過我，交給我兒子。」

「怎麼能讓可愛的孫子辛苦啊！要接的人是你！」

「不幹。絕對不幹。我已經決定了，絕對不繼承！」
我擋下爸爸的臂鎖，和他過了很多招。
繼承是真的不行。我沒辦法超越爸爸。
「都能擋下我的臂鎖了，還囉唆什麼！」
「這種龍王(Emperor Dragon)和暗黑龍(Dark Dragon)會因為擅自替炸雞擠檸檬汁就大打出手的村子，交涉就拜託爸爸您來！」

9 一個悠閒的冬日

冬天。
天氣變冷了。因為變冷了所以是冬天？沒差啦。總而言之，冬天到了。
鷲偶爾會往遠方移動。
起先我還疑惑牠去哪裡了，原來是巨人族所在的北方迷宮。牠似乎將北方迷宮周邊當成獵場。
收穫祭前段時間鷲和巨人族交流，似乎就是為了問獵場情報。我原本還以為，他們是在討論收穫祭的表演內容。
唉，畢竟在收穫祭時鷲是和不死鳥幼雛艾基斯一組，巨人族則是和半人蛇族合作賣力演出。我有發現他們不是在討論收穫祭喔。

話說回來，既然你常去北方迷宮，能不能幫忙送信給巨人族？雖然要讓巨人族閱讀得寫在木板上，有點重就是了。

拿得動沒有問題是吧。不好意思，麻煩了。

酬勞……蘿蔔行嗎？知道了，先付款。

我將蘿蔔切片，依序將數塊扔向空中。

鷲靈活地在空中接住並吃掉。動作真俐落呢。

嗯？不知何時跑來的艾基斯，要我也丟幾個給牠。

抱歉，這是請人家送信的報酬。

你會幫忙送信，所以要我丟蘿蔔給你？

鷲，艾基斯說要幫忙，沒關係嗎？會給你添麻煩喔。

沒關係？這樣啊。

艾基斯，最終確認。

結果顯而易見，還是要我丟嗎？

艾基斯用眼神表示沒關係。

那麼，我要丟囉。

我將一片蘿蔔往空中丟，盡可能丟得離艾基斯近一點。

儘管覺得自己太寵牠，不過艾基斯就和預期的一樣沒接到。
接住蘿蔔的，是原本待在我身邊的小黑子孫之一。
牠就這麼吃掉蘿蔔，然後跑到我旁邊，搖著尾巴露出「怎麼樣？」的表情。這下子只能稱讚牠啦。
我摸摸小黑子孫的頭，假裝沒看到沮喪的艾基斯。艾基斯則由鷲負責安慰。

鷲抓起信，背上載著艾基斯，我目送牠離去後，回到自己房間悠哉地度過。
其實我想做點木工，但是被鬼人族女僕安提醒，說我工作過度。
我倒不這麼認為，但是人家要我效法魔王，這就不得不考慮一下了。
要效法的地方，應該是指魔王會定期來村裡和小貓們玩吧？她要我像那樣適度地放鬆。
我自認為有在放鬆，但周圍的人似乎不這麼覺得。作為反省，今天就明顯悠哉地度過。
首先，整個人沉進大沙發裡。
呵呵呵，這張沙發是自製的。我在準備過冬的期間努力地把它完成。為了弄得這麼柔軟花了我一番工夫。
…………
所以才讓人家覺得工作過度吧……我再次反省。
我享受著沙發的柔軟。明明天還很亮，真是奢侈。
嗯？米兒嗎？

爬到我的肚子上……喔，妳、妳也長大了呢。魔王問我是不是該幫妳們找伴侶，妳覺得怎麼樣？還不需要？這樣啊。

米兒之後，是拉兒、烏兒、加兒、艾利爾、哈尼爾、賽路爾與薩麥爾。貓姊姊和小貓們先後爬到我肚子上……好重。還有，不要在我肚子上打架。被爪子抓到會痛。

怪了？咦？我被貓咪們趕離沙發了。然後，牠們融洽地分配好位置窩在上頭。

…………

該不會，貓咪們認為那張沙發屬於牠們吧？

我放棄房間的沙發，前往客房。

畢竟就算在自己房間悠閒度過，也沒辦法讓周圍的人知道。絕對不是因為輸給貓咪們。

在客房……最顯眼的，是澈底與暖桌融為一體的瑪爾比特。大白犬的就和酒史萊姆一起喝著酒。

人家要我效法魔王，沒要我效法瑪爾比特呢。不過，她應該是悠閒度日的專家吧。

「不對。那只是個懶惰蟲。」

琳夏制止了想靠近暖桌的我。

然後，她把瑪爾比特從暖桌裡拖出來並丟出去。

「要訓練琪亞比特她們，到外面集合——我應該告訴過妳了。」

「我已經拒絕啦！」

「強制參加。」

兩人開始對打……應該說琳夏開始單方面發動攻擊。

酒史萊姆喝光了暖桌上剩下的酒。至於酒史萊姆，則由聖女瑟蕾絲回收了。

…………

好啦，該怎麼辦呢。

窩進瑪爾比特離開的暖桌嗎？一想到被琳夏鎖喉帶走的瑪爾比特，就讓人有點抗拒耶。

之後再說吧。

我看向客房其他角落，白布螢幕映出火一郎的英姿。

是收穫祭時的影像吧。

他化成龍形態，全副武裝，擺出帥氣姿勢。看起來強得難以想像是我兒子。

古拉兒和拉娜農也有登場，雖然是人形態。

儘管只有五分鐘，萊美蓮、德斯、基拉爾與葛菈法倫卻一再重複地看。

負責管理影像的伊雷，一臉尷尬地向我求救，於是我問這是第幾次了。

「數不清。從早上一直看到現在。」

這樣啊。

我不能叫他認命，得想個對策。

把火一郎、古拉兒和拉娜農帶來應該是最好的辦法。真人總比影像好吧？

「火一郎少爺、古拉兒小姐正在念書。拉娜農小姐在午睡。」

附近的鬼人族女僕這麼告訴我。

…………

「等到火一郎他們念書時間結束吧。加油。」

我甩開伊雷的求助眼神，離開客房。

原來孩子們在用功啊，難怪這麼安靜。

那麼，在他們念完書之前，該做什麼呢？

…………

小黑的子孫們用期待的眼神看著我。座布團的孩子們也是。

呵，好吧。

我決定陪小黑的子孫們和座布團的孩子們玩。

晚上。

我拖著疲憊的身軀吃飯。

「我應該是請您休養呀？」
安的目光十分刺人。
明天會好好休息，今天就饒了我吧。
這是一個悠閒的冬日。

10 大白天喝酒

不死鳥幼雛艾基斯，乘在鷲的背上飛行。
……
艾基斯是不是已經放棄自己飛啦？不過，看來牠們相處融洽，沒關係吧。
蓄水池裡，池龜們差不多要冬眠了，所以跟他們打聲今年最後的招呼。
收穫祭的水藝很精彩喔。春天再會囉。
回到宅邸，紅裝甲和白裝甲在門前向我打招呼。

你們不用冬眠是吧？門就拜託你們把守囉。但是，不可以逞強啊。

如果覺得冷就進屋裡。

我沒有回自己房間，而是鑽進客房的暖桌。因為客房的暖桌比較大，而且如果待在自己房間裡，孩子們不會靠近。

似乎是因為不方便進我房間，為什麼呢？

正當我思考這個問題時，小黑和小雪來了。

小黑鑽到我的右邊，小雪鑽到我的左邊。我摸摸牠們的背，此時鬼人族女僕端茶來了。是綠茶。旁邊還有一小碟用醬油調味的兩塊烤年糕。今年的年糕是基拉爾努力搗出來的。

不過，基拉爾現在經常來這裡，沒問題嗎？

……現在講這個大概太晚了。

何況像是萊美蓮或葛菈法倫她們也常來。嗯，年糕好吃。

小黑想吃，但是這個年糕不能給。它又黏又軟，卡在喉嚨裡就危險了。如果想吃年糕，做成那個。

我拜託鬼人族女僕準備新的年糕。和我面前的不一樣，它切成小塊並乾燥過。還塗上醬油拿去烤。

也就是御欠（註：將日式年糕切成小塊後，以油炸、烘烤等方式處理過的糯米點心）。

我原本打算將這東西當成常備存糧，但是剛烤好的太過美味所以都被吃光了。主要是德斯。嗯，我也有吃就是了。

我請鬼人族女僕將這些御欠裝到盆裡。吃了一塊確認味道之後，我把盆子遞給小黑和小雪。

…………

不要我放在盆子裡，要我餵你們？撒嬌是吧，你們的孩子看到不會傻眼嗎？

儘管這麼想，我還是在小黑和小雪的嘴裡各放了一塊。

哈哈哈，雖然小，不過還是要好好咀嚼。不要直接吞下去喔。

我吃烤年糕，小黑和小雪則品嚐御欠。

正當我像這樣放鬆時，瑪爾比特跑來窩進暖桌裡。

「……天使族的別墅已經完工了吧？」

我記得已經蓋好了才對。既然如此，為什麼要特地跑來我家？

「別墅裡不知道為什麼有辦公室。」

「……」

房、房間要怎麼運用希望妳們天使族自己商量。唉，八成是逃離工作而來的吧。

「我也要御欠。」

「好好好。」

這一盆是小黑和小雪的份。我請鬼人族女僕幫忙烤新的御欠。

瑪爾比特委婉地向鬼人族女僕要酒，於是酒和御欠一起端了上來。

「用米釀的酒呢。」

要搭配年糕和御欠，這個還是比葡萄酒好吧。

我面前也放了杯子，於是我請瑪爾比特幫忙倒酒。

儘管說了只要半杯，她卻倒到差點滿出來。要是流出杯子就太浪費了吧？於是我連忙喝了一口。

喝了一口才發現，酒史萊姆已經在不知不覺間出現在暖桌上。真不簡單，不肯錯過任何喝酒的機會。

連自己的杯子都帶來了。

「瑪爾比特，也給酒史萊姆倒酒吧。」

「好～」

鬼人族女僕拿了下酒菜過來，所以大白天就喝得有點醉了。

嗚嗚，喝過頭了。反省。

但是，過了好一段時間都沒看見孩子們呢。

我原本想說孩子們過來就要陪他們玩呢。

「孩子們的話，和妖精女王待在一起製作著什麼喔。」

唔。

妖精女王總是很受孩子們歡迎。令人有點嫉妒。

糟糕，真的醉了呢。

冷靜一想，小孩不會靠近這種有酒臭味的地方吧。嗯？有人來了。

「村長，您有看見米兒嗎？」

是鬼人族女僕安。

「貓姊姊米兒？牠幹了什麼好事嗎？」

「是的，牠偷吃晚餐的魚。而且，都咬肚子上肥美的地方，吃了三條。」

…………

我把不知何時跑來我腿上的米兒交給安。

米兒露出「你背叛我！」的誇張表情看著我。不不不，做了壞事就該挨罵。

安揚起下巴，示意米兒跟她走。米兒邊發出沒出息的叫聲，邊跟著安。

今晚，米兒大概沒飯吃了吧。這個屋子裡生起氣來最可怕的人就是安，妳差不多該記住這點囉。

安再來是露吧。要是碰了她正在研究的魔道具或藥草，她會火冒三丈。

然後是芙蘿拉。她對於擅闖發酵小屋的人絕不留情。

明天我去幫忙緩頰幾句，讓安原諒妳吧。

記得表現出反省過的樣子。

好啦，我烤起新的御欠，順便醒酒。

「要是再吃下去，晚飯可就麻煩囉。」

我同意瑪爾比特的看法。

這些御欠不是我們的。

而是要拿去給守門的紅裝甲和白裝甲。

畢竟他們在寒冷的天氣還這麼辛苦嘛。

嗯，當然也得為戒備村子的小黑子孫們烤一些。

在我烤御欠時，琳夏來了。

瑪爾比特鑽進暖桌裡躲藏，卻被小黑和小雪推了出去。

哈哈哈，琳夏。不好意思，瑪爾比特接下來還有烤御欠的工作要做。妳那邊先等一下。

閒話　大白天喝酒　另一面

我是鬼人族女僕亞茲琪，村長的追隨者。

今天由我隨侍村長。因此我盡可能地待在村長身邊。

村長在寒冷的天氣裡跑到屋外。儘管他衣服穿得很厚，不過考慮到萬一，還是拿件能讓他披在身上的衣服過去吧。

嗯？村長很在意空中？喔，鷲在飛呢。那隻鷲的背上，載著不死鳥幼雛艾基斯啊。

艾基斯，你或許在和鷲撒嬌，但是不能在牠背上待習慣喔。這樣會變成飛不起來的鳥。

唉呀不好。

村長在哪裡……蓄水池嗎？同樣負責守望村長的高等精靈之一，為我指出方向。這麼冷的天氣，辛苦妳了。

村長在和池龜交談。

明明是烏龜，手勢卻比得很漂亮。令人佩服。

然後，牠用手勢傳達的是冬眠的話題。看樣子，在春天來臨之前要暫時分別了。

村長顯得有點寂寞。

村長回到宅邸，紅裝甲和白裝甲在門前迎接。

儘管我很想說大概沒人能突破這麼可靠的守衛，不過這個村子裡有好幾位辦得到，真是困擾。

村長沒有回自己房間，而是到了客房。

他嘆著氣表示孩子們不肯接近他的房間……不過那是因為母親們都叮嚀孩子們不要靠近。除非村長直接找孩子們過去，否則他們不會靠近村長的房間。

不能靠近的理由？因為是小孩嘛。對那方面的事感興趣還太早了吧。

村長窩進客房的暖桌。我急忙去泡茶。

此時，地獄狼小黑先生與小雪女士來了。牠們自然而然地往村長身邊移動。

呵呵呵，我都知道喔。

每當村長外出時，小黑先生和小雪女士都會從宅邸三樓的窗戶看著村長。牠們在窗前並排的模樣，非常可愛。

小黑先生和小雪女士窩到村長兩旁，沒表現出半點那種樣子，令人看了不禁揚起嘴角。

但是，臉上不該有太多笑容。我裝成面無表情的樣子，將茶和年糕端給村長。

是的，年糕是不久前搗的。基拉爾大人為了表現給古拉兒小姐看，十分賣力。對，就是杵和臼碎掉那次。

那時候，古拉兒小姐對基拉爾大人發起脾氣，實在令人不忍心看下去。要是村長沒出面打圓場，真不知道會怎麼樣。

唉呀，小黑先生。那塊年糕是村長的喔。不可以吃。

而且，之前您不是有個孩子……不知是孫子還是曾孫，曾經吃年糕時讓年糕卡在喉嚨裡嗎？

當時牠驚慌失措，多虧其他地獄狼吐火把牠喉嚨裡那塊年糕烤成焦炭才解決。那個事件我可沒忘記喔。村長似乎也沒忘。

我明白了，御欠是吧。

呵呵，這讓我想起第一次做的時候，德斯大人一塊接著一塊吃個不停，結果被萊美蓮大人瞪的那件事。

御欠有鹽口味、醬油口味、芝麻口味，要哪一種？交給我決定？了解。那麼，做醬油口味吧。

我將火缽搬來，在村長那張暖桌能看得到的位置烤御欠。

嗯，好香。

小黑先生，請不要一直盯著我這邊看。我不會偷吃。

一將烤好的御欠裝進盆裡遞給村長，小黑先生和小雪女士就開始對村長撒嬌。

讓村長拿御欠餵？真令人羨慕。

唉呀，不好。面無表情。要避免情緒寫在臉上。

一會兒後，天使族族長瑪爾比特大人來了。

她自然而然地鑽進暖桌。

這位瑪爾比特大人，在村長面前總是表現得懶懶散散，但是我都知道。

在村長已經入睡的深夜，她會和德斯大人、陽子大人、石祖先生和魔王先生認真地討論。

討論中的她，會讓人覺得真不愧是天使族族長。

和露大人、蒂雅大人商量琪亞比特小姐的婚事時的樣子，則是不折不扣的母親呢。雖然看她窩在暖桌裡要酒的模樣，實在很難想像。

好的，我這就去拿。

只有御欠不夠下酒對吧。我會準備。

但是，請考慮到還有晚餐。啊，還有酒史萊姆先生的份對吧。了解。

在我忙著為村長、瑪爾比特小姐和酒史萊姆先生張羅酒菜的時候，廚房那邊有些騷動。

我探頭看了看是怎麼回事，有隻貓從廚房跑了出來。

從那個花紋看來，是米兒吧。

還有，安大人在廚房靜靜地發怒。安大人面前有魚。應該是為了準備晚餐而解凍的吧。

啊～只有肚子肥美的地方被咬了一兩口。犯人不管怎麼想都是米兒呢。

安大人似乎也看到了，於是問我米兒在哪裡。

我連忙回頭，但是沒發現米兒的身影。跑得真快。

但是，米兒不會全力溜到遠方，牠習慣逃向附近的安全地帶。

…………

應該是村長身邊吧。不止米兒，村長對每隻貓都很寵。

我姑且還是把地點告訴安大人了。

安大人稍微想了一下後，似乎決定交由村長判斷。會怎麼樣呢？

…………

喔喔，村長把米兒交給安大人了。米兒相當驚訝。我也很驚訝。

村長訓誡米兒，告訴牠不可以偷吃。米兒聽了之後似乎認命了。都到這個地步總不會逃跑吧。

要是這種情況下逃跑，安大人的怒火會攀昇到頂點，今後再也沒飯吃。米兒也明白這點。

既然如此，為什麼要偷吃……雖然很想這麼問，不過多半是因為輸給食慾吧。於是我看著愚蠢的米兒心不甘情不願地跟著安大人走出房間。

重新打起精神後，村長便用那個能移動的火缽烤起御欠。

好像是要拿給負責看門的紅裝甲和白裝甲。

村長親手做的。真羨慕。啊，我來幫忙。

琳夏大人來了，瑪爾比特大人雖然躲進暖桌裡，卻被小黑先生和小雪女士推出暖桌。

那副模樣，讓我不禁笑了出來。失禮了。

村長邀瑪爾比特大人和我一起烤御欠。共同作業。呵呵呵。

一會兒後，阿爾弗雷德少爺、蒂潔爾小姐、烏爾莎小姐等小孩們來了，一直盯著缽上在烤的御欠。

雖然想吃，卻沒有撒嬌說要吃。

因為露大人和蒂雅大人告訴過他們，要是身為村長子女的阿爾弗雷德少爺和蒂潔爾小姐隨便開口說想要，會給村裡的居民添麻煩。儘管這樣少了點小孩的純真，但那是必要的教育吧。

在人家主動邀請之前，都要等待。其實，連表現出這種很想要的態度都不行喔。

但是，烏爾莎小姐沒在意。她直接對村長說要吃御欠。

……真奇怪。烏爾莎小姐明明也從哈克蓮大人那邊接受過一樣的教育。

烏爾莎小姐一開口，阿爾弗雷德少爺、蒂潔爾小姐，以及其他孩子們也都跟著說要吃御欠。之後你們會被你們的媽媽罵喔。

和我內心的想法不同，村長笑著答應了。

啊，要是就這樣一直烤下去，晚餐會……不、不得已。由我來當壞人吧。

「考慮到還有晚飯，只能吃一點喔。」

多餘的部分，就由我努力解決。還可以找德斯大人幫忙呢。

咦？德斯大人已經坐進暖桌等了。他比出「儘管拿過來」的手勢。了解，那就麻煩您了。

能夠和孩子們交流，讓村長相當開心。

順帶一提，拿到御欠的紅裝甲和白裝甲，在村長面前跳起感激之舞。

在他們後面，座布團女士的其他孩子們看起來很羨慕……是的，晚餐之後，村長和我又為了座布團女士的孩子們烤起御欠。

雖然辛苦，卻是充實的一天。

題外話。

妖精女王嚼著御欠。

「這東西不甜，沒關係嗎？」

「差了點。不過，吃些不甜的點心，可以讓甜點更美味……啊，御欠也很好吃。很好吃所以不要拿走啦。」

閒話 魔力的過濾與循環

也好久沒來這裡了……真熱鬧啊。

這麼吵是在辦慶典嗎？

正當我驚訝時，來了一條大蛇。

是蛇神。

「好久不見，虎神。」

「確實。若是低階神祇比較容易碰面，上次和同階的蛇神碰面應該有五百年了吧？」

「八百年沒見了。」

「這樣嗎。算啦，小事不重要。那個騷動是怎麼回事啊？」

「因為世界樹長大了。」

「世界樹長大……是這個世界的嗎？」

「不錯。這麼一來魔力的傳播和運作就會改善。」

「喔喔！」

我不禁提高了嗓音。衝擊就是這麼大。

每個世界只能培育一棵世界樹。樹苗可以有好幾株，但是可以成為成樹的僅限一棵。這種樹特別到讓神如此規定。

然後呢，世界樹不但負責過濾充斥整個世界的龐大魔力，也負責讓魔力循環。

簡單來說，就是魔力清潔裝置兼幫浦。

如果以人體來譬喻，就是腎臟和心臟。

在有魔力的世界，它是個不能失去的重要器官。

但是，這個重要的器官，大約在八百年前被一頭龍燒掉了。

一般來說，世界樹的成樹就算碰上龍焰也不可能會輸，但這個世界的世界樹處於比較特殊的環境。

重點在世界上有多少魔力。這個世界的魔力，和其他有魔力的世界相比，至少是八倍以上。

世界樹的相關功能大概被壓榨到了極點吧。

因此，它燒掉了。

接下來就是問題所在。

世界樹的成樹消失後，照理說會有一株事先保留的世界樹樹苗長大，但是它不知為何長不大。

也不知道是種植樹苗的環境太差，還是世界樹的系統出了什麼問題。原因到現在依舊不清楚。

因為當時負責管理世界的諸神，認為與其追究原因，不如先解決魔力的循環過濾問題。考慮到將來的發展，我認為應該查清世界樹長不大的原因，以世界樹重生為目標，但是在這個魔力特別多的世界，不能讓魔力的循環與過濾停擺。

諸神花了大約百年的時間，採取近似鑽世界法則漏洞的方法，進行魔力的循環和過濾。只不過，依舊比不上世界樹處理的魔力量，只能達到當初的七成。

這對世界造成很大的負擔。

儘管沒有立刻造成嚴重危害，但是那些沒有循環、過濾的魔力，開始在世界各地引發災害、汙染土地，以及產生異質的魔物與魔獸。我們無法阻止。

我們也試著調查世界樹長不大的原因，卻沒有成果。

就這樣，世界樹的樹苗一株又一株消失，只剩下最後一株……

這個時候，突然確認到世界樹長大，怎麼能不高興。

啊，也不能只是高興呢。

「成長的原因是什麼？有為了今後著想留下紀錄嗎？」

「當然有記錄。只不過……嗯，那個，該怎麼講。」

聽到我的問題，蛇神露出些許苦笑。

「世界樹長大的地點，就是那個大家談論的地方。你聽說了吧？」

那個地方？

說到這世界諸神會談論的地方，只有一個。

「那個村子嗎？」

對於我的猜測，蛇神點頭。

原來如此原來如此。

嗯～那個村子的作用無法預料呢。真了不起。

然後，眼前的蛇神很快就派使者去那個村子。蛇神如此機靈實在令我眼紅，於是我不服氣地說道。

「這樣好嗎？對那個村子出手，會惹火上級喔？」

「派去的那個，是我的低階神祇的使者，不會出大事啦。更何況，目的是向世界樹打聲招呼。」

「唔。算了，畢竟打招呼很重要嘛。」

「嗯。還有，順便做點小調查。」

「小調查？」

「確認正在成長的世界樹是否正常。」

……啊？

「魔力循環和過濾的量有點多。比過去多上一倍……應該說無法測量。」

「這是怎樣？好恐怖。」

「雖然很想說都要怪那個村子，但也不能這樣報告對吧？然後呢，結論是不管循環和過濾的量如何，只要正常運作就當成沒問題。」

「這樣行嗎？」

「如果光靠正論能維持世界，就不需要加班或特殊作業啦。」

「話、話是這麼說沒錯……」

算了，繼續談這個話題也沒用。

總而言之我非做不可的是……

「鬧成那個樣子，代表接下來有宴會對吧？」

「有啊。雖然只有相關人士能參加……就拿我的招待名額去參加吧。」

「那我就感激地接受招待。另外，還得問候農業神才行。」

原本我會來這個世界，是因為聽說那個村子將釀的酒獻給創造神和農業神。

神能夠收下在世界中獻給神的供品。

據說，那批酒可能是這數千年來最棒的。好想喝。雖然我沒有勇氣開口向創造神要，不過農業神應該沒問題吧。

「問候？喔，目的是酒吧。你還是老樣子呢。」

「是啊。」

「這個嘛，只要開口應該就有得喝，不過要是靠近現在的農業神，就得聽她講她為了世界樹有多辛苦喔。」

「如果能邊喝邊聽，要講多少都行。」

「那還真是可靠……別向我求救喔。」

「我知道啦。」

…………

啊～蛇神。

參加宴會的農業神，是比我還要高階……應該說是最高階的農業神耶，這是怎麼回事啊？

「說是之前碰到喜事，所以她就留下來了。還有，稍後創造神也會來，注意一點啊。嗯，最高階的創造神。值得感激涕零對吧～」

你沒把這些告訴我的原因是？

「受害者越多越……不對。我是本著有福同享的精神。」

這個混蛋。

要不是有酒喝，我絕對會大鬧一場。

異世界悠閒農家

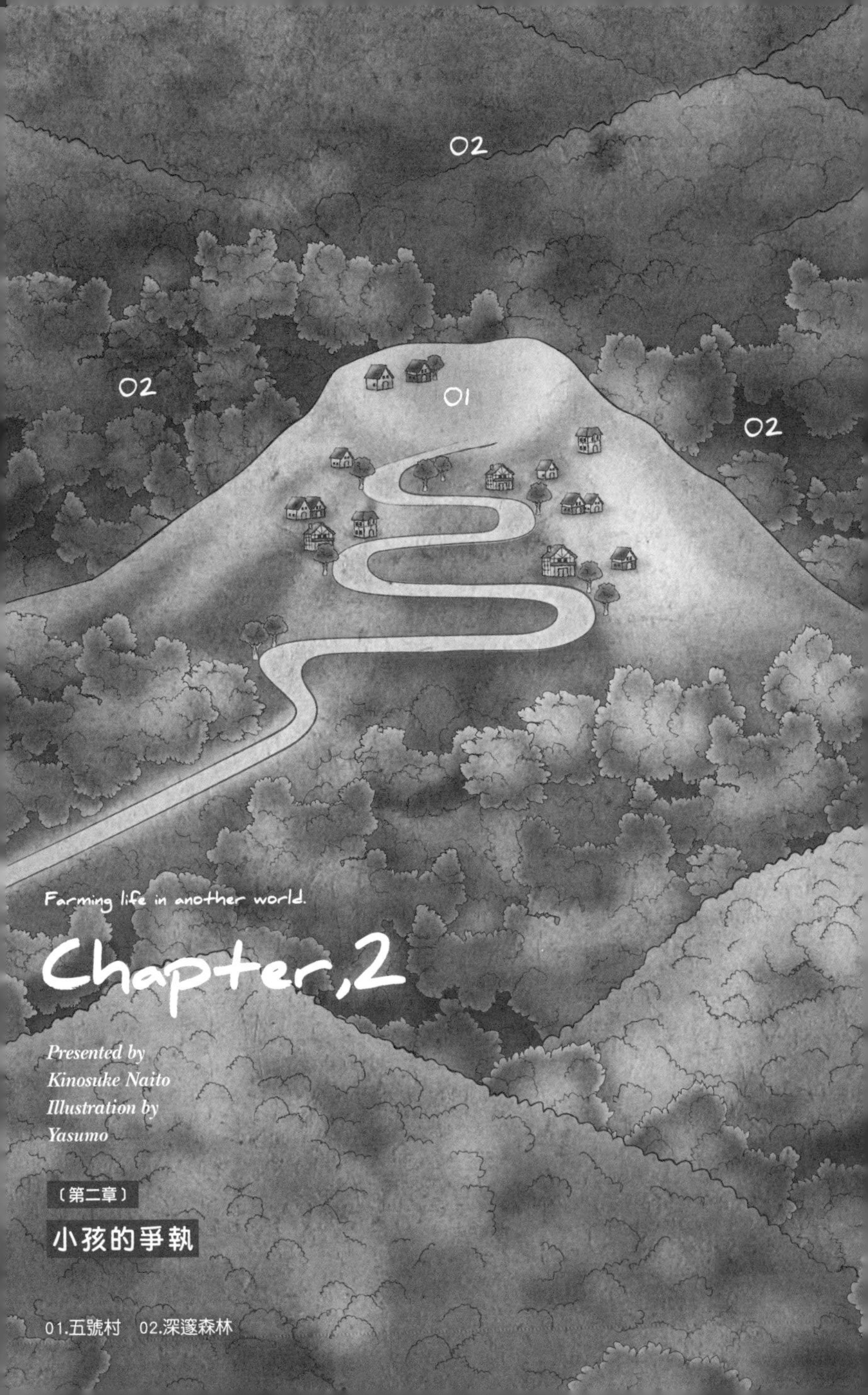

Farming life in another world.

Chapter,2

Presented by
Kinosuke Naito
Illustration by
Yasumo

〔第二章〕

小孩的爭執

01.五號村　02.深邃森林

閒話 神諭

你知道世上有神嗎？真的有。

就算你說不知道、沒見過，我也很困擾。真的有。

好啦，總之以有神為前提聽我說。

世上有神。

神也分階級，不過複雜的先擺一邊，簡單地想成有上神、中神與下神。

上神真的非常不得了。

祂們是令人戒慎恐懼、無法直視的存在。神中之神。千萬不能妄想和祂們爭。或者該說，根本無法產生這種念頭。

這就是上神。

舉例？很麻煩耶。這個嘛，像是創造神啦、時間之神啦，一般講到神明會馬上聯想到的那些有名的，都可以當成上神沒問題。

其實在這些上神之上還有更不得了的，不過那些可以不管。因為已經屬於神那個世界的事了。

中神是聽從上神指示的神。

聽起來像中間管理職，但是完全不一樣。

以人類世界比喻？呃……陸地上的霸王。嗯，差不多是這樣吧。

咦？不太明白？這就有點麻煩呢。那麼……對了。

假如上神是國王陛下，那麼中神就是大臣或將軍，這種感覺。

這樣行嗎？理解了嗎？那就好。

下神則是成為中神手足幹活的神。

這些呢，真的多得誇張。大臣和將軍會有很多部下對吧？和那是同樣的道理。

儘管聽起來沒什麼大不了，不過下神裡頭，也有很擅長收集信仰因此備受尊崇的呢。

啊～名字說出來會有很多問題，所以我就不講了。

然後呢，接下來是正題。

下神裡有動物神。喔，不是叫「動物神」的神，而是像狼神、狐神之類的，每個種族都有。

每當新種族誕生，就會同時產生新的神，所以什麼種族都有神。你的種族也有所以放心吧。

回歸正題……好啦，仔細聽清楚。

我呢，就是下神之一——蛇神的使者！

我挺起胸膛說道。

我被抓了。

為什麼！慢著，這是真的！我說的都是真話！沒騙人！真的！

證明？不，這種事有人能證明嗎？你能夠證明自己是誰嗎？做不到吧？證書？那種騙子用的武器能怎樣啊？

總而言之，我或許可疑，但也不該直接關進牢房吧？不，確實因為正門關著所以我打算偷偷溜進來。但我沒有惡意啦。

正當我在牢房裡抱怨時，有人來接我了。是狐神的部下。

我聽說妳逍遙自在地到處玩耶，來這裡做什麼啊？妳是這裡的負責人？騙人的吧？那不就是有錢人嗎？捐點錢過來啦。我這邊可是生活困苦耶。

畢竟當神的使者不代表有薪水能領。

吸引信徒藉此賺錢？不要，好麻煩。啊～對不起對不起。我道歉所以別丟下我。還有，求求妳放我出去。

呼，得救了。果然該認識一些有權有勢的朋友啊。
別說我們不是朋友啦。
咦？問我為什麼會來這裡？
是蛇神的神諭喔。
說有重要的樹長大了，要我趕緊去參拜……
天氣明明這麼冷耶。可是神說等到變暖就太遲了。
啊，那棵重要的樹不在這裡喔。
妳聽了或許會覺得難以置信，不過好像是在死亡森林正中央。
我向神抱怨「哪去得了那麼危險的地方啊」，結果祂要我來這裡。說來了就有辦法。
啊………難不成，意思是妳會送我過去？
就算是死亡森林妳也進得去吧？啊哈哈，別瞪我啦。開玩笑的。
咦？問我是不是只有參拜？哼，當然不是。
我要宣稱那棵樹的所有權，讓它成為蛇神的象徵！
問我是不是蛇神交代的？不是喔。
不過，跑到那麼危險的地方，只在樹前跳奉納舞太可惜了吧？反正不會有什麼競爭對手。
要是有？當然要打垮對方。放心放心。地點在死亡森林，不會有競爭對手啦。
不過，要怎麼從這裡前往死亡森林呀？

…………
那個，妳的眼神從剛剛開始就很恐怖耶？不不不，我很清楚。妳露出那種像在笑的眼神時最危險。
我可沒有要跟妳吵架的意思喔。
對吧？我又不是要在這裡搗亂。
咦？要帶我到死亡森林正中央？真的？還知道那棵樹在哪裡？太好了，謝謝。
還有，蛇神啊。感謝您指引我來此。
…………這裡是怎樣？村落？咦？怪了？疑似目標的樹有兩棵耶，是哪一棵啊？啊，比較小的那棵是吧。謝謝。
一靠近就能感受到一股神聖的靈氣。
然後，在那棵樹上的是鷲神的使者？已經來啦？這樣啊。
居然能來到死亡森林正中央，真是不簡單。咦？問我要不要爭奪樹的所有權？
怎、怎麼可能。啊哈哈哈。這種念頭，我一點也不敢有。
是的，只要讓我跳完奉納舞，我馬上回去。嗯，請容我暫時打擾。
這裡是怎樣？太奇怪了。
我知道狐神的部下強得誇張，但這裡能和她一戰的到處都是。

應該說，有龍。而且，不是混代龍族。我是說那些認真起來連神都殺得掉，必須得小心應付的神代龍族（Ancient Dragon）……是暗黑龍——！

為什麼會在這裡？這裡是暗黑龍的巢？不，連龍王也在……完全搞不懂。

我只知道，這裡很危險。

趕快跳完舞離開吧。嗯，就這麼辦。

怪了？狐神的部下，怎麼啦？伴奏？不不不，不需要啦。別看得太嚴重。不要召集觀眾。大家感覺都比我強，這樣對心臟不好。

啊，如果是那邊的小孩應該贏得了。

…………怪了？

那個小孩是……呀啊啊啊啊啊啊啊！烏爾布拉莎！明明是人類卻攀上弒神領域的英雄！

像我這種神的使者，會被瞬間解決掉。

不是敵人。不是敵人喔。我是和平使者。

讓、讓、讓、讓、讓心靈平靜下來撐過去。沒錯，要撐過去啊我！加油！

「這、這麼寒冷的天氣，各位願意聚集在此，實在是感激不盡。請容我在此獻上一支奉納舞。」

我看著地面起舞，盡可能不和周圍的人對上眼。

蛇神啊，我恨您。

…………

怪了，看著地面起舞的我，視野裡冒出一隻黑貓。

……

……

……

有上神在啊啊啊啊啊啊啊啊啊啊啊啊啊啊啊啊啊啊……！

不，不用費心。不，我要回去了。不，不需要土產。畢竟過冬不易。多謝您的關心。好的，那麼我只收下這些。不，真的很抱歉。得意忘形給您添麻煩了，實在是非常抱歉。是的，從今天起我會洗心革面認真地活下去。所以請原諒我。

狐神的部下，求求妳放我出去！

我的名字叫妮姿。

我以蛇神使者的身分活了很多年，卻從未像這次一樣感覺死亡就在身邊。

我再也不會靠近死亡森林了。絕對不會。

如此發誓後，我朝自己的住處踏上歸途。

蛇神啊。如果您還有慈悲之心，百年內請別再給我神諭了。求求您。

狐神的部下，我知道這樣會給妳添麻煩，但是拜託不要露出那種「妳來幹嘛」的表情。對，才道別兩天就回來，換成我也會露出這種表情就是了。

神諭啦，神諭。沒辦法啊，畢竟這是我的存在意義。放心、放心啦。這回不是死亡森林。這裡，叫做「五號村」嗎？神要我在這裡工作。

對，包含了賠罪的意思在內。所以，拜託妳收留我。

別說不需要。我很有用喔。我會做很多事喔。連神諭也聽得到。

咦？妳說都是蛇神專用的神諭？正常來說都是這樣吧？

能夠接收許多神的神諭，大概只有聖女……咦？聖女就在這裡？

…………

我、我的存在意義啊啊啊啊啊啊啊啊啊啊！

1 妮姿的訪問與格魯夫的成長

陽子罕見地帶了客人過來。

對方很有禮貌地自稱妮姿。身段放得很低。

似乎是想在世界樹前跳奉納舞。

對方非常誠懇地表示，雖說是宗教儀式，不過只是為了慶賀世界樹成長，所以我答應了。畢竟陽子也說如果有萬一她會負責。

這位是陽子的朋友嗎？不是？單純認識？是這樣嗎？

「嗯，敝人萬分惶恐，豈敢妄稱什麼朋友。」

居然讓陽子感到惶恐……雖然是位銀髮美女……不過看上去只是個穿得比較厚的普通村姑耶？

「那是擬態。如果要比喻的話，類似妖精女王那樣的存在。」

原來如此。

「儘管不想承認，但她的確是個優秀的神明代言人，雖然只負責蛇神。看見她為了得到神明認可而撐過嚴苛修行的模樣……我只能說佩服。」

能讓陽子誇讚到這種程度還真稀奇呢。

「畢竟我比較喜歡戰鬥，把力氣都花在那邊了。以神事來說，我遠遠不如她。不過嘛，換成戰鬥就是她遠遠不如我了。」

陽子表示能增廣見聞，所以把有空的人都找去觀摩奉納舞。我也去看了。

地點當然在世界樹前，所以是室外。好冷。

雖然會讓人覺得「為什麼要特地挑這種時候來」……說是因為樹成長了，會不會是因為我用「萬能農具」挖土種它？原本應該在春天或夏天培育的。

這麼一來，給人家添麻煩的是我啊。真是抱歉。

妮姿換上像巫女的衣服，應該是奉納舞的服裝吧。她的舞確實精彩。自然不做作，卻很有風格；而且，讓人感受到神聖的氣氛。和始祖先生一本正經舉行儀式的時候一樣。

可是，為什麼一直往下看啊？那種舞把視線稍微往上抬應該也沒關係啊……？

啊，不要亂跑。貓靠近跳奉納舞的妮姿，把人家嚇了一跳。真是抱歉。

見識到了一場美妙的舞蹈。

根據陽子的說法，請人家舉行這種儀式，似乎該支付禮金表示謝意。

對方不請自來，結束後卻由我這邊出錢感覺不太對勁，但是她跳的舞讓人覺得有付錢的價值。而且世界樹好像也很高興。

雖然陽子已經準備好錢袋，不過我也把錢裝進袋子裡。

請笑納。不不不，別客氣。喂，陽子，什麼「生活過得很困苦吧」，不要講得那麼露骨。

我們會安排住宿的地方，今天就留下來吧。晚餐也會準備……咦？這就要回去？別這麼說……真遺憾。

那麼，請收下土產。不用客氣。

對方表示冬季久留會給我們添麻煩，沒多久便離開了。

嗯……真是一位了不起的人。能理解為什麼陽子會感到惶恐。雖然穿那麼厚實在有點怪。

好啦。

既然都出來了，就順便吧。我移動到大樹前祈禱。

啊，大家不用奉陪我喔。畢竟天氣很冷……我知道了，大家一起祈禱吧。

原本如果妮姿願意留下，我想請她也在大樹前跳一段奉納舞的。畢竟只奉獻給世界樹不太好嘛。對我來說，大樹比世界樹更重要。

……………

除了祈禱之外，是不是該跳個舞啊？不，看完那麼精彩的舞之後，我實在沒有勇氣效法人家。何況也不能吵醒在大樹上睡覺的座布團與座布團的孩子們嘛。

重點是誠心誠意。神社也問候過了，撤退。

回屋裡請人家弄點熱飲吧。

數天後。

「妮姿決定留在『五號村』。」

陽子這麼報告。

「就我的立場而言，比較希望她別沾染世俗往神事方面精進。她明明有機會踏入神的領域啊。」
這點確實讓人想為她加油。留下來的開銷沒問題嗎？如果需要，由「大樹村」出也行喔。
「開銷會由『五號村』負責所以不用擔心。妮姿似乎想在教會工作，到時候瑟蕾絲應該也會報告吧。」
知道了，如果有什麼狀況就麻煩妳了。
「嗯。」
交給陽子就能放心了吧。
遇上那種神聖的存在，我終究也和凡人一樣會感到敬畏。
嗯？怎麼啦，貓？要我陪你嗎？那我摸摸你的肚子。陽子要不要也摸摸？哈哈哈，說什麼惶恐嘛。
宅邸內，格魯夫和達尬正在練劍術。當然，是用木刀。
似乎是模擬戰，不過在格魯夫取得一勝之前，達尬似乎已經拿下五勝了。
…………
旁觀的烏爾莎說道。
「格魯夫叔叔的劍，好懂。達尬叔叔的劍，難懂。」
格魯夫開始思考究竟怎麼回事，我則是直接問烏爾莎。
「攻擊過來的時機很好懂。」

真的嗎？我將這件事放在心上，繼續旁觀格魯夫和達尬的練習。

……

……

…………………………

完全不懂。

格魯夫的攻擊變換自如又有緩急變化，或許有固定模式，但我看不出來。

只不過，從達尬的動作能看出烏爾莎所言不虛。

達尬似乎猜得到格魯夫攻擊的時機。有好幾次他搶占先機，令人懷疑他是不是能看見未來。

嗯～或許是個外行人無法理解的世界。

不過這麼一來，能理解的烏爾莎又是怎樣？她是劍術天才？是不是該讓她走上劍術之路？看著她開心揮舞木刀的模樣，我思考了一會兒。

如果當事人希望如此，那也無妨。不過，現在要為了保護自己而練劍喔。

正當我看著烏爾莎時，格魯夫大吼一聲。

「唔喔喔喔喔！」

轉頭一看，格魯夫給了達尬漂亮的一擊。

接下來，格魯夫連連得勝。

休息時，達尬問格魯夫。

「看樣子你發現了呢。」

「嗯，是啊。太奸詐了，早點告訴我不就好了嗎？」

「不自己發現就改不掉。」

「這個嘛，或許是這樣沒錯啦……」

「無論如何，不能掉以輕心喔。畢竟只是我少了一項優勢嘛。」

「我知道啦。」

「嗯，今後要更加努力。」

我聽不懂他們在講什麼，所以問烏爾莎。

「格魯夫叔叔在攻擊時，尾巴會稍微翹起來。正面很難發現，不過只要看側腹那邊的毛的動向，就知道攻擊過來的時機了。」

……果然，烏爾莎說不定真的是劍術天才。

啊，烏爾莎。我沒辦法。妳去找格魯夫或達尬。

「我沒辦法。格魯夫，麻煩你陪她。」

「你有事？」

「你發現自己的習慣這件事，我要向莉亞小姐和安小姐報告。」

「……咦？除了達尬以外還有人知道嗎？」

「村裡的居民大多都知道喔。喔，沒有人宣傳，大家都是自己發現的。」

「……真、真受不了你們……」

儘管嘴上這麼說，格魯夫依舊顯得很開心。

至於格魯夫和烏爾莎的對決……格魯夫靠著身高差距得勝。

「好、好險。」

「爸爸，我想要長一點的武器。」

哈哈哈。

2 喝熱茶

現在是冬天。外面很冷。不過，屋裡很暖和。因為到處擺了使用保溫石（Hot Stone）的暖器。

宅邸大廳過於寬敞不易保暖是個難處，但是我已經立起隔板並拉上窗簾，避免暖空氣外流。因此在屋裡活動不需要穿得那麼厚。

很舒適。

大概是因為這樣，有人穿少少享受著刨冰。是瑪爾比特和妖精女王。

兩人似乎都選了草莓糖漿。享受刨冰是無妨，但我希望能稍微重視一下季節感。

還有，用這招贏得孩子們的歡心是怎麼回事？阿爾弗雷德、蒂潔爾、烏爾莎、娜特和古拉兒從廚房出來，各自拿著自己喜歡的刨冰。

廚房的鬼人族女僕應該有顧慮到孩子們的身體吧，是小份的刨冰。

如果是這個份量，要吃也可以。不過，注意身體不要著涼。還有，如果要去比較冷的地方，記得穿厚一點。

問我要不要吃刨冰？嗯，現在不用。

我鑽進暖桌，享用紅豆年糕湯。年糕有兩塊。搭配綠茶。

房間很暖，所以我拆掉暖桌裡的保溫石，沒有讓它發揮功能。重點是氣氛。

從客房的窗戶向外望去，外頭在下雪。

呵呵，客房的窗戶是玻璃窗，玻璃是在「五號村」製造。這種透明度，是玻璃技師努力的成果吧。

不用開窗也能享受外面的景色，真是愉快。

從客房窗戶看見的雪，根據以往的經驗會多到積上厚厚一層。暫時無法外出了呢。外面應該會變得更冷吧。

馬、牛、山羊和綿羊的廄舍沒問題嗎？雖然有安排防寒措施，不過晚點得去看一下才行呢。

……………

阿爾弗雷德，你手裡拿的是什麼？我知道那是塊板子。

把那個組裝起來是要……山精靈的作品對吧？那個迷你泳池。

看起來有下過工夫，堅固得足以承受水壓。儘管如此，還是簡單到連小孩都能組裝，真是不簡單。

不不不，先等一下。該不會要拿來用吧？

……孩子們已經準備好泳裝了。準備得還真周到。

迷你泳池的水，瑪爾比特會用魔法變出來是吧？

知道了，我不會阻止。

但是，瑪爾比特，不要用冷水，換成熱水。還有，玩完以後別忘記收拾。

迷你泳池附近，一定會弄得濕答答。

我窩在暖桌裡，望著窗外。

明天會變冷吧。

我聽著背後與季節不符的玩鬧聲，享受了熱熱的綠茶。

即使下雪，擔任聯絡員的半人馬族依舊會從「三號村」趕來做定時聯絡。

「沒事吧？」

「是的，多謝您的關心。沒有任何問題。」

意思是，途中經過的「一號村」和「二號村」也沒問題。
唉，要是太容易出問題也不好。
「菈夏希大人有一件事要報告。」
和半人馬族聯絡員同行的文官少女組之一，菈夏希。她是「三號村」的負責人。
這幾天，她都在「大樹村」和「三號村」之間來回。
「報告村長，半人馬族的代表古露瓦爾德小姐，希望和『三號村』的某位居民結婚。」
「這樣啊？那要恭喜她了。」
「對方是和波羅男爵一同抵達的移居者，身家已經調查完畢，思想方面也沒有問題，要當古露瓦爾德小姐的對象應該沒什麼不妥之處，然而有個問題。」
問題？什麼問題？
「身分差距。」
「咦？」
「古露瓦爾德小姐是魔王國子爵，相對的，要和她結婚的男性則是沒有爵位的平民。」
「啊……我大致上能理解問題在哪裡，但是當事人不介意就行了吧？」
在我的印象中，魔王國居民好像不太會拘泥什麼身分差距和爵位呀？上次和比傑爾商量時，沒多久古露瓦爾德就得到了子爵爵位。葛拉茲求婚的蘿娜娜也是平民啊？
「當事人不在意，但是周圍……應該說其他男性會。特別是波羅男爵的屬下會在意。」

是這樣嗎？啊，不，原來是這樣啊。

波羅男爵移居時，就是因為考慮到身分差距，才讓「三號村」代表古露瓦爾德成為子爵。

「於是這裡有個提議……讓她歸還子爵爵位如何？」

「歸還？」

「是的。其實波羅男爵有找我商量過，她表示目前無法以魔王國貴族的身分活動，因此希望歸還男爵爵位。」

是這樣嗎？

「是的。因此可以一起……要同時應該也無妨，不過，讓波羅男爵先歸還爵位，隔一段時間再讓古露瓦爾德小姐歸還子爵爵位如何？」

「妳問我如何，我也很為難啊。古露瓦爾德對於歸還爵位有沒有什麼意見？」

「非常積極。」

「非常？」

「是的。對她來說負擔似乎很大……」

「這樣啊。那麼，得和比傑爾商量一下才行呢。」

明明是我這邊找他商量後才成為的子爵，卻因為情況有變所以要歸還，總覺得很不好意思。

「歸還爵位很簡單嗎？」

「若是村長就很簡單。」

咦？這是什麼意思……算了，既然簡單就沒關係吧。

「那麼麻煩您了。古露瓦爾德小姐的婚事，等爵位問題解決之後再說。」

「我知道了。」

我接受菈夏希的提議。接受歸接受，但是讓想結婚的人等太久也不好。下次碰到比傑爾時和他商量一下吧。

「要和外公一起玩嗎？」

我轉頭一看，比傑爾正抱著孫女芙拉西亞。

…………

雖然還沒做好心理準備，不過趁機商量吧。

菈夏希，不好意思，麻煩妳端兩杯熱茶過來。

3 男爵領與貓的相親

我和比傑爾談了古露瓦爾德歸還子爵爵位與波羅歸還男爵爵位的事。雖然覺得這麼做很自私，但還是希望他能幫忙想辦法解決。

結論，有辦法解決。

菈夏希似乎有先問過比傑爾。不愧是文官少女組，謝謝。

不過，我希望能先和我說一聲。

在比傑爾看來，只要我同意就沒問題。不好意思還麻煩你。是是是，去陪芙拉西亞玩吧。

嗯？爸爸比外公好？哈哈哈，這樣啊這樣啊。

…………

比傑爾，不要瞪我。我是把女兒純真的心情擺在第一順位。

啊，喂，比傑爾。不要硬是繼續談工作。嗚，波羅的事嗎……沒辦法，芙拉西亞就交給賀莉了。

「所以說，波羅有什麼問題？」

「是波羅男爵領的問題。你知道那邊成了戰場吧？」

「嗯，我知道。」

比傑爾完全進入工作模式。

「其實啊，前幾年戰線往西移動，那塊領地已經搶回來了。」

「是這樣嗎？那麼，要是波羅他們知道，大概會想返回故鄉吧？」

「菈夏希應該已經告訴他們了。我想就是因為這樣，才會演變成要歸還爵位。如果抓著領地不放，會影響領地重編。」

「重編？」
「是的，因為長年以來成為了戰場……男爵回到領地也沒辦法以自己的力量復興吧。讓國家統一管理，為了復興領地的重編。」
「那麼，男爵領呢？」
「就此消失。如果有突出的功績，也是能獲賜新領地……」
意思是波羅沒有突出的功績。
「為什麼把這些事告訴我？」
「比起當魔王國的領主，波羅男爵似乎更想當個『三號村』的居民。身為魔王國執政者之一，我在此為自己的沒用道歉。此外，也請您多關照波羅男爵。」
「那當然，波羅已經是村裡的一分子了。不過……」
這個話題，不需要現在談吧？芙拉西亞選我讓你這麼不爽嗎？
我可是父親喔，贏是理所當然的。
還有，該道歉的不是比傑爾，而是在那邊陪貓玩的魔王吧？因為魔王不能輕易道歉，所以由比傑爾代為道歉嗎？但是魔王在向貓道歉耶。
怪了？比傑爾呢？比傑爾不見了。
我順著在我附近的菈夏希手指著的方向看去，比傑爾正準備從賀莉手中接過芙拉西亞。
……

菈夏希，我準備全力趕往芙拉西亞那邊，妳覺得怎麼樣？

「畢竟克洛姆伯爵要來這裡才能見到孫女，您就稍微讓讓他吧。」

「妳站在比傑爾那邊？」

「這一次，他為了古露瓦爾德小姐與波羅小姐的事出了很多力。更何況，男爵領周邊還有很多無主領地，加上繼承問題之後似乎很棘手。」

既然妳都這麼說了，要讓一下也不是不行。

……………到我數完十為止。

「至少數完一百吧。」

菈夏希真是溫柔呢。我有件工作要麻煩妳。

「我想捐錢資助戰地的復興工作。拜託妳幫忙處理。」

「了解。」

魔王帶來了小貓們……正確說來是米兒、拉兒、烏兒、加兒等四隻貓姊姊的伴侶候選貓。似乎是在某個村子抓老鼠表現出色的年輕公貓。

總而言之先帶一隻來看看狀況。如果順利，會多帶幾隻過來。

水放掉的迷你泳池成了相親會場，魔王先放進公貓，再把貓姊姊們放進去。

咦？不不不，慢著慢著，突然就讓兩邊見面會不會太快啦？

貓姊姊們的個子確實已經和貓媽媽珠兒差不多大了，但牠們還是小孩。夠了，把貓姊姊們從泳池裡抱出來。要是牠們被欺負怎麼辦啊？

不，要是對方動粗……啊啊，我不願去想！

「村長，看樣子不需要擔心喔。」

在疑似幫忙安排相親會場的鬼人族女僕催促下，我定睛一看……

公貓澈底躺平，擺出投降姿勢。四隻貓姊姊圍著牠。

……

這是恐嚇現場嗎？我能聽到公貓沒出息的叫聲。

貓姊姊們的相親失敗了。

比傑爾帶著公貓先走一步。希望牠沒留下心靈創傷。

不，貓姊姊們也……看來牠們和往常一樣。

還有，妳們啊。為什麼魔王講話比我還管用啊？飼主是我喔。雖然我沒怎麼照料妳們就是了。

嗯？貓……貓姊姊們的父親，萊基耶爾。就算魔王在也會靠過來的，只有你啊。好乖好乖。

我一摸萊基耶爾，貓姊姊們就衝過來，想要擋在我的手和萊基耶爾中間。

好好好，要我先摸妳們是吧……我一把手從萊基耶爾身上拿開，牠們居然又回魔王那邊了！

……

萊基耶爾，女兒的教育真難啊。
萊基耶爾回以溫柔的叫聲，讓我稍微得到了治癒。

番外 公貓

我是貓。沒有名字。
我自認活得很認真。有好好工作，也沒有礙到村民。更沒忘記示好。
但是，我不讓他們摸。不知為何村民總是想摸我的肚子。那裡可不行。唉，我退讓一點，摸背吧。
如果是背就能接受。不可以摸尾巴根部！

某天，我被村民抓住了。
這時候，我以為又到了洗澡的日子，因此十分冷靜。我並不討厭洗澡。嗯，腳發抖是因為天氣冷。
然而並非如此。
村民將我交給某個似乎很有身分地位的人。這個似乎很有身分地位的人，笑容滿面地看著我。
我有不祥的預感。要拿我怎樣？想對我做什麼？我想著想著就睡著了。不是昏過去喔，只是睡著了而已。

但是，他什麼都沒對我做。

似乎很有身分地位的人，把我交給看起來更有身分地位的人，然後又轉交給更更有身分地位的人。

怎麼啦？出了什麼事？

途中，有人幫我洗澡，還有飯吃；最後我被帶進一個房間，裡頭都是年紀看起來和我差不多的貓。

看見同族令我稍微安心了點，但是安心很快就轉為不安。

只有公貓。我沒打算跟他們起衝突，但是他們跑來找碴就麻煩了。

總而言之，那隻馬上就跑來找碴的公貓……嗯，是住都市的吧。從氣息就感覺得出來。所以我三兩下把牠打發掉了。和鄉下老鼠相比，住在都市的公貓根本不算什麼。

要是母貓看見我的英姿，大概會喵喵叫個沒完吧。呵。

我走到房間中央，一屁股坐下。別再來煩我囉。

在那之後，差不多吃了十頓飯吧。

看起來非常有身分地位的人把我抱起來。似乎要把我帶到某處。

我見識到了地獄。

那不是貓，是魔獸。這個嘛，交配或許有可能。但是我沒辦法。做不到。那些魔獸壓倒性地強大，遠比村裡最強的看門狗還要強。雖然我沒和看門狗打過，但是我能肯定。

足足有四隻。好像是四姊妹。

魔獸四姊妹似乎是要找女婿，幸好她們沒看上我。真的太好了。呃，她們的確很漂亮就是了。

在我眼裡只是美麗的死神。活著真是美好。

之後，我在看起來非常有身分地位的人家裡住下。

雖然要戴項圈讓我有點不滿，但是沒有項圈似乎不能在家裡自由移動。

這間屋子大得誇張，所以有老鼠。然後呢，這些老鼠也是魔獸。遇上牠們時，我已經有了喪命的心理準備。

但是沒問題。

和魔獸四姊妹相比，一點也不強。

魔獸老鼠大概沒想到我會動手吧，牠們大意了。真是幸運。

我拿去給非常有身分地位的人看，被誇獎了。真開心。

所以我抓了一堆魔獸老鼠。除了非常有身分地位的人之外，其他人也誇獎我。

呵呵呵，真開心。

但是，我一時得意忘形抓太多了。最近，都沒看見魔獸老鼠的蹤跡。失策。要是抓過頭，會被趕出去。我明明知道的。

儘管我很不安，卻沒有被趕走。

非常有身分地位的人，甚至給我專屬房間。房間日照充足，讓我很開心。飯也很好吃。

問題只有一個。

那個非常有身分地位的人，身上偶爾會有魔獸四姊妹的氣味。

不，不止四姊妹，還有別的氣味……在那些氣味散掉之前，禁止抱我。

摸背可以。尾巴根部不行。

我是貓。

非常有身分地位的人替我取了名字。

亞瑟。

非常有身分地位的人的部下們，稱呼我為糧倉騎士。

守衛和大臣面面相覷。

「大臣。那隻貓，怎麼想都不是隻普通的貓吧？」

「那當然。牠可是將城內那些麻煩的薄紗鼠一掃而空耶。廚房人員都大為讚賞，說千萬不能讓這隻貓離開。」

「不過，牠在生物學上只是普通的貓耶。」

「只有克服過死亡才能到達那種境界。從牠身上能夠感受到愛與悲傷。」

4 暴風雪

鷲來到我房間，表示天候變得很糟，要把不死鳥幼雛艾基斯藏進暖桌。

為什麼是我房間的暖桌？艾基斯也別就這樣乖乖地給牠藏。

不，重點不在這裡。

既然鷲留在我房間，代表天候應該真的很糟，於是我急忙聯絡村民。過了一會兒，高等精靈莉亞與天使族的蒂雅也確認天候出現異狀。上空的「四號村」也捎來聯絡。

半天之後，屋外變得非常誇張。

暴風雪。雪在狂風中飛舞。

幸好已經把牛、馬、山羊、綿羊、雞等都關進廄舍。這種天氣要是留在外面就危險了。待在廄舍裡比較安全吧。

唉，或許有些委屈，但是希望你們忍耐一下。

當然，不止牛、馬牠們，在野外活動的小黑子孫們也進了廄舍或宅邸。

進屋時，小黑的子孫們還一臉「不過是天氣，太誇張啦」的表情，看見此刻外面的暴風雪後都露出「得救了」的表情。小黑和小雪怎麼樣不清楚，但是在村裡出生的世代大概是第一次體驗到暴風雪。我也是第一次。

森林裡的蜂巢，原本就會在入冬前加上防雪板和防風板，應該沒問題吧。

我巡了一下，看見蜜蜂們也有做些應付壞天氣的準備。真可靠。

至於在大樹上睡覺的座布團，還醒著的座布團孩子告訴我沒問題。那就好。

幫忙守門的紅裝甲和白裝甲則是進屋裡避難。不用道歉沒關係，麻煩你們在暖和的地方看門了。

宅邸碰上暴風雪也不為所動。

只不過，玻璃窗的部分可能會有危險，所以用木板擋住。

因此，室內只剩下魔法照明和魔道具的光亮……不過一點問題也沒有。糧食和燃料的儲備也很充裕。就算暴風雪持續一個月也撐得住。

不過嘛，持續一個月大概會有其他問題就是了。

畢竟天氣這麼糟，半人馬族的聯絡員停止移動。

不是只有這次，我們以前討論過因天候而暫停的可能，這是討論的成果。

雖然感覺他們在這種天氣還是很有可能跑出來，不過我已經要求他們別逞強，應該沒問題吧。

「四號村」在上空不會受天候影響，所以不用擔心。

「五號村」位於離此地相當遠的南方，天氣和這邊不同，不太需要擔心。

我擔心的大概是「一號村」、「二號村」和「三號村」吧。沒問題嗎？

溫泉地也令人擔心。死靈騎士應該沒問題，不過獅子一家呢？雖說我曾經告訴牠們，必要時就進溫泉地的住宿設施避難……儘管擔心，但在這暴風雪下我也無能為力。

先做好移動準備，等暴風雪平息之後去確認吧。

剩下就是祈禱大家平安無事。

好啦，總之暴風雪平息之前就窩在屋裡。

進宅邸避難的小黑子孫們，分成好幾組在大廳玩。西洋棋很受歡迎呢。只不過棋盤數量有限，所以多數是觀眾。

第二受歡迎的是玩球。儘管只是滾來滾去，卻很容易激動起來變得吵吵鬧鬧，然後被鬼人族女僕一瞪又安靜下來，周而復始。

午睡的那一團裡，還有小貓呢。感情真好。

在客房，德斯、萊美蓮、基拉爾、瑪爾比特、琳夏和始祖先生窩在暖桌裡喝酒。

外面的暴風雪就像假的一樣。

不過，假如真的碰上最糟的萬一，他們會成為可靠戰力。我很想這麼說服自己，所以希望大家喝酒能稍微節制一點。特別是瑪爾比特，已經醉過頭了吧？

我要陽子留在「五號村」。畢竟在這麼猛烈的風雪中，要移動到有傳送門的迷宮也很麻煩。

另外，我也要孩子們和母親們一起到「五號村」避難。他們很抗拒，但是我強迫他們這麼做。

抗拒的不是孩子們，是母親們。似乎是對於我沒避難感到不滿。

然而，我覺得在這種時候，村長的立場上更該留在村裡。我或許缺乏身為村長的自覺，不過這點程度的責任感還是有。

更何況，我也不能丟下小黑的子孫們和座布團的孩子們。

儘管已經有了面對暴風雪的覺悟……但是建築文風不動，所以我一點也不擔心。

老實說，我有點開心。大概就像樂見颱風到來的小孩那樣吧。

唉，雖然孩子與母親們都在「五號村」，不過其他居民幾乎都在，所以沒什麼變化就是了。

鬼人族女僕們，正在為大家準備晚餐。

我的房間裡，除了鷲和艾基斯之外，還有小黑、小雪、酒史萊姆、貓萊基耶爾、寶石貓珠兒，以及許多座布團的孩子。

大家特地為我空出暖桌的一角，於是我鑽了進去。

哈哈哈，酒史萊姆，你幫忙準備酒讓人很高興沒錯，不過這些酒是從哪裡拿的？是我藏在這個房間裡的酒吧？啊啊，已經消失了大約一半。什麼？有喝的不止酒史萊姆？

我環顧四周，小黑、艾基斯和萊基耶爾別開目光。你們……

暴風雪差不多從中午開始，一直持續到隔天傍晚左右。

5 暴風雪過後

暴風雪平息的隔天，是晴天。積雪反射陽光，顯得很刺眼。

好啦，現在問題是眼前……差不多積到我脖子這麼高的雪。

先前再怎麼積雪，頂多也就五十公分高，紀錄一口氣更新成三倍。

我打開一樓的門後嚇了一跳，於是從二樓窗戶往外看……這些雪，該怎麼辦才好？

如果和往年一樣，我會把雪剷進蓄水池或河裡，但這個量剷起來不太實際吧？能靠「萬能農具」搞定嗎？

在我煩惱時，小黑的子孫們跳出窗戶，撲進雪堆。

然後，不曉得怎麼辦到的，只見牠們一邊讓雪融化一邊往下鑽。喔喔。

其他小黑的子孫們也跟上，先後撲進雪堆往底下鑽。牠們鑽過的地方，形成漂亮的隧道。

這下子積雪問題就解決了？正當我這麼想的時候，稍遠處的雪塌了。

大概是小黑的子孫們融雪時很隨便，導致隧道崩塌吧。

沒事吧？只是嚇到？那就好，融雪要有計畫喔。

話才剛說完，遠處的雪也塌了。已經鑽到那裡了？不，不是。那是到小屋避難的小黑子孫們。

證據就是，坍塌的位置越來越靠近宅邸。

牠們從雪中探出頭來，確認方位。

大概是發現我了吧，牠們跳到雪上，一口氣衝過來。

啊，慢著。從宅邸裡出來的小黑子孫們就在那一帶的雪中移動……太晚了。

不是喔，那不是陷坑。就算掉下去也不用覺得丟臉啦。

在小黑孩子們的活躍下，宅邸周圍的雪先融了。現在可以從一樓外出。

再來是折斷建築物各個角落冒出的冰柱，以及清掃屋頂上的雪。畢竟冰柱和屋頂上的雪，掉下來都會造成危險嘛。

一發現冰柱，我就拿棒子打斷。挺有趣的。

屋頂是斜的，因此沒有地面那麼誇張，但積雪還是有五十公分左右。

在我思考該怎麼弄下來時，不死鳥幼雛艾基斯自信滿滿地站了出來。

既然你誇下海口就交給你……但是沒問題嗎？雖然不曉得你要幹什麼，但是不可以傷到建築喔。還有，鷲感覺非常擔心地看著耶？

……知道了。艾基斯，我相信你那充滿自信的眼神。

艾基斯身纏火焰，一躍而起。喔喔，打算用那些火焰把屋頂上的雪融化啊。

…………

不是我要掃興，但是你的火焰和屋頂上的雪相比，雪好像壓倒性地多耶？是我的錯覺嗎？

五分鐘後，艾基斯含著眼淚回來。

沒關係，你已經很努力了。

鷲，不好意思，麻煩安慰牠一下。

屋頂上的雪，我打算爬上去把它掃下來。

問題在於，要怎麼爬上屋頂。平常我會找露、蒂雅、格蘭瑪莉亞等會飛的人把我抱上去，但是現在會飛的人大部分都在「五號村」。

目前在這裡的……

庫德兒、可羅涅、琪亞比特等天使族，已經去附近巡邏了；忙著研究的芙蘿拉完全成了夜行性動物，吃完早飯之後說要睡覺，把她叫醒未免太殘忍。

剩下瑪爾比特和琳夏。

……

把自己的安危交給瑪爾比特總覺得有點恐怖。琳夏則是蒂雅的母親，讓她抱著飛總覺得不好意思。

這麼一來，該怎麼辦呢？自己爬上去很危險，而且很恐怖。

嗯……不得已。

換個方法。

請德斯化為龍形態幫忙清掉屋頂上的雪。謝謝。

我一邊清除村內積雪一邊巡視有沒有地方受害，這時露從「五號村」回來了。

似乎是代表去「五號村」避難的人，回來確認村子的狀況。抱歉太晚聯絡了。我原本打算把雪清一清再聯絡，雪積得這麼厚還把你們叫回來也不好吧？

到「五號村」避難的人都沒事吧？「五號村」一直是晴天所以完全沒……怪了？怎麼啦？為什麼不

乾脆地說「沒問題」呢？出了什麼事？孩子們和「五號村」的孩子們起了爭執？

被「五號村」的孩子們當成新來的……所以吵起來了。

有人受傷嗎？沒事吧？這樣啊，那就好。

多虧阿爾弗雷德的努力？真了不起。

和他們吵架的孩子們的家長鐵青著臉跑來賠罪？呃，是小孩子吵架吧？畢竟只是孩子，不要看得太嚴重。

這樣就結束了？不，還有後續？咦？吵完架之後，烏爾莎和娜特把「五號村」的小孩一個一個揍了一頓收為屬下？

……咦？屬下？咦？可、可以解釋為大家變成好朋友嗎？就像組成親友團。不是？

呃……

唉、唉呀，畢竟是孩子嘛，不、不要看得太嚴重。叫那個親友團解散。畢竟就算是孩子，人數一多還是會有危險。

太晚了？已經和「五號村」的警衛隊起了衝突？烏爾莎和畢莉卡打了起來？發生什麼事？到「五號村」避難才第三天吧？

知道了，我會盡快做好讓孩子們回來的準備。明天就能接人。

太慢？最好馬上？我、我知道了。

我優先把宅邸到迷宮這段路的雪清理掉，完畢後就叫他們回來。這樣行嗎？那就好。

……咦？

露用火焰魔法把宅邸到迷宮途中的雪都融化了。看得見地面。

「這下子去『五號村』避難的人可以回村了吧？」

……了解。

到底出了什麼事啊？

恐怕得先有個心理準備。

6 發生在「五號村」的小爭執

暴風雪沒弄壞村裡的設施，於是我再次讚賞精靈們的建設技術。

哈哈哈，別害羞別害羞。畢竟在暴風雪之中，宅邸真的不動如山嘛。

其他不為所動的還有大樹和世界樹。

……

雖然漂亮地積了一層雪，但是積雪量好像比其他樹來得少？周圍的雪也……是我的錯覺？真的？

算、算了，應該不用在意吧。

蓄水池也積上一層雪。但是和其他地方不一樣，只有約十公分左右。我想，底下的蓄水池應該結凍了吧。

只不過，看來池中央以及水流入流出的地方積雪較淺，底下的冰可能很薄。幸好孩子們不在。要是看見水池結凍，他們大概會開開心心地衝過去。

在我這麼想的時候，小黑的子孫之一已經跳到水池上面跑來跑去。

咦？在我出聲制止之前，冰塊破裂聲和水聲已經響起。哇啊啊啊啊！

好險。

幸好巡邏歸來的琪亞比特就在附近。

我一邊替掉進水池的小黑子孫擦身體，一邊檢查牠有沒有事。

還活著吧？那就好。嚇了一跳，而且很冷對吧？不能因為結凍就大意喔。也告訴其他小黑的子孫們一聲，拜託囉。

順帶一提，為了解救小黑的子孫而跳進冰冷的蓄水池裡的琪亞比特，已經去泡澡了。

等她泡完出來之後，得重新向她道謝才行。

繼續除雪工程。

屋頂上的雪交給德斯，我負責處理地面的雪。
我用「萬能農具」把雪運走。
如果能像露那樣用魔法一口氣把雪蒸發就輕鬆了……沒有魔法才能的我，只能腳踏實地慢慢來。
以人走的路為優先。雪則是運到棄雪場。
當然，不只我一個人做。手邊有空的村民全都來了。和大家做同樣的工作有種一體感，真不錯。
儘管離除雪完畢還早，不過去「五號村」避難的人已經回來了。
露，不好意思，可以幫忙把棄雪場的雪蒸發嗎？如果沒有妳那種火力，沒辦法把雪融化之後的水也蒸發。
我知道，孩子們的事對吧？我會空出時間。
……怪了？哈克蓮呢？火一郎和古拉兒也不在？
回來的避難成員裡，沒見到哈克蓮、火一郎和古拉兒。
我回到宅邸聽整件事的經過。
首先，哈克蓮、火一郎和古拉兒從「五號村」去德萊姆的巢了。
理由是幫德萊姆的忙。
似乎因為天氣惡劣，想要離開死亡森林的魔物與魔獸紛紛湧向德萊姆的巢。儘管自己一個也勉強應付得了，德萊姆依然向哈克蓮求救，希望她有空能幫忙。

弟弟求助大概讓身為姊姊的哈克蓮很高興吧，她欣然答應。原本她打算讓火一郎和古拉兒留在「五號村」，但是能夠制止火一郎和古拉兒的只有哈克蓮，於是她讓他們同行。

畢竟目的地是德萊姆的巢，這個判斷不能算差。唉，雖然就我個人來說，比較希望她留在「五號村」看著孩子們就是了……但是德萊姆的巢那邊情況似乎也不太妙，沒辦法。

哈克蓮原先負責監督移動到「五號村」的孩子們的工作，改由露接手。

這是移動到「五號村」第一天發生的事。其他沒有什麼問題。畢竟我也對露、蒂雅、莉亞、安、芙勞、賽娜、哈克蓮、拉絲蒂等母親們說過，她們可以視情況自己做決定。

第二天，早晨。

雖說都是孩子，不過實際上分成能夠單獨行動的年長組，以及禁止單獨行動的年少組。

露將年長組交給阿爾弗雷德、蒂潔爾、烏爾莎和娜特，主要負責監督年少組。話雖如此，並沒有放任阿爾弗雷德他們自由行動。

而是決定好「五號村」內的可移動範圍，交代他們不要超出這個範圍。

這個範圍，僅限陽子宅邸和周邊。阿爾弗雷德他們在玩的時候有乖乖遵守。由於是冬天，所以雖然沒有穿得像村裡那麼誇張，外出時依然有記得穿得厚一點。了不起喔。

然後呢，在陽子宅邸附近玩的時候，「五號村」的小孩們找上門來。

關於這部分，陽子將她從「五號村」小孩家長那邊聽到的內容，整理成報告書交給我。

「五號村」的小孩們，看見不認識的小孩在陽子宅邸周圍閒晃，於是上前警告。

這時，阿爾弗雷德向對方解釋，但是其中有一部分激怒了「五號村」的小孩們。

怎樣的發言惹火對方令我很好奇，結果答案是這樣──

「陽子小姐也知道。」

我還在想這句話怎麼會惹火人家，理由很單純。

「陽子『小姐』是什麼意思啊！陽子『大人』才對吧！」

原來如此，尊稱啊。

唉、唉呀，倒也不會無法理解啦……但是講這種話的那些「五號村」小孩，年齡和阿爾弗雷德他們差不多吧？居然因為尊稱生氣……

這種教育很普遍嗎？我需要好好想一下。

言歸正傳。

當時阿爾弗雷德用對話擺平。

問題在於，阿爾弗雷德道歉了。

「烏爾莎、蒂潔爾和娜特沒出聲，但好像氣壞了。」──這是人在現場的特萊因的證言。

和「五號村」的小孩們分開之後。

蒂潔爾將阿爾弗雷德隔離。烏爾莎和娜特朝著「五號村」小孩們的所在地展開突擊。

「『大樹村』讓人瞧不起好嗎？不好！上吧！」

在烏爾莎的號召下，利留斯、利格爾、拉提和特萊因也加入。

差不多中午剛過，就有大約兩百個「五號村」的小孩成了屬下。啊，嗯，可以的話不要說屬下，想稱呼為親友團。為了讓我的精神安定一點。

於是呢，在那之後……為了成就親友團某人的戀情，他們和「五號村」的警衛隊爆發衝突。

……為什麼？

似乎是親友團中的一個女孩。

這個女孩子，喜歡上某個警衛隊成員。為了替她打點告白環境，所以攔住了準備出發巡邏的其中一隊警衛隊。

烏爾莎和畢莉卡打起來的原因是？烏爾莎看出畢莉卡是那個集團的頭目，衝上去想抓住她？這樣啊。

所以，哪邊贏了？該不會是烏爾莎？這樣啊，是烏爾莎贏了。

……怪了？畢莉卡是前劍聖對吧？她不是很擅長對人戰嗎？烏爾莎表示看穿畢莉卡的動作輕而

易舉。真厲害。啊，不能誇獎她。

劍聖的流派，源自以前英雄女王使用的劍術？怎麼啦，露？現在不需要這個情報吧？

算、算了，回歸正題。

既然是親友團成員，那麼年齡應該在十歲左右吧？十二歲？這樣啊。小小年紀就告白……咦？這樣很普通？

如果不早點決定對象並且向父母報告，父母會擅自替子女安排……原來如此。

然後呢，那個告白順利嗎？雖然失敗了，不過女孩子還在猛攻中，再過幾天就會淪陷？

已經安排好了，結果會送到陽子那邊？這樣啊。

呃～總而言之。

孩子們……年長組全部禁足三天。所有人除了吃飯、上廁所、洗澡之外，不可以離開房間。知道禁足的理由吧？

孩子們面面相覷，討論起來。好，烏爾莎當代表。

「因為打架時，手下留情？」

「不對！」

關於打架的事，母親們全都希望我放過孩子，所以我原諒他們了。母親們似乎能諒解孩子們打架的理由。同時，也不會處罰「五號村」的小孩們。不過，各家的家長要自己管教。我也會以父親的身分，分別訓斥孩子們。

之所以做到這種程度還要禁足，則是因為他們跑出露規定的範圍。儘管阿爾弗雷德很可憐，可是他被指名帶領孩子們嘛。這是連帶責任。禁足期間要好好用功。

還有，露。妳也要負起監督責任。十天內，禁止研究。

哈哈哈，不要表現得比孩子們更抗拒好不好？

還有，把格魯夫找來。想拜託他安撫畢莉卡，因為畢莉卡應該很沮喪。

那麼解散。有空的人來幫忙除雪。

7 再次體會到自己成了父親

和「一號村」、「二號村」、「三號村」取得聯絡後，確認他們都平安。建築似乎也沒事。

我暫時把除雪工作交給其他人，自己去阿爾弗雷德的房間向他道歉。

「剛才對不起。」

老實說，我覺得「五號村」這件事，阿爾弗雷德沒有錯。周圍的反應，多半也是想為他開脫吧。

實際上，站在村長的立場，沒理由責備阿爾弗雷德。

但是，讓阿爾弗雷德受到周圍的庇護，只有他一個人什麼錯也沒有，在我看來實在不怎麼健全。所以，我以父親的立場斥責他。

因為你沒注意到利留斯、利格爾、拉提和特萊因這幾個弟弟要做些危險的事。身為哥哥應該反省。

我之所以道歉，是因為剛才沒說明這些。現在則是把這部分解釋清楚。

啊，不用沮喪喔。

好好理解我責備你的理由，以後活用這些經驗就好。

罰你禁足是重了點，但是除雪作業時小孩子亂跑很危險。看到了吧？雪積得那麼誇張。建築物上和樹上都還有雪，掉下來會有危險。

雖然講禁足三天，不過除雪完畢就會放你們出來。現在就安分點待在房間裡。

嗯？喔，接下來我也會去找其他孩子們個別談談。當然，烏爾莎和娜特那邊也會去。不用擔心。

阿爾弗雷德明年九歲。

代表我成為父親要滿九年了。我還是個新手啊，養育小孩真的很辛苦。

孩子們的房間去過一輪之後，休息。我累了。

阿爾弗雷德之外的人，似乎都對阿爾弗雷德被禁足感到不滿。

「身為哥哥，卻沒注意到弟弟們要做些危險的事，這是他的錯。」

即使我這麼說，依舊沒辦法讓他們接受。

我感到很為難，看不下去的安走過來，換了個說法。

「阿爾弗雷德少爺，是以哥哥的身分為弟弟們的失態負起責任。」

儘管我覺得這種說法有點問題，但是孩子們接受了，讓我難以訂正。何況我聽人家講過，大人最好不要在小孩面前一再推翻說過的話。

唉呀，別把「失態」這個詞看得太重了。放輕鬆、放輕鬆。哈哈哈。

最難纏的是烏爾莎。

畢竟哈克蓮不在嘛。如果哈克蓮在我會交給她處理，不在就沒辦法。我決定以父親的身分面對。

「我知道妳的行動是為了『大樹村』著想。但是，想要只靠你們幾個來解決就不對了。應該找附近的大人商量。為什麼做不到？」

「……對不起。」

我花了差不多一小時才聽到烏爾莎的道歉。

「畢竟戈爾、席爾、布隆他們不在，於是妳突然成了大家的姊姊。妳很努力，做得很好。不過，下次記得找周圍的大人幫忙。」

我用力抱緊烏爾莎。

……真的很辛苦。

我沒打算把管教責任都丟給別人，不過還是要好好感謝母親們啊。

「村長，除雪第一階段結束。」

一名高等精靈過來報告。

原本只打算暫時離開，卻變成長時間交給別人，實在很不好意思。

除雪的第一階段，是讓人能夠在居住區進行某種程度的移動。

「辛苦了。今天就到這裡，剩下的明天再做吧。」

差不多要天黑了。

「了解。我這就聯絡前往牧場區與果園區的人。」

「拜託了。小心別滑倒喔。」

晚上。

我召集前往「五號村」避難的母親們。

這次的事件，完全要歸咎於母親們監督不周。

確實，負責監督孩子們的是露。不過就算是這樣，我也不覺得其他母親毫無責任。

我已經要露負起責任，禁止她研究十天。

露，妳或許相信阿爾弗雷德他們，然而他們對那裡不熟。應該隨時有人看著，或是讓他們待在大人看得見的地方。

這麼講或許不太好聽——妳可以相信阿爾弗雷德他們，卻不能完全信任他們。他們還是小孩。畢竟這種話不能在他們面前說。

這次的事件，所有人都要負連帶責任。

但是，懷孕中的格蘭瑪莉亞、陪著格蘭瑪莉亞的安，以及不在場的哈克蓮三人不在此列。

何況哈克蓮還沒回來嘛。

我給予剩下的人處罰。

「禁止生殖行為一個月。」

現場一片譁然。

嗯嗯，我知道這個處罰很重。

「放心吧，我也會一起受罰。」

畢竟有錯的不止母親。

雖說是為了村子，但是我沒跟著避難也有錯。所以，我也該受罰。

我也禁止生殖行為一個月。

結論一宣布，母親們就圍住我，要我就地跪坐。

「母親有連帶責任、父親該負責任，這些都能接受。但是處罰內容無法接受。我們好好商量一下吧。」

怪了？妳們事先練習過嗎？大家居然異口同聲講出這種話，未免太奇怪了吧？

呃，我、我沒有要敷衍妳們喔……唔，嗯，我們好好商量吧。

母親們的處罰，是禁止生殖行為十天與禁止吃甜點三十天。

父親的處罰，則是去「五號村」出差三天。

結論就是這樣。

我在「五號村」的知名度好像太低了。我會努力。

你好。

我的名字叫娜娜．佛格馬。為了管理太陽城而誕生的墨丘利種。

目前，我遵從「大樹村」村長的指示來到「五號村」任職，然後在「五號村」代理村長陽子大人的指示下負責蒐集情報。

我對於工作地點和任務內容沒意見，但是希望指揮系統能夠統一。

雖說不太可能發生這種事，但如果村長和代理村長同時下令，我究竟該遵從哪一邊才好呢？

「應該遵從當地的最高負責人陽子。」

「應該遵從地位最高的村長吧。」

…………

希望兩位能夠討論一下。得到結論後，請告訴我。

好啦，關於任務。

這話由我自己來說好像有點怪，但我的外表不太起眼。不會太漂亮，也不至於太醜。屬於平凡女性的相貌。

我利用這點，融入村裡……應該說城鎮裡蒐集情報。

起先是一個人做，不過我判斷以「五號村」的規模實在做不到，於是從當地尋求可靠的幫手，在他們的協助下努力工作。
今天我本來打算巡視「五號村」南側的商店，卻被陽子大人喊停。
據說，由於「大樹村」天氣惡劣，村長的夫人們與孩子們要來「五號村」避難。
雖然我覺得要避開壞天氣不該選「五號村」，去「四號村」也就是太陽城避難比較確實，但是太陽城無法充分地款待他們，遺憾。
找個機會，向貝爾提議增添迎賓設施吧。
無論如何，既然要到「五號村」避難……代表會待在宅邸對吧？了解。
為什麼，事情會變成這樣？
「五號村」的小孩們，和村長的孩子們起了爭執。
為了弄清楚狀況和收拾殘局，我不得不四處奔走。胃好痛。
出事的原因……該怎麼講呢，只能說不湊巧吧。
首先，陽子大人計劃讓村長夫人們與「五號村」的有力人士們見面。儘管這些有力人士有一部分已經認識村長夫人們，然而不認識的也很多。
避難不知會持續多久，為了避免出事而讓大家見個面，我覺得是個不壞的主意。

見面地點在陽子大人的宅邸，以午餐會的形式舉行，已經事先通知「五號村」的有力人士們。

雖然是「早上接到通知，中午就要吃飯」這種倉促的行程，不過「五號村」的有力人士們應該無法拒絕吧。然而，他們不是只知道服從的那種人。他們是被陽子大人選上，才被稱為有力人士並擁有今天的地位。代表他們很優秀。

因此，陽子大人叫來的那些有力人士，帶著自己的孩子造訪。大概是想碰碰運氣，讓人家記住自己的孩子吧。

在這個階段，「五號村」的有力人士們，還不知道村長的孩子們也有來。

此外，也不能突然帶著孩子參加午餐會。畢竟參加人數早已決定好了。

儘管多一點人也應付得了，但是以「五號村」那些有力人士的立場，沒有得到同意就帶著孩子參加陽子大人主辦的午餐會，是很沒禮貌的舉動。

午餐會讓人家記住自己的長相，回程時如果運氣好，還能順便讓人家記住小孩的長相。

他們大概在心裡打這種主意吧。

即使可能性很低，也要為了些許希望全力以赴。正因為一直以來都竭盡全力，他們才能贏得現在的地位吧。

這些有力人士大多帶了小孩過來。這些小孩我都認得。

對方應該不認識我，但我認識他們。

因為他們是統領「五號村」山頂周邊小孩團體的老大。

對於「五號村」忠心耿耿，大人們期待他們能扛起「五號村」的未來。

我也很期待。

大人參加午餐會的時候，這些小孩在父母親的交代下聚在一起玩。想來是為了避免偷跑。曉得分寸的孩子們乖乖點頭。他們應該不會亂來吧。

在陽子大人的宅邸附近惹麻煩，不會有任何好處。所以，我也疏忽了。真的非常抱歉。因為我判斷參加午餐會的有力人士那邊比較重要。

想不到，在我沒注意的時候，這些小孩看見在陽子大人宅邸附近玩的村長家小孩……阿爾弗雷德少爺他們，還吵了起來。

吵架的內容很單純……或者該說是誤會。

「誰准你們在這邊玩的？這裡可是陽子大人的宅邸喔，報上名來。」

「午安。我叫阿爾弗雷德，因為父母要我們在這裡玩，我們才會待在這裡。這件事情，陽子小姐也知道。」

「陽子小姐是什麼意思啊！陽子大人才對吧！」

…………

這是不清楚雙方立場而導致的誤會，舉例來說，就像家臣的家臣的小孩，對王子擺出了高高在上的態度。

而且，阿爾弗雷德少爺已經報上名字，代表他已經公開村長兒子的身分。不能用不知道帶過。無知者有罪，世間就是如此。

就是因為這樣，陽子大人才安排夫人們與「五號村」的有力人士見面……

阿爾弗雷德少爺似乎想和平地解決……但是他了解得太少。這並非阿爾弗雷德少爺低頭就能解決的問題。

我直說吧，這麼做是反效果。

阿爾弗雷德少爺背後那些孩子們的眼神好恐怖……特別是蒂潔爾小姐。

以立場來說，我站在阿爾弗雷德少爺這一邊。

但是，考慮到「大樹村」與「五號村」的利益，這個時候該幫助「五號村」的小孩。嗯，要悄悄地幫忙。

總而言之，我變裝成女僕。

「少爺小姐們，請問出了什麼事嗎？」

然後介入對話。

「少爺小姐們，議會場的餐廳已經備好餐點，請各位前去用餐。阿爾弗雷德少爺、蒂潔爾小姐、烏爾莎小姐、利留斯少爺、利格爾少爺、拉提少爺、特萊因少爺、娜特小姐，二樓已經備好餐點，我這就帶各位過去。」

讓兩邊各自往不同方向移動，同時委婉地將阿爾弗雷德少爺的情報傳遞出去。

「五號村」的孩子們很優秀。

待遇上的差別，應該能讓他們明白對方是什麼人。

宅邸二樓是陽子大人的私人空間，阿爾弗雷德少爺是能進出那個地方的人。

……………沒用。他們似乎沒注意到。

「五號村」的孩子們就這樣往議會場移動。

…………

咦咦，真的沒發現？

反效果！完全成了反效果！

——離開前，「五號村」的孩子們全面道歉。

我原本想協助他們這麼做，讓事情在這裡結束的……啊，臉色變難看了。發現了吧？太好了。

然後他們全力跑向這邊。

了不起的判斷。但是，稍微慢了點。

包含我在內，阿爾弗雷德少爺一行已經進屋。時間到。很抱歉。

但是，如果讓爭吵繼續下去，也有可能導致「五號村」的孩子們全數被處刑這個最糟糕的結果，能避免這種事發生就該慶幸了吧。

「五號村」的孩子們並未隱瞞此事，有好好告知家長，這點值得讚賞。

儘管家長們知道後全都按著胃……總比不知道來得好吧。
聽到我的報告後，陽子大人也抱頭叫苦。
我想也是。
如果我處於陽子大人的立場，也會有一樣的反應。畢竟是上司的小孩和部下的小孩的爭吵嘛。
比較簡單的解決方法，是把這些小孩的家長全部開除。
然而，這些家長是「五號村」的有力人士。儘管能夠取代的人要多少有多少，但是培養成陽子大人的左右手需要花不少時間。
她應該捨不得拋棄這些人吧。陽子大人儘管嘴巴上那麼說，實際上卻很溫柔。

溫柔的陽子大人，最後決定盡快向村長賠罪。
「大樹村」因為天候惡劣而封鎖，但如果是陽子大人應該不成問題。請加油。
雖然我很想這麼說，不過出發前還有一件事要報告……對，壞消息。
阿爾弗雷德少爺和蒂潔爾小姐以外的孩子，全都去突擊「五號村」小孩的集會地點了。
考慮到貴族社會的面子問題，這麼做沒有錯，但是以年紀大約十歲的小孩來說很奇怪吧？
「大樹村」小孩的教育，究竟是怎麼回事啊？
不，我只是單純感興趣。
絕對不是想當「大樹村」小孩的教師。

閒話 潛藏於「五號村」者 娜娜・佛格馬 後篇

「大樹村」的孩子們，動作很快。

我還來不及阻止，他們就突擊了「五號村」小孩的集會場。

來突擊的「大樹村」小孩裡，雖然沒有阿爾弗雷德少爺與蒂潔爾小姐，但是「五號村」的孩子們已經發現對方是什麼人了。

更何況，方才爭吵的「五號村」小孩年紀都在八歲到十二歲左右，根本做不出像樣的反擊。

應該說，突擊過來的「大樹村」小孩太奇怪了，明明兩邊年紀差不多。

無論如何，他們沒有在這裡動用暴力。只有威脅和恐嚇。

「大樹村」小孩的目的，似乎是要讓對方澈底明白上下關係，應該不至於產生更嚴重的混亂吧。

我當時這麼認為。

然而，世間事無法盡如人意。

因為另一個「五號村」小孩的集團就在附近。

他們大約十二歲到十五歲，尚未成年卻也無法當小孩對待的年紀。簡單來說，就是發生爭執的「五號村」小孩的兄姊集團。

以假裝巧遇來說他們年紀太大，所以這次沒被父母召集；不過世事難料，所以他們自主集結在附近待機。

順帶一提，之所以年紀太大無法介紹，則是因為會讓村長和夫人們以為要推薦情婦或情夫。

回歸正題。

從他們的角度看，是弟妹遭到一群陌生人威脅、恐嚇。不可能坐視不管。總之要採取行動讓場面平靜下來。

而且，他們之中有人帶著武器。這就是不幸之處。

有個人拔出劍衝到正中央。

「慢著慢著慢著！兩邊都安……」

他只能說到這裡。

因為烏爾莎小姐把他打飛了。

在烏爾莎小姐看來，只是個拿劍闖進來的不速之客。排除也是理所當然。

但是，對於曉得他是想出面制止的兄姊集團來說，可就不是這麼一回事。於是兄姊集團判斷來者是敵，帶著武器的人紛紛拿起武器。

於是蹂躪戲碼上演。

啊，慘遭蹂躪的是兄姊集團喔。就算有拿武器，他們也不可能贏過「大樹村」的孩子們嘛。

如果能看出對方的實力就可以避免這種事，真是悲哀。於是我找了會用治療魔法的人過來。

在全員倒地並接受治療後。

聽完弟妹解釋的兄姊們臉色鐵青。他們和弟妹犯了同樣的錯誤。

烏爾莎小姐試著讓整件事當作祕密並到此為止，但是地點太差了。

「五號村」小孩的集會場地，位於「五號村」小山山頂附近的戈隆商會倉庫前。雖然來往的人不多，卻算不上人跡罕至。

講得明白一點吧。有人看到了。

已經有人去找警衛隊，所以事情沒辦法當作祕密。

可能是因為環境的關係吧，「大樹村」的小孩不太在意別人的目光。這部分稍微加強一下比較好喔。啊，我太多話了對吧。非常抱歉。

我向陽子大人報告時，造成問題的兄姊們已經向他們的家長報告。

「五號村」的有力人士們臉色變得更難看，似乎真的有人開始胃痛了。

而且，他們忍著痛苦在陽子大人面前賠罪的模樣，實在是可憐到會讓人掬一把同情淚。

但是，孩子的罪就是父母的罪。你們脫不了關係喔。請加油。

然後陽子大人也是。好的，為了不讓事件擴散而採取行動。封口做得到。

畢竟「五號村」上層的居民們很合作嘛。

趕來的警衛隊也是熟人，沒問題。不過，考慮到有個萬一，可能需要準備一套講得通的說法。比方說，孩子們只是在玩一種新遊戲……之類的。

幸好，起爭執的孩子們已經和好，應該沒問題。好的，就這麼安排。

…………

很抱歉，「五號村」的幫手來了新的報告。

似乎是緊急狀況……緊急狀況？出了什麼事？

為什麼，會演變成烏爾莎小姐他們率領「五號村」的孩子和警衛隊互毆？不是誤報嗎？不是？這樣啊，真是遺憾。

報告很簡潔，但是我無法理解。

我向陽子大人一鞠躬，趕往現場。

「五號村」的警衛隊，是以在人類國家被稱為劍聖的畢莉卡小姐與其弟子為中心的戰鬥集團。他們每個人，都具備能夠輕易鎮壓粗野冒險者的實力。

弱點在於，只有個人戰力強，團體戰鬥完全不行。還有，不擅長對付魔物和魔獸。但是，經過這幾年的訓練，上述缺點有了明顯改善。

小道消息指出，只要再過幾年，他們就能成為魔王國名列前茅的精銳部隊。

這個警衛隊，被小孩子們玩弄於股掌之間。我無法相信自己的眼睛。

小孩子們的佯攻漂亮地騙過警衛隊。那麼突出會……啊，來自側面的攻擊衝散了警衛隊的隊列。形成混戰。

不要拘泥於團體戰鬥，各自散開應對不是比較好嗎？畢莉卡小姐在幹什麼啊？指揮……怪了？是別人負責。畢莉卡小姐……在和烏爾莎小姐單挑嗎？

原來如此，是判斷只要打倒孩子們的領袖就能擺平這個狀況。主意不壞……但是要贏得了。畢莉卡小姐的全力攻擊，對烏爾莎小姐不管用。全部被看穿了。不僅如此，人家還把每一招都接下來，應付得輕描淡寫。烏爾莎小姐這麼做，是要擊潰畢莉卡小姐的心志呢。

啊，畢莉卡小姐發飆了。她對烏爾莎小姐施展出看似奧義的招式。好厲害的劍壓，該說對小孩用這種招式實在很沒風度嗎……但是烏爾莎小姐輕而易舉地避開後，施展同樣的招式。

…………

畢莉卡小姐倒地了呢。還活著嗎？啊，還活著。很有精神。是烏爾莎小姐手下留情了嗎？啊，原來如此。

孩子們的目標不是要摧毀警衛隊，而是要拖住警衛隊的腳步。爭取時間是吧。

換句話說，烏爾莎小姐的目標也不是擊倒畢莉卡小姐，而是把對決時間拉長。畢莉卡小姐的心靈讓人擔心。

畢莉卡小姐施展別的招式，又被有樣學樣後回敬。

……這樣不就只是把招式交給烏爾莎小姐嗎？不、不會吧。

……

不行，感覺要出現無法應付的怪物了。出面制止吧。

「警衛隊，各位！我是陽子大人身邊的秘書官娜娜！情況緊急，由我代替畢莉卡小姐指揮！請聽從我的命令！不對，給我聽好！」

既然孩子們的目的在於拖住警衛隊的腳步，那麼應對起來就簡單了。

「全員，立刻停止戰鬥後退五步！孩子們不會追過來，安心退下！很好，重新整隊！還沒！不要往前衝！時機由我指示……」

三枝箭朝我的大腿飛來。

箭來自……利留斯少爺、利格爾少爺和拉提少爺。

雖說沒有箭頭，但他們是認真的呢。

不過要用弓箭擊倒我是做不到的。別看我這樣，其實我挺能打的。要徒手接住三枝箭還是做得到。

……

連射太奸詐了。不行、撐不住！咦，煙霧？煙霧來自……特萊因少爺？孩子們，你們太狠啦！

我努力過了。覺得自己夠努力了。

唉呀～沒想到他們拖住警衛隊腳步，只是為了讓「五號村」的孩子之一……讓那個女孩向警衛隊之一的男性告白。哈哈哈。

某個警衛隊成員被抓住的時候，我還在想到底怎麼回事。

被告白的那名男性警衛隊成員……居然選擇延後回覆。周圍的警衛隊噓聲四起。我也跟著噓。

那名警衛隊成員所在的小隊，之後預定進森林訓練，會離開二十天左右。他說要趁這段時間思考。

既然是認真地考慮，那倒可以接受。

但是，既然等二十天就會回來，不需要特地拖住人家逼他今天回答吧……二十天很久嗎？這樣啊。

看來我也上了年紀呢。

總而言之，必須想辦法收拾殘局。

所以我這麼宣告。

「今天的特別演習到此結束。讓我們感謝提供協助的孩子們！」

我要所有人鼓掌。

嗯，這個結局感覺還不錯。

「警衛隊今天的業務與訓練行程，延到明天。今天就這樣開檢討會。所有人跑回營區！」

被孩子們耍著玩實在不行，要讓大家好好反省。

啊，別忘了回收畢莉卡小姐。她還抱著大腿坐在那裡。

閒話　潛藏於「五號村」者　娜娜・佛格馬　完結篇

「大樹村」的孩子們回去後過了三天。

村長來到「五號村」。似乎要在「五號村」工作，彌補孩子們闖的禍。非常感謝您。

還有，您以寬大心胸原諒了我等日前的失態，實在是感激不盡。

是的，我不該拘泥於密探身分，行動時應該更加自由。我不會重蹈覆轍。

今天，由我擔任村長的嚮導，還請多多指教。

我們這就進入正題，「五號村」的有力人士們聚集在宅邸的會議室裡。

他們想要向村長賠罪。

其中約有五人是代理，不過他們只是因為身體狀況不佳無法動彈，沒有背叛。請安心。

傳染病？不，並非如此。只是腸胃比較差。

有件事我沒對村長說，他們大概把村長的來訪通知往壞的方面想了。祝他們早日康復。

那麼，要怎麼處理呢？是的，關於那些「五號村」的有力人士……您要和他們見面嗎？我明白了。

更衣……不需要嗎？我明白……村長不是一個人來。有兩人同行。格魯夫大人和琳夏大人。

被琳夏大人制止了。

「村長，穿便服接見他們反而失禮，請更衣。」

村長接受琳夏大人的意見，換了衣服。

…………

格魯夫大人是護衛我懂，但為什麼天使族輔佐長會同行呢？

雖然在「大樹村」曾經見過好幾次……

村長應該有什麼考量吧。

換好衣服的村長，隨著陽子大人接見「五號村」的有力人士們。

他寬大的發言，讓「五號村」的有力人士們鬆了口氣。那些代理出席的人，甚至流下了眼淚呢。這也是難免。

「五號村」的有力人士，是因為在「五號村」才能成為有力人士。「五號村」接納他們並讓他們管理土地，他們才有今天的立場。

特別是獲准賣酒與生產味噌、醬油、美乃滋的那些人，很怕觸怒村長。

孩子們那件事，真的嚴重到足以動搖「五號村」。

當然，也有部分「五號村」的有力人士和這件事無關。家裡如果沒有那種年紀的小孩，就算想扯上關係也沒辦法嘛。

不過就算是這樣，也不可能不出席這個場面。他們是為了強調事情與自己無關而來。

如果運氣夠好讓村長留下印象……他們似乎在打這種主意，不過看樣子失敗了。只有簡單打聲招呼就結束。

但是，今天的村長總覺得不太像村長。

若是平常的村長，會反覆說明，但是今天的村長話很少。

仔細一想，在今天剛見面我道歉時，村長是這麼說的：

「好好幹。」

現在也是。

「我的孩子給各位添麻煩了。」

如果是平常，應該會繼續說些表示歉意的話，但是今天沒有。

……感覺很像國王陛下！

不是壞事。反而值得高興。

和有力人士們打過招呼後，村長和陽子大人、琳夏大人、格魯夫大人往村議會場移動。有力人士們也同行。畢竟是有力人士嘛，不但能進村議會場，有些人甚至就是村議員。

大多數的村議員，已經在村議會場等待。村長到來一事，早就通知他們了。

村長在村議會場展現的態度，一再強調他的地位高於陽子大人。而且，陽子大人也強調自己的地位低於村長。

兩人似乎要聯手告訴大家，「五號村」之主是村長，陽子大人只是代理。

儘管眾所周知，不過讓人看見自己的態度很重要。

確實，村議員和「五號村」的有力人士中，也有些人認為只要服從陽子大人就好。

看見在村議會場身坐大位的村長，以及坐在旁邊代理村長席的陽子大人後，他們應該會改變想法吧……咦？有個小孩走近村長。

當下我還以為是可疑人物而握住劍柄，不過並非如此。那是陽子大人的女兒，一重小姐。

一重小姐要村長抱抱，村長答應了。然後，他抱起一重小姐，對陽子大人露出微笑。

…………

這、這招威力強大。

在公開場合，沒得到父母許可就碰別人家的孩子非常失禮，更別說抱起來了。能這麼做的對象只有自家小孩。

換句話說，雖然沒聽說村長和陽子大人結婚，但是不知情的人看在眼裡就會這麼判斷。

村長與陽子大人向大家澈底強調，他們兩人一心同體。

琳夏大人站在一重小姐出現的地方。該不會，這是故意的？

看見抱起一重小姐的村長，村議會有些人議論紛紛。那些交頭接耳的……都是對村長幾乎完全不了解的人。我調查過很多次了。

之後再把村長的情報放出去吧。陽子大人還是獨身，所以先前有些人想要成為她的夫婿。這些人還沒放棄啊？希望他們就此罷休。

不過呢，姑且還是確認一下。必須查清會不會有人亂來。

之後，村長依舊和陽子大人與一重小姐一起行動。

儘管村長只在「五號村」待三天，但在回去前已大大宣揚自己的存在感。能夠侍奉他是我的榮幸。

辛苦的還在後面。

陽子大人的宅邸，收到大量結婚賀禮，多到幾乎要堆滿一整個大房間。

這些東西除了收下之外，還得記錄是誰送了什麼東西過來才行。非常麻煩。

我明白，我會幫忙。雖然我會幫忙，不過陽子大人——

「您沒有和村長結婚對吧？收下結婚賀禮好嗎？」

對於我的疑問，陽子大人表示沒問題。

……難道說？

「哈哈哈哈哈。我的丈夫只有一個人，就是一重的父親。這些東西是要祝賀我和他結婚吧。」

原、原來如此。

「不過嘛，天使族輔佐長倒是建議我形式上結個婚呢。」

……

呃，陽子人人？後續呢？人家建議之後，您是怎麼回答的？請不要笑著敷衍過去啦。

Farming life in another world.

Chapter,3

Presented by
Kinosuke Naito
Illustration by
Yasumo

〔第三章〕

「五號村」的村長

01.鐵森林　02.沒怎麼使用的道路　03.超強魔物棲息的森林　04.加雷茨森林
05.強力魔物棲息的森林　06.戈恩森林　07.五號村　08.夏沙多市鎮
09.魔王國的主要街道　10.相對安全的平原

1 強者的風範

我要前往「五號村」一事決定之後，文官少女組開始討論我的活動內容。

畢竟如果只是移動到「五號村」，根本算不上處罰嘛。我也參與討論，說出自己的要求。

我想對這次添麻煩的對象——「五號村」小孩們的家長道歉。

文官少女組的臉色全都變得很難看。有這麼糟嗎？

她們經過一番商量後，表演起人偶劇——

「很久很久以前，某個地方有位溫柔的魔王大人。」

那個人偶是座布團醒著時做的吧？拜託別拿長得和我很像的人偶當魔王。

「……可喜可賀、可喜可賀。」

拍手。

相當有意思。

雖然和我很像的人偶所扮演的那位溫柔魔王，最後流落街頭。

然後，文官少女組不惜用人偶劇也要表達的內容，我盡可能地解讀之後……

老闆的小孩和一般員工的小孩吵架後，老闆去對一般員工道歉是在施壓。

應該是這個意思，不過真是這樣嗎？我覺得老闆對一般員工道歉也沒問題啊？反倒會被讚揚吧？

不，如果以這個有國王的世界來看……

王子與臣子的小孩吵架後，國王去臣子家裡道歉是在施壓。

是這樣嗎……我好像能理解了。

這樣啊。

「道歉會給人家添麻煩是嗎？」

文官少女組期待我的感想，於是我試著說出來。

還好，看來是正確答案。她們甚至高興到彼此擊掌。

雖然她們很高興，但這點小事不需要演人偶劇，直接口頭提醒就行了吧？還是說，她們覺得口頭提醒會讓我無法接受？我並不覺得前一個世界的常識在這個世界也通用耶。

我雖然來到異世界，不過感覺上就像來到國外。

到了外國，我不會因為當地不符合日本的常識就大呼小叫，也不會企圖改變那個國家的制度。我沒有傲慢到這種地步。

外國有外國的緣由與歷史，常識與制度是因此而形成。應該表示尊重。

而且，我來到這個世界已經有十幾年，甚至結婚生子，早已有了埋骨於此地的覺悟。我是不是該多學點這個世界的常識呢？

如果只在「大樹村」生活就罷了，「五號村」有各式各樣的人嘛。

我將「五號村」的行程交給文官少女組安排，思考誰能擔任常識教師。

…………

好歹我一直以來都有努力學習常識。但是努力之後，我發現這個村子的居民，常識都很獨特。

好比說露。

不僅活得久，而且強大、有錢。她認為和國王或貴族之類的扯上關係很麻煩，所以拒絕往來，但如果起了衝突只要逃跑或把他們打飛就好。這種想法，應該不算常識吧？這點程度我還明白。蒂雅、安和達尬也是類似的感覺。

好比說莉亞。

長年在森林流浪，已經到了「與其說有獨特的常識不如說有獨特的文化」這種地步。只不過，她的適應能力很強，失敗比我少。多諾邦也是類似的感覺。

好比說芙勞。

魔王國四天王比傑爾的女兒，文武雙全的模範生。我原本覺得她應該沒問題，不過她的常識是高階貴族的常識。因此，日常生活偶爾會冒出一些難以置信的失誤。文官少女組也一樣。

好比說哈克蓮。

龍……嗯，舉例錯誤。
就像這樣。
然後，我所追求的常識，在格魯夫、加特等獸人族身上。
不過，就算是他們，因為出身於好林村這種邊境村落，具有特殊的色彩。所以我的學習，還停留在稍有接觸的程度。
…………
有沒有人能教我身為村長的常識，還有世間普遍的常識啊？
總而言之，我試著詢問身邊的人。
「可以教我世間的常識嗎？」
我詢問的對象，是天使族輔佐長琳夏。蒂雅的母親。
「……原來如此，您想學習常識這點我懂了。但是，沒有必要。」
咦？
「村長就按照自己的想法行動無妨。世間普遍的常識、身為村長的常識？不需要。」
咦，呃…………
「強者會學習強者的風範嗎？不會。維持自己的行事風格就是強者的風範。」

雖然妳說兩者相同……

「這次事件，該學習的是周圍的人。」

琳夏召集文官少女組，開始說教。

「妳們疏於在『五號村』澈底宣揚上下關係。」

啊，不，那是因為我說我不太想拋頭露面……

「即使如此也是一樣。告訴大家誰才是『五號村』的主人，會有什麼影響嗎？一直以來，都是因為陽子大人很優秀才沒有發生問題。不知道村長小孩的長相、名字？這是罪，但是沒告訴大家並不是罪。沒有試著去認識村長的小孩才是罪。『五號村』的人，知道陽子大人有個女兒一重對吧？換句話說，『五號村』那些人的興趣只到陽子大人。他們傲慢地認為，只要不觸怒陽子大人就沒事！錯在沒有看管好『大樹村』的小孩？不對，只是讓孩子在自己的領地自由活動而已。照理來說，應該由領地的人負責看顧才對。而且，該由領地的人負責保護他們才對。結果吵了起來？這種領地就算夷平也沒得抱怨！因為他們沒有盡到身為領民的義務！我聽說，妳們出身於魔王國的貴族。妳們知道是怎樣的義務吧？如果說出納稅之類的無聊答案，我就把妳們的舌頭拔出來。來，最右邊的妳。領民的義務是什麼？」

「讓領主能夠隨心所欲。」

「一點也沒錯。就是因為這樣，領主要背負守護領地、守護家臣、守護領民生活的義務。明白這些還給村長增加負擔，真是愚蠢到了極點！」

琳夏的說教，一直持續到陽子她們從「五號村」回來。

陽子說了一句話。

「村長，你為什麼要和她們一起挨罵啊？」

呃，因為我聽了之後大為震撼……

仔細一想，只是讓孩子們在自己的村子裡自由活動而已，我是不是不該斥責露她們呢？

「不，村長只要照自己的想法行動就好。」

琳夏這麼說完，便去驅趕期待我撤回處罰的露她們。啊，差不多要吃晚飯了，別再趕人啦。

2 國王的服裝

早晨。

今天，我原本打算前往「五號村」，不過改成明天了。

為了讓「五號村」有時間做好迎接我的準備。

琳夏表示不用在意「五號村」，直接移動就好；但我會在意，因此沒有出發。不出發是我的判斷，所以沒問題。

「如您所願。」

琳夏的回應十分溫柔。
嗯？瑪爾比特向我招手，於是我靠了過去。
怎麼啦？
「昨天琳夏說的那些，我想補充一下。」
「妳聽到啦？」
「算是啦。要補充的呢，是強者有強者的風範。而且，這是要學的喔。」
「？」
「舉個簡單的例子就是……服裝。」
「服裝？」
「如果商人不穿商人的服裝，騎士不穿騎士的服裝，國王也不穿國王的服裝，會給周圍的人帶來困擾吧？」
「確實。」
如果不穿得像樣一點，會分不清誰是誰。
「然後，國王的服裝。按照琳夏的說法，國王穿的衣服就是國王的服裝，但是和他人心目中的國王服裝不一樣。」
我想也是。
聽到國王的衣服，會想到某種特定裝扮。

「要是國王穿著工匠服和商人交涉起了衝突，那麼『錯在認不出國王長相』的商人很可憐吧？不過，按照琳夏的說法，商人認得國王的長相是理所當然，知道國王穿著工匠服也是理所當然，甚至會被罵『你為什麼不知道』。雖然沒有講錯……但是不可能每個人都一樣優秀勤勉嘛。」

嗯。

「『大樹村』這個地方……是琳夏的理想。所有人都對村長感興趣，想要了解村長。所以，不會發生算得上問題的問題。我認為，『五號村』是因為想了解村長的人太少才會出問題。村長或許不想這麼做，但是，如果不偶爾穿上國王的服裝強調自己是國王，會引來麻煩的。」

說得也對。我希望避免麻煩。還有，我不是國王是村長喔。

「我知道，但是講村長的服裝就會變成普通的衣服，這樣容易搞混吧？所以才說國王的服裝。然後呢，說到這個國王的服裝啊，我覺得不學是不會懂的。畢竟是周圍的人期望國王穿上這種服裝嘛。所以，國王要為了當個稱職的國王而學習。這點可不能忘記喔。」

……原來如此。

雖然平常懶散，但瑪爾比特終究是天使族的族長，說話很有份量。

也就是琳夏那番話雖然溫柔，卻不能照單全收的意思吧。

我自認沒什麼改變，但要是隨心所欲結果不知不覺變得蠻橫不講理，那可就丟臉了。當我犯錯的時候，希望大家能夠提醒。

……

我試著要琳夏提醒我。

「提醒嗎？」

「是啊，從妳的角度來看覺得我做錯的時候，希望妳提醒我。」

如果用琳夏風格來說，在領主做出錯誤的行動時勸諫，也是家臣的工作。

雖然琳夏妳不是家臣，但可以麻煩妳嗎？不止今後，先前覺得我做得不對的部分也一樣，希望妳能指出需要改進之處。

「了解。那麼事不宜遲，我想提出的有……十七，不，十八個地方。」

咦？

她狠狠訓了我一頓。

特別是關於禁足小孩的部分。

她表示，以禁足處罰孩子們無妨，但他們為了「大樹村」的面子而戰，我卻沒有給與獎勵。

原、原來如此。我會考慮。

還有，她怪我小孩生太少。雖然我覺得已經夠多了，可是在琳夏看來似乎完全不夠。

除此之外，還有許多要檢討的，感覺好疲憊。

稍微休息一下。

為了恢復精神，我摸摸小黑的背。
喔，小雪也要啊？好乖好乖。被治癒了。
嗯？不死鳥幼雛艾基斯，你也要？行啊。
驚……不是來給我摸的吧。怎麼啦？你腳上是……長了牙齒的兔子？把兔子放到我面前……啊，要我吃了這個打起精神。哈哈哈，謝謝。你的好意我心領了。
然後，瑪爾比特。
拜託不要用「有同伴了！」的眼神看我。雖然我的確打算以後要對妳和善一點就是了。
嗯，琳夏好嚴格啊。
不過，我確定就是因為有她，天使族之里才能維持到現在。不，搞不好是因為有瑪爾比特才能保持平衡。知道啦知道啦，鬆餅要三層那種對吧。我會做啦……
不知不覺間，妖精女王已經等在旁邊。妖精女王也是女王，或許有些我所不知道的辛勞。妖精女王的份也會做喔。
晚上。
這次，我決定試著在「五號村」改變一下作風。
我認為，瑪爾比特的意思是不管我怎麼想，我終究是「五號村」的領袖，所以該有符合領袖地位的外表與言行。

然後呢，所謂符合領袖地位的外表與言行，琳夏認為都是我的自由，「五號村」的人應該接受；瑪爾比特認為我該回應「五號村」居民們的期待。

我的想法，比較接近瑪爾比特。

總而言之，先試一次，不行再改正就好。雖然對「五號村」的人很抱歉，不過要請他們奉陪了。

下定決心後，我試著和琳夏、陽子、文官少女組商量。

結論。

我不要說話似乎比較好。

會不會太過分啦？雖然我這麼想，但是她們說如果領袖的發言份量太重，這就很尷尬了。我沒打算隨便承諾別人什麼耶。

總而言之，文官少女組精挑細選了兩句話教我。

鼓勵時……

「好好幹。」

斥責時……

「肅靜。」

連講話時的姿勢都教了。肢體語言似乎也很重要。

總而言之，要我靠這兩句話撐過去。

真的嗎？唉，既然琳夏和陽子都點頭了，應該是真的吧。

…………

之前被文官少女組攔住所以沒講，如果我想對「五號村」的人道歉，應該怎麼說才好？

對於我的問題，琳夏再三苦思後的結果是這個。

「我的孩子給各位添麻煩了。」

就我的感覺來說根本沒道歉，不過這似乎是最高級的謝罪用語。

她們還交代，絕對不能多說別的。如果隨便追加，可能會像文官少女組擔心的一樣變成施壓。

沒辦法精確地傳達意思，這還算得上語言嗎？不過嘛，或許不說清楚反而會比較順利也說不定。

不，會順利吧。

這倒是無妨，但是不把話說清楚這點，讓我想起前一個世界的社會人時期。

「我盡力而為。」

「我們會採取適當處置。」

「我會轉交負責人。」

…………

照琳夏說的做吧。

要怎麼做是我的自由吧？那麼，作風改變僅限這次。等到從「五號村」回來，就和往常一樣。

下定決心後，由於明天要出發，所以我提早就寢。

3 在「五號村」表現得像個領主

我在「五號村」很努力。

接受「五號村」有力人士們的謝罪，出席村議會，靠著練習過的話語和姿勢勉強撐過去。老實說，才一天我就想放棄了。

不過，我有好好撐過三天。

帶給我心靈慰藉的，是陽子的女兒一重。

待在「大樹村」時，一重通常會跑到牧場區的牛背上睡覺，或是騎著小黑的子孫和山羊們打仗。

不過冬天很冷，所以她會待在我家或賽娜家。去賽娜家的理由，是因為最近和賽娜的女兒賽緹很要好。一重和賽娜感情也不錯，偶爾能看見她化為小狐狸的模樣待在賽娜肩上。

好羨慕。我當時就想，能不能也來我肩上啊？

一重她呢，也和我一起去「五號村」。

這是琳夏的提議。

到「五號村」宣揚存在感的同時，讓人們看見我和陽子的女兒感情很好，藉此告訴大家我和陽子的關係十分穩定。

因此，在「五號村」時一重得稍微努力一點，常常維持小孩子模樣。畢竟，如果是小狐狸，大家不知道她是陽子的小孩嘛。

雖然也有讓阿爾弗雷德他們同行的方案，不過這麼做會模糊焦點，所以決定改天再說。遺憾。

第二天。

視察「五號村」的各項設施。

在那之後，我坐到大廳裡一張高了三階的椅子上，和第一天一樣抱著一重接見訪客。

訪客在大廳依序等待，被叫到名字的才到我面前問候。雖然人已經往前站，但是我坐在高了三階的地方，所以距離很遠。如果聲音不大一點，根本無法對話。

儘管有傭人代替我出聲，但是訪客必須自己努力。真辛苦。

大聲倒也不是浪費力氣，這麼做有它的意義。似乎是讓人對自己的發言負責，以及避免他們對我灌輸些奇怪的觀念。

所謂奇怪的觀念，簡單來說就是講別人壞話，或者博取同情。確實，周圍不但有排隊的人，也有問候完畢依舊留在現場的人，在這種狀況下，應該沒辦法隨便亂說話吧。

但是，為了討我的歡心，他們可能動用各種手段，所以琳夏警告我不能大意。儘管我覺得有點誇張，不過大聲讚美我的人和大聲推銷自己的人不少，讓我相當驚訝。

還有，雖然琳夏說那些無禮之徒的長相和名字可以忘掉，不過我都記得。我這人還真好應付啊。

訪客裡，我主動放大音量和他們對話的只有一組。

戈隆商會的麥可先生、麥可先生的兒子馬龍，以及護衛米爾弗德。

他們好像是接獲我來「五號村」的消息後，連忙從「夏沙多市鎮」趕來的。雖然我覺得麥可先生他們不需要特地來這邊碰面，但是當著群眾面前問候好像很重要。

「我們戈隆商會，向村長獻上金幣兩百枚、銀幣兩萬枚。」

此外，讓群眾大吃一驚也很重要。

這筆錢說是捐獻，實際上比較像投資。也就是他們在「五號村」有什麼需要時，還請提供相當於這筆金額的優待。

同時也是挑釁其他商人，強調他們戈隆商會就是捐了這麼多錢才能享有優待。如果對於戈隆商會的優待不滿，就捐更多的錢。

看來商人也有商人的難處。

不過，和麥可先生捐的錢相比，他們從「夏沙多市鎮」運來的海產更讓我高興。

反正捐的錢會直接交給戈隆商會保管，只有帳簿上的數字稍微變動一下。覺得裝了六輛馬車的海產比較好哪裡不對？雖然有付錢就是了。

順帶一提，其他訪客也有捐錢或送禮。

這些都有留下紀錄，不過戈隆商會果然還是高人一等。

收下的東西怎麼辦？像劍、寶石、布料之類的。

雖然知道可以隨我高興，但我還是找琳夏商量。

她說，這些東西正好可以拿來賞賜，收進陽子宅邸的儲藏室如何？

原來如此，就這麼做吧。

…………

陽子宅邸的儲藏室裡，什麼也沒有。沒東西需要儲藏嗎？

我向陽子確認。

「因為我不收金錢和禮物嘛，沒東西能放。」

原來如此，我是不是也該這麼做啊？

「村長，我之所以不收金錢和禮物，是因為沒辦法承擔收下那些東西的責任。如果是村長就沒問題。」

「這是什麼意思？」

「『五號村』的人要納稅。拿稅賦以外的金錢和禮物給我，目的在於要求回饋。地位、名譽、優待。我無法支付這些，但是村長付得起。」

「如果是地位、名譽、優待，陽子應該也付得出來呀？」

「村長一句話就能讓我下台啊，我做不出那種不負責任的事。」

「我又不會要妳下台。」

「能說這種話的人只有村長。拿金錢和禮物過來的那些人，大概終於能鬆口氣了吧。在這之前，他們一直不曉得該跟誰打好關係，相當頭痛呢。」

「是這樣嗎？」

「『五號村』的居民，基本上都是由外地來的人所構成。『五號村』這個地方越好，越會讓他們拚命想留下來。但是我不接受稅以外的東西。有能力的人，會以能力展現自己的價值，至於其他人……」

……………

「日前小孩的事，也和這部分有關。真是抱歉。」

「妳已經道歉很多次了吧。不用在意。」

「那麼，我就不再為這件事道歉了。還有一天，加油吧。」

「我知道。」

我預定還會在「五號村」待一天。

明天要觀摩警衛隊的活動，還要參觀山麓的牧場等等。

嗯，應該沒問題吧。

這麼說來，去德萊姆巢穴的哈克蓮、火一郎與古拉兒他們沒事嗎？

4 「五號村」第三天

「五號村」的警衛隊是個相當大的組織。

以擔任警衛隊主任的畢莉卡為首，總數約一千四百人。警衛隊有十七個分隊，駐紮於「五號村」各地的營區。

和孩子們起衝突的，是直屬於畢莉卡的第一分隊，以及巡邏山腰區域的第十六分隊。第一分隊負責指導其他分隊，畢莉卡的弟子大半都在這支分隊。

第十六分隊在接受指導時……或者說和第一分隊一同前往森林訓練時，和孩子們起了衝突。

第一分隊員額百人，第十六分隊員額五十人，但是各分隊並非常常全隊一起行動，而是早班、午班、晚班的三班輪替制，所以通常不會全員到齊。和孩子們爆發衝突時，總數似乎約四十人。

相對地，孩子們的人數則是兩倍，八十人。

雖然說，應該是他們不方便真的對孩子們動手才會有這種結果，但是警衛隊輸掉實在不行。因此，格魯夫狠狠訓了他們一頓。

「幸好目的是告白，如果是要刺殺那個隊員該怎麼辦！不管敵人是不是小孩，只要妨礙警衛隊值勤就該毫不留情地取締！不要忘記這點！」

畢竟警衛隊權限不小，責任也不小。希望大家努力。

接下來我要去的地方位於「五號村」附近的森林中，警衛隊在那裡進行訓練。帶一重進森林實在不太好，所以我將她留在陽子身邊。

和我同行的有琳夏、畢莉卡，以及精靈族的樹王和弓王。順帶一提，畢莉卡來這裡之前，被格魯夫澈底鍛鍊了一番。

她身為劍士似乎不敵烏爾莎，不過應該是看對方年紀小大意了吧。唉，幸好兩邊都沒受傷。

只不過，警衛隊在戰術上輸給孩子們是怎樣？據說是上了佯攻的當，然後慘遭側面突破……

這部分是不是還需要加強啊？呃，畢竟警衛隊相當於城鎮的警察嘛，或許不擅長團體戰也無妨。

……

不對，鎮壓暴徒之類的任務需要他們來做，團體戰鬥多少有必要學一些吧。

讓大家當成今後的課題好好加油吧。

格魯夫在訓斥警衛隊，所以我到森林裡閒晃。

這裡和「大樹村」周邊的森林不一樣，滿亮的。據說不久之前還有很多魔物與魔獸，不過現在有冒險者和警衛隊負責清理，數量似乎已經減少許多。

但是，魔物和魔獸並未完全消失，所以不能大意。

唉呀，右邊來了一隻奇形怪狀的魔物，於是我拿「萬能農具」化成的鋤頭把牠耕成土。我在森林裡閒晃雖然是出於好奇，卻不是在玩。精靈族的樹王和弓王告訴我，某些草木只有這附近採得到。

不過，畢竟現在是冬天，所以我以樹木為主。

其中特別讓我感興趣的，是種會散發香氣的樹，叫做香木。我忍不住試著直接聞了一下，但是好像不用火烤就不會有香氣。遺憾。

然後又是魔物。

還剩下不少呢。我打倒的魔物似乎不適合食用，但能當成素材，所以我把牠們帶回去。

樹王和弓王幫忙搬的。

回到「五號村」時，太陽已經快下山了。

儘管「五號村」位於南邊，冬天還是會冷。雖然比「大樹村」暖和就是了。

我在「五號村」的預定行程已經全數消化完畢。

再來只剩回家，不過回去似乎也需要相應的儀式。我只有說不要太誇張，剩下都交給琳夏，所以不清楚詳情。

大概會在「五號村」巡視到太陽下山為止……我原以為是這樣，卻發現周圍鬧成一團。納悶出了什麼事的我，注意到周圍的人都看著天空。

上面？

…………喔，是龍形態的火一郎。

飛在他後面的是古拉兒、哈克蓮和德萊姆。

應該是擊退跑到德萊姆巢穴的魔物和魔獸了吧。火一郎抓著一隻很大的熊飛在空中。

火一郎發現我了。

他俯衝而下，在我面前著地。著地動作很漂亮，但是不可以在著地前把大熊丟到一邊喔。

接著古拉兒、哈克蓮和德萊姆也落地。

大家都是龍形態，震撼力十足，不過這裡很窄，希望你們變回人形態。

火一郎恢復小孩模樣，小跑步到我面前。

好乖好乖，爸爸抱。你長大了呢。

古拉兒緊跟在後。

哈哈哈，兩個小孩我還應付得來，別客氣。

古拉兒也抱一下。

古拉兒開心似乎不是因為被我抱，而是因為和火一郎有同樣的待遇。

哈克蓮……實在是沒辦法。

都說了沒辦法，還硬是騎到我背上。真會撒嬌啊。

我們沒有分開那麼久吧？

德萊姆，拜託你不要一臉認真地說「我是不是也抱上去比較好」之類的話。

火一郎帶來的大熊，似乎是他一個人解決的。

他好像是為了讓我看才帶過來。

其實不用帶來「五號村」，拿到「大樹村」就好，但是他們應該不曉得避難狀態已經解除。算了，用傳送門搬運應該沒問題吧。

麥可先生也想要大熊，但是不行喔。這是火一郎為了我搬來的。

我要把這隻熊在「大樹村」展示個三天，然後好好料理。至於麥可先生，賣別的大熊給他吧。

回程儀式在村議會場舉行，是一場簡單的立食派對。

原以為會有很多人過來打招呼，但來的只有麥可先生。會場裡明明有不少人啊，這是正常現象嗎？

感覺有人從遠處用畏懼的眼神看我耶？我一把視線轉過去，那個人就把頭轉往別的方向了。轉得那麼猛，感覺脖子會很痛。

我被討厭了？

我問琳夏，這種狀況沒問題嗎？她回答沒問題。不僅如此，還是最佳結果。

這是怎麼回事啊？

無論如何，能夠輕鬆一點最好。

回「大樹村」吧。

閒話 畏懼

我的名字叫戈蘭德。

在「五號村」混得還不錯的商人之一。

但是，待在集團裡無法讓我滿足。目標是第一。我想要爬上去。

冬季某日，我聽說村長的小孩和「五號村」的小孩起了爭執。

當下我以為是和陽子大人的女兒一重小姐起了爭執而嚇出一身冷汗，但並非如此。

陽子大人是代理村長。起爭執的對象是「五號村」正牌村長的小孩。雖然是陽子大人上司的小孩，但我從來沒見過他們，實在沒什麼感覺。何況我也不知道村長的長相。

村長似乎來過「五號村」好幾次，但之前都很不巧地沒見到。唉呀，雖說是村長，但是他幾乎都不在村裡，所以我也不怎麼重視。

小孩起爭執的事，沒有特別怪罪什麼就處理掉了。大概因為只是小孩吵架吧。

我原本期待能減少些生意上的競爭對手，真遺憾。
雖然還聽說小孩和警衛隊起了衝突，不過怎麼想都是謠言。這個謠言編得有夠差勁，真希望編造的人多下點工夫。
村長的孩子們似乎已經離開「五號村」，所以我對這件事沒什麼興趣了。
但是，聽到村長馬上就要來「五號村」的消息，讓我十分焦急。
他是為了孩子們的事來這裡嗎？
雖說我和孩子們的事無關，但是掃到颱風尾可就麻煩了。如果有個萬一，得請陽子大人居中協調。
這麼想的我，預先做了準備。

「五號村」的村長，是個看起來很悠閒的男人。
年紀應該二十來歲吧？還很年輕。
衣服雖然豪華，舉止卻很嫩，看得出禮儀是臨時學的。
不過，這種事我不會特地說破。
村長重申不會對小孩的事有所處罰，看樣子只是來露個臉的。
因為小孩一事而臉色蒼白的人，臉上漸漸有了血色。競爭對手們澈底復活了。遺憾。
村長啊。可以再嚴格一點吧？算了，沒被牽扯進去就該慶幸。

村長、陽子大人和陽子大人的女兒一重小姐，似乎關係都很好。不，關係太好了。
原來如此，是男女之情啊。
村長和陽子大人一比之下，誰都看得出來是陽子大人在上。
畢竟陽子大人是九尾狐（Nine Tail Fox），傳說級的存在。
然而，陽子大人卻強調自己的地位比較低，大概是為了突顯村長吧。
雖然覺得這樣不合陽子大人的作風，不過是男女之情就能理解。
代表村長很有一套吧。真羨慕。
唉，我自己有老婆，所以不會想和陽子大人怎樣就是了。
但是，這麼一來我看透村長了。
行得通。我也有機可乘。

隔天，他們安排了一個讓大家問候村長的場合，所以我參加了。
伴手禮是銀幣兩千枚。
我很努力了。雖然很努力，村長卻沒什麼反應。
難道他不明白這些東西的價值嗎？算了，村長不明白也沒差，只要周圍的人明白就無所謂。
其他商人，則是獻上武具、寶石、布匹等等。就算拿得出銀幣的人，超過兩千枚的也……戈隆商會一下了就拿出了金幣兩百枚和銀幣兩萬枚。

嚇我一跳。真的是嚇壞我。感覺腿都要軟了。還有很不甘心。

算了，畢竟人家出那麼多錢，村長親自開口也是沒辦法的事。

讓我稍微安心一點的，則是就算拿出這麼多錢，村長也不怎麼高興的樣子。看樣子，他真的不明白金錢的價值。

隔天，村長去了森林。

真是瘋狂。居然特地跑去危險的地方。

但是，有「五號村」引以為傲的警衛隊主任畢莉卡大人與他同行，應該能放心吧。

畢莉卡大人可是那位武神格魯夫親自指導過的優秀劍士。不管怎樣的魔物或魔獸都不是她的對手。

嗯，果然可以放心。

樹王和弓王搬了魔物回來。那種會在森林裡大鬧的凶暴魔物。

該不會，村長說想看畢莉卡大人解決魔物的樣子吧？畢莉卡大人想必費了不少力氣。

畢竟不久之前，才傳出她輸給小孩的不光彩謠言嘛。我懂她的心情。

讓我不明白的則是那個。龍。

四頭龍在「五號村」上空飛行。

「五號村」周邊，常常能看見龍。因為過了北方的「鐵森林」，就是守門龍的巢。

這種事不算罕見。話是這麼說，但並不代表不可怕。

龍相當於某種自然災害。不要試著去了解牠們，不能和牠們扯上關係。就算牠們一時心血來潮燒了這個村子，也沒什麼好奇怪的。

不久之前，甚至傳出精靈帝國被龍族滅國的消息。不過嘛，真相好像是遭到魔王國侵略，被龍滅國似乎是謠言……

嗯～光是看見牠們飛行就讓人覺得很可怕。最前面那一頭，好像還拿著什麼呢。

…………

戰熊？不、不對，是王熊。

唔喔喔喔喔喔喔，高級素材！要是拿到出得起價的地方，可以賣到金幣一百枚以上的魔獸。

龍想拿王熊怎麼樣？帶回巢裡吃掉嗎？

…………

錯了。

那頭龍俯衝而下。

正對著「五號村」的山頂。

我覺得自己沒昏過去已經夠厲害了。

四頭龍先後俯衝而下，在「五號村」的山頂著地。有個人就站在那四頭龍面前。

哪來的傢伙啊！不要命了嗎！不，你是笨蛋嗎！要是惹龍生氣，「五號村」會被燒掉耶！躲起來！要是沒辦法就趴下！現在還來得及！

…………村長？

站在四頭龍面前的人是村長。而且他好像在勸誡龍。

…………

接下來的場面，我實在無法置信。

四頭龍化為人形，走近村長。其中兩頭……不，兩人被村長抱起來，還有一個則是讓他背在背上。

那是怎樣？我看見了什麼？難道，村長是地位和龍平起平坐甚至更高的存在？

王熊是給村長的禮物嗎？那隻王熊，就是化為人形的其中一位搬來的。

老實說，我之前太小看村長了。該好好反省。我真是個笨蛋。

村長有機可乘？那又怎麼樣？只有蠢貨才會想藉機亂來。

不能隨便和村長扯上關係。一旦扯上關係就得賭命。而且，勝算很小。

仔細一想，這個「五號村」就有不少奇怪之處。

陽子大人這麼厲害，為什麼會擔任代理村長？為什麼像畢莉卡大人這麼厲害的劍士會當警衛隊？魔王國的前任四天王，為什麼會有兩位在「五號村」？精靈族的樹王和弓王……

這麼一想就能接受了。

因為村長強得超乎想像。

所以，陽子大人擔任代理村長，畢莉卡大人待在警衛隊，兩位前任四天王、精靈族的樹王與弓王也都待在「五號村」。

村長究竟是何方神聖？

不，這不重要。思考村長是什麼人毫無意義。重點是今後的關係。

我們該崇敬村長，讓村長能永遠安心度日。

這樣的關係最理想。

現在我才明白，村長的小孩和「五號村」的小孩起爭執很危險。「五號村」因此滅亡也不足為奇。

我背脊發寒。非得蒐集村長的情報不可。

不是為了利用，而是為了別冒犯到他。

村長離開「五號村」數天後。

我有個機會和陽子大人見面，所以趁機發問。目的是確認。

「陽子大人如果和村長交手贏得了嗎？」

「別講蠢話。我就是因為輸給了村長，才會待在這裡。」

…………陽子大人不說謊。

村長果然很厲害。切記。

還有，在「五號村」往上爬的事，還是適可而止吧。最上面就交給戈隆商會。

離開「五號村」就好？哈哈哈，我已經在村長面前報上名字了，哪出得去啊。

我只剩下為「五號村」犧牲奉獻這條路。

該慶幸的，是還有很多命運和我相同的商人，以及「五號村」是個好地方吧。那麼，今天也好好努力吧。

總而言之，先解決掉那個想把陽子大人拱上位的派閥。

嗯，到剛剛為止我還是那個派閥的。現在毫無瓜葛。我已經投靠村長派了。

5 回歸日常

回到「大樹村」的隔天。

孩子們已經解除禁足，精力充沛地在屋裡到處亂跑。外面很冷，不可以離開屋子喔。

雖然沒有暴風雪那天誇張，外面依舊非常冷。幸好宅邸很寬敞。

琳夏之前說該嘉獎孩子們，所以我決定發給他們獎勵牌。

我想了很久，不過最後認為別把他們當成小孩就是最好的嘉獎。所以，每一個參戰的孩子，我都發了三枚獎勵牌。

沒發給不在現場的阿爾弗雷德和蒂潔爾。我原本以為他們會生氣，不過兩個人都能接受。還好。

我告訴他們，以後會另外安排取得獎勵牌的機會。

當時不在『五號村』的火一郎和古拉兒，則因為協助防守德萊姆的巢，各發兩枚獎勵牌。

我原本擔心太寵他們，可是火一郎給了我一隻很大的熊嘛。而且，德萊姆和哈克蓮都說了希望能嘉獎他們的努力，所以就這麼辦吧。

話說回來，嘉獎火一郎和古拉兒是無妨，但我以為他們只是觀摩耶？讓他們參戰是怎麼回事？也罷，有德萊姆和哈克蓮在，應該沒問題才對。

順帶一提，那隻很大的熊似乎叫王熊，性情凶暴，會在冬季大鬧。我把牠展示在宅邸玄關，烏爾莎顯得很羨慕。

不可以擅自跑進森林裡喔。

給孩子們獎勵牌的發放，昨天晚上就結束了。

希望大家在冬季期間思考獎勵牌怎麼用。希望大家好好思考……知道了，我就講清楚吧。只能交換武具和酒以外的東西。

一片噓聲。

我知道你們想要自己的武具，但是你們還會長大啊。要是現在交換，很快就不合身囉。武具就用我準備的東西。

再說一次，希望大家好好思考獎勵牌怎麼用。

我一邊回想昨天的事，一邊走向廚房。

為了思考怎麼料理在「五號村」向麥可先生買的海產。

唉，雖說是思考，不過也只是分類為單純弄成生魚片、烤、炸和丟進火鍋裡這幾種而已。

老實說，裡面還有我沒見過的魚，所以我決定和鬼人族女僕們邊商量邊定奪。

這個看起來像鱈魚，煮火鍋。

這個……怎麼看都是比目魚啊，雖然牠像魟魚一樣有兩公尺長。試著弄成生魚片好了。再來就是法式奶油煎魚排……裹上麵粉後用奶油煎應該會很好吃。大概吧。

鰻魚就蒲燒。

有種像安康魚的魚耶。能期待牠的味道嗎？調理方法？當然是火鍋。啊，用炸的或許也很好吃。

這邊的小魚我想乾燥後再使用。要不要請露做個類似食物乾燥機的魔道具呢？唉呀，都忘了露現在禁止研究。

都說禁止了，誘惑人家實在不太好。等到禁止期結束再拜託她。在這之前就，嗯……用日曬吧。

我立刻試著把魚曬乾。

取出魚的內臟，切開。用井水洗魚，再泡進鹽水裡醃漬。醃夠之後把水瀝乾，擺到木板上並排。將木板放在通風良好且日曬充足的地方。

以上。

…………

艾基斯，這不是幫你做的飼料台。抱歉。

等到座布團的孩子數量足夠，我就請牠們做張網子。但現在是冬天，不能勉強牠們。

貓姊姊米兒和烏兒躲在屋裡往這邊看，有什麼事嗎？妳們因為外面冷所以不想離開屋子吧？拜託別非常感興趣地盯著正在曬的魚看啦。已經保留妳們的份囉。

偷吃另當別論？原來如此，我懂妳們的心情，不過偷吃我就向珠兒告狀喔。

哈哈哈，麻煩妳們看守囉。

魚之後，是豆芽和蘆筍。

我往大樹迷宮裡闢的豆芽田、蘆筍田和蘑菇田移動。

一開始是我用「萬能農具」闢的，不過目前由在大樹迷宮裡生活的阿拉克涅——阿拉子他們負責培育。說是田雖然有點怪，不過一開始就這麼命名，所以是不得已的。嗯，不得已。

我從豆芽田拿了點豆芽。

蘆筍田好像時機不太湊巧。

蘑菇田裡有些不曉得是什麼的蘑菇就不用了。顏色看起來很毒。阿拉子你們吃了沒事嗎？嘴巴會麻麻的很好吃？就是會麻這點可怕。我會請露調查，拿一株當樣本吧。

不需要找露調查了。鬼人族女僕用很誇張的表情盯著蘑菇。

「這是迷宮牛肝菌。別名『魔王殺手』。」

真誇張的名字。連魔王都殺得掉啊？

「據說是因為太好吃，會讓人吃太多倒在地上，才得到這個別名。」

怪了？不是毒菇？

「雖然沒有毒，但是非常珍貴……只有這一株嗎？」

迷宮裡長了一大片。

數名鬼人族女僕抱著籠子衝出去。希望她們會留下阿拉子等人的份。

晚餐端出的炒迷宮牛肝菌真是頂級美味。

確實，能理解魔王為什麼會吃太多倒在地上。

只不過，這種看起來有毒的顏色是個門檻。紅藍黑夾雜的大理石花紋蘑菇……

看來我不會吃太多倒在地上。

我比較喜歡一起炒的豆芽。

晚上。

我一個人上床睡覺。

露她們被處罰禁止生殖行為，其他人也不好意思乘虛而入。關於這點不能胡思亂想。要保持心無雜念啊。

躺上床後過了一會兒，貓姊姊拉兒來了。

怎麼啦？真稀奇。要一起睡嗎？不是？來叫我的？

…………

我立刻起身。

拿去日曬的魚，還放在外面。得收起來才行。

雖然冷，但沒辦法。

我找還醒著的鬼人族女僕幫忙，回收曬在外面的魚。

…………

曬在外面的魚數量不夠。我看向貓姊姊們，她們比出「不是我們喔」的手勢。

那麼，是誰？

順著貓姊姊們的指引，我在客房找到把魚乾放在火缽上烤的瑪爾比特。附近的暖桌上還有酒。

…………

我走近瑪爾比特，往她腦袋賞了一記拳頭。就這樣吧。

本來想睡覺的，這下子完全醒了。

陪瑪爾比特喝點酒吧。

不過，畢竟是晚上，和瑪爾比特兩個人喝酒從各方面來說都不太妙吧。找找看還醒著的人……發現芙蘿拉和陽子。邀請。

在我們四人喝酒時，露、蒂雅、哈克蓮、萊美蓮和琳夏也來了，形成一場小宴會。

算了，開心就好。

然後我就這樣喝到睡著，天亮後被孩子們看見了。抱歉。

不是大人自己偷偷玩啦。

呃，確實有玩飛鏢、迷你保齡球和麻將之類的……

知道了，今天晚上就來一場小孩子的派對，原諒我吧。

哈哈哈，稍微晚睡沒關係啦。但是不可以熬夜喔。

然後多諾邦。
拜託不要用傷心的眼神看我。
不，不是不找你，只是已經很晚了……抱歉。
我知道，就為你們辦場派對……不，來場宴會吧。
今晚是小孩子的派對，明晚則是大人的宴會。
事情就是這樣。

6 烏龍麵與載貨馬車

「大樹村」正流行烏龍麵。
起因是露她們開始打烏龍麵。大概是禁止甜點的影響吧。她們打出了很有嚼勁的烏龍麵。
然後呢，油炸豆皮的登場也為烏龍麵的流行推了一把。
鬼人族女僕把做得比較硬的豆腐切成薄片後二次油炸，用這種方法做出了油炸豆皮。
我把這種油炸豆皮煮成甜味，弄成狐狸烏龍麵用的豆皮，結果很受孩子們歡迎。大人們也給予好評，陽子更是格外中意。

「我的狐狸烏龍麵要三片油炸豆皮，麻煩了。」
這是無妨，不過麵可別剩下。

禁止甜點還造成其他影響。
讓大家致力於開發不甜的點心。
因此做出了煎餅，以及新口味的御欠。
也有人研究用酒做蛋糕，不過她們沮喪地表示，成了一般香甜好吃的蛋糕。
試味道的時候舔一下沒關係啦……
總之，禁止甜點不是禁止吃甜的，而是禁止吃點心啊。煎餅和御欠都不行喔。
其實本來連飯後甜品都要禁止，但是會讓孩子們吃不下去，所以特別許可。
……
她們真的哭出來了，所以煎餅和御欠也許可。
我真好講話啊。

某個天氣好的日子，我和數名高等精靈進森林找獵物。
為了獵隻大熊送給麥可先生當禮物。
他想要火一郎獵的王熊，不過我回絕了。我打算另外找隻大熊代替，於是出外尋找格鬥熊。

入冬前解決了好幾隻，因此我原本以為去倉庫找就好，不過那些都已經剝皮，肉也割下來了。

給麥可先生這種格鬥熊，他應該也高興不起來吧。更何況格鬥熊的肉不怎麼好吃嘛。

然而，冬天實在是找不到格鬥熊，牠們大概都在冬眠。只能請麥可先生等到春天了嗎？

就在我這麼想的時候，在村子周邊巡邏的琪亞比特報告找到格鬥熊了。幫了個大忙。

為了送給麥可先生，我沒用「萬能農具」的鋤頭，而是用鐮刀把頭砍了一半打倒牠。

然後我用「萬能農具」拖著格鬥熊回「大樹村」。

阿爾弗雷德、蒂潔爾和烏爾莎用尊敬的眼神看我。唉呀，畢竟格鬥熊很大嘛。

抵達「大樹村」後，改用馬車把牠載往「五號村」……一輛載貨馬車裝不下，所以兩輛並排運送。

……不行，馬車應該會壞掉。

由我一路運到「五號村」也行，但是抵達「五號村」之後大概會有麻煩。

所以，我和山精靈們做了專用的載貨馬車。

以大為優先，同時將輕量化考慮進去。就排除多餘的部分吧。

把載貨馬車的護欄拆掉，用繩子綁住就行了嘛。

輪子就用很多個小輪子並排吧。

什麼？輪胎太多會難轉彎？的確。

那麼，讓每個輪子都能獨立轉動吧。像辦公椅的滾輪那樣。

告訴她們就是之前裝在餐車上那種輪子後，她們似乎明白了。
由於需要數量，所以我全部用木頭做。不太在乎耐久性。
只要在運到「五號村」以及從「五號村」到「夏沙多市鎮」的途中沒有壞就好。
車輪改為底部裝滾輪，因此成了沒有把手的推車。變成平台車的模樣。
雖然輪子多達十六個。

完成。
首先進行移動實驗。
放上比較輕的貨物，試著讓它移動。
移動實在算不上平順。而且，地面太軟導致滾輪卡了很多泥土，停住了。原以為十六個輪子壞掉一兩個也沒差，但是卡著泥土會讓滾輪受到很大的阻力。
…………
換言之，失敗了。
只能在鋪好的道路……不，應該是室內專用吧。留在宅邸大廳好了。
期待鬼人族女僕們能夠善加利用。
於是我們重新製作載貨馬車。

滾輪之所以會卡泥土，是因為輪子太小。路況不佳時輪子大一點比較好。我學到了。

所以，改為用四個大輪子支撐載貨台。

…………

就是普通的載貨馬車嘛。

這樣啊，我之前想得太難了。兩台運不了就三台，三台不行就四台。

於是我開始量產沒有護欄的載貨馬車。

加工重點放在容易連結。嗯，感覺不錯。移動實驗也沒問題。很好。

我把用「萬能農具」拖回來的格鬥熊放上去，開始運送。

載貨馬車由十二名半人馬族拖行，在巨人族和半人牛族分別從兩側與後方推著的情況下移動。

「要走囉！」

半人馬族之一吆喝。

「喔喔！」

其他半人馬族也應和。

「嘿咻！」

「嘿咻！」

沒辦法像普通載貨馬車那樣移動。

車子配合著吆喝聲，一點一點緩慢移動。不好意思，麻煩大家努力了。

我待在貨車後方一起移動，盡量避免干擾到他們。

手上拿著裝有迷宮牛肝菌的籠子，打算讓麥可先生也嚐嚐看。

迷宮就在眼前。

嗯？那是……萬能船？它從船塢招手，宣揚自己的存在感。

…………！！

用萬能船運送就輕鬆了。

我陷入「必須用傳送門運到『五號村』」這個盲點，反省。

雖然現在換也不遲，但是看見半人馬族因為有機會活躍而努力的模樣……我實在說不出口。

抱歉，萬能船。改天另外找機會讓你表現。

還有，過來幫忙的各位山精靈、半人馬族、半人牛族和巨人族。真的很抱歉。這次運送結束後，我會辦一場盛大的宴會。希望大家原諒我。

由於麥可先生已經回到「夏沙多市鎮」，因此半人馬族他們要一路運到那裡。

雖然交給「五號村」的戈隆商會也行，不過考慮到運輸問題，還是幫他們運過去比較親切吧。

當初是這麼計劃的所以沒問題。

起先我這麼認為，不過很快就碰上問題。

因為我接到格蘭瑪莉亞快生了的通知。
不好意思，先走一步。我要趕回「大樹村」。
由格魯夫代替我。
如果是格魯夫，在「夏沙多市鎮」要見到麥可先生應該不成問題吧。拜託了。
替我向麥可先生他們問好。

7 阿爾弗雷德的出發

格蘭瑪莉亞生了個女兒。母女均安。太好了。
命名，蘿潔瑪莉亞。
命名的人不是我，是格蘭瑪莉亞。
好像是和蒂雅、瑪爾比特、琳夏商量後的結果。我沒有不滿。
話說回來，庫德兒和可羅涅。
我知道蘿潔瑪莉亞很可愛，但是差不多該讓我抱了吧？
在格蘭瑪莉亞漸漸習慣育兒時，將格鬥熊運往「夏沙多市鎮」的半人馬族與格魯夫他們回來了。

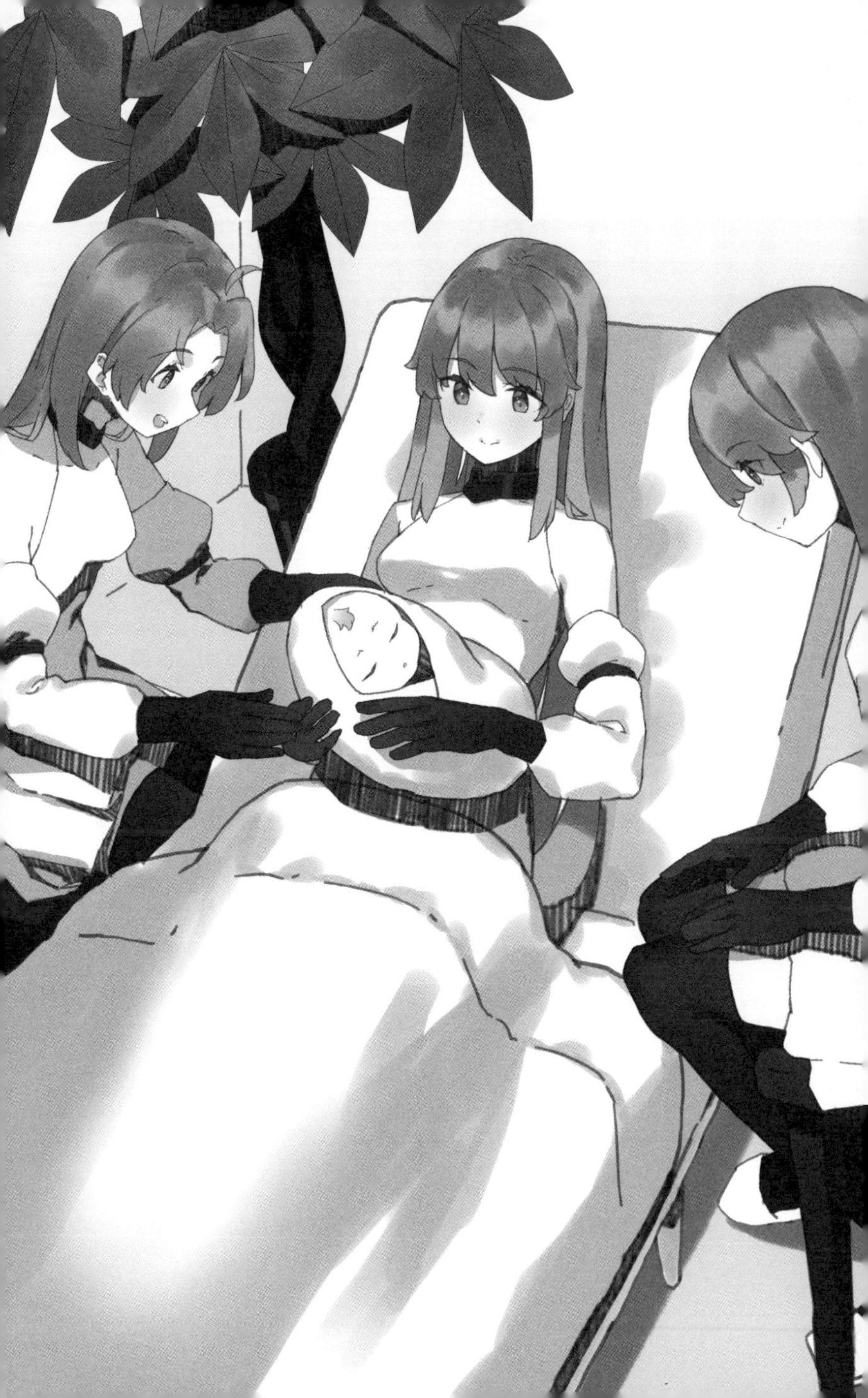

比預定的晚，出了什麼事嗎？我向格魯夫詢問。
「非常抱歉。其實是『夏沙多市鎮』舉辦活動，我們留下奉陪。」
活動？
「首先，是迷宮牛肝菌的試吃會。」
聽起來相當有趣，不過只給了他們一籠的份吧？活動規模有多大啊？
「整個城鎮。而且，不斷有人受傷。」
咦？
據說，是因為「戈隆商會得到迷宮牛肝菌」的情報很快就傳出去了。
原因在於格魯夫等人沒管周圍的目光就把迷宮牛肝菌交給麥可先生。
雖然似乎沒人直接向戈隆商會施壓，但是麥可先生表示獨占不好，所以舉辦了試吃會。他們將數朵迷宮牛肝菌剁得非常細，用大鍋煮湯。這些湯免費發放，導致有人爭搶。
…………
我沒試過用大鍋煮迷宮牛肝菌耶。這種吃法味道好嗎？
「非常抱歉。已經在村裡吃過的我們沒參加試吃會，所以味道……」
這樣啊。
唉，晚點再向麥可先生道歉，問他對於味道有什麼感想吧。
「試吃會之後，則是格鬥熊的品評會和拍賣。」

品評會和拍賣？

拍賣我懂，品評會是怎樣？不，我知道品評會的意思。就是把同類型的物品擺在一起評鑑對吧？像是雕刻、鐵器和武具等等，種類應該有很多。

格鬥熊的品評會，是指除了我們之外還有人拿格鬥熊給麥可先生嗎？

「不，不是這樣。品評會上只有村長獵的那隻格鬥熊。」

呃……這樣不叫品評會吧？

「這個嘛，其實是讓『夏沙多市鎮』的大牌學者和專家老師等人，調查那是否真為格鬥熊的會議。雖然那個大小沒辦法偷走，但或許會有人覺得搶一部分也行而做出暴行，所以由我們戒備。另外，因為觀眾源源不絕，我們還要負責整隊。」

還、還真是辛苦呢。

「是啊，不過真正辛苦的，要等到認定格鬥熊是真貨以後……」

發生什麼事了嗎？

「不，他們好像以為是我解決的……非常抱歉。我已再三聲明是村長打倒的，但是他們不肯相信。」

別在意。而且，區區格鬥熊，格魯夫你應該能打倒吧？

「居、居然對我如此期待……非常感謝您的賞識！總有一天，我會打倒牠給您看！」

真、真可靠，不過總覺得在雞同鴨講。不可以勉強喔。

還有，麥可先生的反應怎麼樣？

「啊，差點忘了。請容我先確認一下。格鬥熊和迷宮牛肝菌，您是要賣給麥可大人嗎？還是當成禮物呢？因為沒聽您提過價格的事。」

我是打算當成禮物喔。

「這樣啊。麥可大人十分高興。而且，他說要將戈隆商會旗下的一艘大型帆船獻給村長。」

咦？為什麼？

「我想，可能以禮物來說格鬥熊太有價值。大型帆船他讓我看過了，是最新型的。如果有需要，好像連船長和船員都可以幫忙安排。」

呃……這樣啊。嗯，那就收下吧。

「麥可大人所說的，我確實轉達了。」

話說回來，關於剛剛的問題，如果是賣給他的話會怎麼樣？

「他表示請用大型帆船抵貨款。」

哈哈哈，讓麥可先生費心了。改天連迷宮牛肝菌的事一併向他道歉吧。

到時候，再看看要不要拿點血腥蝮蛇的蛋給他。

總而言之，把幫忙運送的人都找來開宴會。別在意，這也是為了我自己。

為了減輕我心靈的負擔，希望大家參加。嗯，拜託了。

格魯夫等人回來數天後。

為了讓阿爾弗雷德和蒂潔爾能夠獲取獎勵牌，我拜託他們幫忙運貨到好林村。

雖說是幫忙，不過必須擔任我的代理人，向好林村村長打招呼。

行程安排得寬裕一點，四天三夜。

做得到嗎？露說沒問題，但我有點不安。

移動到好林村是用萬能船。

雖然找哈克蓮或拉絲蒂比較快，不過這算是運送格鬥熊那次的補償。

這次移動，除了擔任船員的惡魔族、夢魔族、負責運送貨物的蜥蜴人們、貼身照料阿爾弗雷德和蒂潔爾的兩名鬼人族女僕，還有加特、加特的兩名弟子，以及格魯夫的兒子同行。

加特是好林村村長的兒子，所以我拜託他擔任阿爾弗雷德和蒂潔爾犯錯時，幫忙打圓場的要員。

不，不是我不相信阿爾弗雷德和蒂潔爾喔。理由是不能給好林村村長添麻煩。

加特的弟子們，則是因為有機會去好林村，所以主動提議同行。似乎有什麼東西想在好林村下訂。

格魯夫的兒子，好像是要把老婆寫的信送去給岳父岳母。

內容我知道。格魯夫兒子的老婆懷孕了。恭喜。

格魯夫的兒子看起來不太想去，但他們似乎早已和住那邊的岳父岳母講好懷孕就要通知。加油吧。

順帶一提，萬能船的船長預定由墨丘利種之一擔任，不過尚未就職。
因此，這回船長是阿爾弗雷德。副船長交給蒂潔爾。拜託囉。
…………
啊，出發前先等一下。
檢查客艙和貨艙！好，發現烏爾莎。發現娜特。發現瑪爾比特。回收三人，送回宅邸。
阿爾弗雷德他們可不是去玩的。相信他們，留在家裡等吧。
瑪爾比特只是想搭萬能船吧？別去妨礙阿爾弗雷德他們。等到船回來後想怎麼搭都可以。要是再抵抗，我就找琳夏過來……明白就好。
那麼，出發。大家好好加油。
…………
露和蒂雅躲在貨艙裡，但是我放過她們了。
我明白妳們的心情。果然還是會擔心吧？拜託囉。
還有，希望妳們回來以後向我描述一下阿爾弗雷德和蒂潔爾的英姿。
琳夏之所以沒有躲進去，大概是因為蒂雅拜託她照顧奧蘿拉吧。露普米莉娜則是交給安照顧。
好啦，露和蒂雅不在這件事，我該怎麼瞞過剩下的孩子們呢。

要是其他孩子知道露和蒂雅同行，等到阿爾弗雷德和蒂潔爾回來之後八成會告訴他們。

那可不好。要避免。

所以，我打算努力蒙混過去。

露和蒂雅的事，幾乎沒有人談起。

我這才知道，哈克蓮、妖精女王、陽子、格蘭瑪莉亞和琪亞比特比較受歡迎。

或許是因為阿爾弗雷德和蒂潔爾不在，不過等她們回來後，要她們再多陪陪孩子們吧。

還有，我自己也該多和孩子們接觸。

我是這麼想的。

8 露與蒂雅的報告

阿爾弗雷德和蒂潔爾回來了。

露和蒂雅也在，看來是被發現了。

阿爾弗雷德，你生氣了嗎？沒關係？那就好。

蒂潔爾……生氣了呢。抱歉。

問我為什麼要道歉？因為我知道露和蒂雅跟你們一起去。

哈哈哈，生氣的蒂潔爾也很可愛喔。

別氣了，是我不好。

好啦，雖然大家應該都累了，不過麻煩報告經過。

阿爾弗雷德和蒂潔爾告訴我，貨物平安送達。

看來沒出什麼大問題。那就好。

「幹得好。晚點發獎勵牌給你們。」

基本上，這是我自己訂的規矩，獎勵牌要在大家面前發放。如果不這樣，我會隨便亂發。

所以，應該會在晚餐之後發吧。

烏爾莎他們都在等阿爾弗雷德和蒂潔爾自由，所以我最後摸摸兩人的頭就宣布解散。

根據阿爾弗雷德和蒂潔爾的說法是沒問題，不過在露、蒂雅和加特的報告裡頭並非如此。

首先，加特的報告。

在好林村，阿爾弗雷德與蒂潔爾和村長有同等待遇，受到鄭重款待。

阿爾弗雷德和蒂潔爾的應對都沒問題，宴會也很順利。

問題是晚上。

有些年輕女性們想摸上阿爾弗雷德的床。
加特說他徹夜守衛排除那些女性，避免阿爾弗雷德發現。
幹得好。做得非常棒。感謝你。
…………
話說回來，蒂潔爾那邊呢？
一來有鬼人族女僕看守，二來大家怕觸怒我所以沒人靠近。原來如此。
可是這樣的話，我希望大家也用同樣的方式看待阿爾弗雷德。我兒子要成為男人還太早。
咦？啊，雖說有女性接近，不過頂多是在旁邊陪睡的感覺？抱歉。我想太多了。

露和蒂雅，則是向我報告阿爾弗雷德和蒂潔爾的努力。
我想，應該也有些誇張的部分，不過大致上沒問題。
我原本是這麼想的。
萬能船上的偷渡客，除了露和蒂雅之外其實還有一個……應該說還有一隻。小黑的子孫。
嗯，我知道你在擔心阿爾弗雷德和蒂潔爾，但是不行偷渡喔。還有，居然連我的搜索都躲過啦？厲害喔。
不過，據說牠因為只顧著看阿爾弗雷德和蒂潔爾，結果被好林村的人發見，引起很大的騷動。
明明沒那麼恐怖啊，好乖好乖。

咦？騷動是阿爾弗雷德和蒂潔爾擺平的？這可就厲害了呢。晚點誇獎他們吧。

但是，為什麼阿爾弗雷德和蒂潔爾沒有提起這件事？

回答這個問題的人是加特。

似乎是好林村村長拜託阿爾弗雷德和蒂潔爾，希望他們隱瞞村民看見小黑的子孫引發騷動的事，說是怕我會生氣。原來如此。

…………

怎麼大家畏懼我的程度超乎想像？是我的錯覺嗎？

再來就是加特的弟子順利地下了訂單，格魯夫的兒子也受到岳父岳母歡迎。

大概就是這樣吧？

…………

好，沒問題。就當是這樣吧。

由於阿爾弗雷德和蒂潔爾已經回來，所以我找露和蒂雅商量，思索多和孩子們交流的方案。

孩子們不太提起我、露和蒂雅，令人在意。

於是有了結論。

最好的辦法就是一起玩。

受歡迎的哈克蓮、妖精女王、陽子、格蘭瑪莉亞和琪亞比特，似乎因為種種原因有很多機會和孩子們玩在一起。哈克蓮和妖精女王我知道，格蘭瑪莉亞懷孕之後經常陪著孩子們。

陽子和琪亞比特倒是讓人無法聯想到玩，然而並非如此。陽子好像是晚上從「五號村」回來後，會和孩子們一起玩。琪亞比特則是因為各種原因很會照顧人。

相反地，露和蒂雅很少陪孩子們玩。因為她們要不是手邊有工作，就是窩在房間裡做研究，除了自己的孩子之外，幾乎只有吃飯時間才見面。

唉，畢竟還要照顧露普米莉娜和奧蘿拉，要說不得已也是真的。

總之，陪孩子們一起玩成為受歡迎的父母作戰，開始！

首先，由露和蒂雅出動。

…………

贏不了哈克蓮的人氣。

我想也是。畢竟一起玩的大人不需要那麼多嘛。

在孩子們和哈克蓮待在一起時過去是個錯誤。不過，我有祕計。

「要不要一起做料理啊？」

嗯，完美地上鉤了。

露、蒂雅和哈克蓮，來幫忙。

母親們的甜點禁止期已經結束，所以我原本打算做些點心，不過孩子們想要做些普通的料理。是不是因為快到晚飯時間啦？

孩子們沒有廚藝可言。

因此，以入門來說，先從簡單的火鍋開始。畢竟只要熬個湯底，然後把食材切一切丟進去就好。

好，分成露和蒂雅兩組。哈克蓮和我一起顧所有人。還有，不要忘記告訴安，今天晚餐要換菜單。

今晚就吃孩子們做的火鍋。

味道？很好吃啊。

用了很多蘿蔔泥的雪鍋。非常適合冬天。

嗯，這個嘛，火鍋料有點大塊就笑笑帶過吧。

放心，沒發生把糖和鹽搞錯這種事。

不過仔細一想，露和蒂雅也沒怎麼下廚呢。這點該考慮進去的。

最活躍的是娜特。似乎是她母親娜西教的。刀工很漂亮。

…………

增加多一點讓孩子們下廚的機會吧。

雖然有安她們在，就算不會做飯也沒關係，不過世事難料嘛。會做總比不會來得好。

我一邊吃著飯後甜點冰淇淋，一邊思考這些。

春天已經不遠。

閒話 「五號村」警衛隊歐克斯　警衛隊介紹

我的名字叫歐克斯。搬來「五號村」居住的魔族。

「五號村」和它的名字相反，發展得比城鎮還要興盛。我原本單純地認為是個村落，所以來到「五號村」後非常驚訝。老實說，希望它換個名字。

我想告訴其他人，我住在一個很棒的城鎮。除了我之外有很多人也這麼想。聲音大概有傳進「五號村」的代理村長陽子大人耳裡吧。改名的謠言四處流傳。

但是，陽子大人宣布名字不會改。

真遺憾。不過，還有後續。

「五號村」建在一座小山上。

好像要將小山的山頂當成「五號村」，側面和山麓緩坡稱為「五號鎮」。

所以個人要將「五號村」稱呼為「五號鎮」也可以。另外，對外用「五號鎮」好像也沒關係。

喔喔，太好了。

不過，舉行儀式之類的場合要用「五號村」。還有，「五號村」的領袖是村長。絕對不可動搖。

嗯，我知道。

移居的時候就聽過說明了。只不過，村長很少露面嘛。

不不不，村長是領袖。沒問題。

我很幸運地進了「五號村」的警衛隊。

「五號村」警衛隊以畢莉卡大人為代表，是以守衛「五號村」為中心的組織。

簡單來說，就是取締鬧事的傢伙、邪惡的傢伙和可疑的傢伙。這工作雖危險卻很光榮，薪水也高。

住在「五號村」的年輕人，差不多都有夢想過要進入警衛隊。

想成為警衛隊的一員需要接受考試，大家都說相當困難。

通過考試的時候，我開心到忍不住拿存款去喝酒。

隔天。

原本在我想像中，會以警衛隊身分華麗地活躍。

然而，實際上是以鍛鍊體力為主，過著訓練、訓練以及訓練的每一天。工作時間，我們根本沒辦法離開營區附近的空地。

所幸以警衛隊身分活動時會供餐，餐點份量很多，而且很好吃。

不過，吃下去的份都靠活動消耗掉了，所以不會胖。持續一個月後，能感受到自己的身體越來越結實。到了這時，我們才終於能夠離開空地。

可是，還沒辦法執行「五號村」的警衛任務。

目的地是「五號村」的山麓緩坡，冒險者們進行訓練的區域。我們在這裡做戰鬥訓練。

新人要先接受每一種武器的訓練，再挑選適合自己的武器。

我原本想拿劍，不過後來覺得長槍比較適合自己，於是選了長槍。

隊員都會配給武具。拿到閃亮亮的長槍，讓我嚇了一跳。我以為，會配給訓練時用的中古長槍。

槍上清晰地刻著「五號村」的字樣。這是為了避免遺失……怪了？連我的名字也刻在上面？啊，如果有個萬一要用來辨認屍體是吧。

哈哈哈，希望不會有派上用場的一天。

訓練持續半年後，我被分發到第十六分隊。

員額五十名。

我們分成五組，主要巡邏「五號村」所在小山的山腰一帶。老實說，小山山腰很少出現需要取締的人，可以說是很閒的分隊。

好像因為這樣，新人都會先分發到這裡。

第十四分隊、第十五分隊和第十七分隊也一樣。

比較忙碌的分隊，則是畢莉卡大人直屬的第一分隊、把守「五號村」東西南北門的第二分隊，以及清理「五號村」周邊魔物與魔獸的第三分隊。我希望將來能調去那裡。

順帶一提，第二分隊以最多人的分隊為傲，員額五百人。由於五百人還是不夠用，所以認真一點應該就能調過去吧。

第十六分隊分成五組，輪流負責早班、午班、晚班、休假和待命。

早班從日出時分——晨鐘響起時開始工作，到午鐘響起時結束。

午班從太陽最高的時候——午鐘響起時開始工作，到晚鐘響起時結束。

晚班則是從日落時分——晚鐘響起時開始工作，到晨鐘響起時結束。

休假組當天休息。

待命則是有留營義務的休假。

早班、午班和晚班，各自的值勤時間都不長，工作內容卻很辛苦。

值勤時間之外，行動時也要有身為隊員的自覺，所以幾乎所有人都把時間拿來訓練。

當然啦，也有那種和戀人共度美好時光令人羨慕的傢伙……不過我的時間都用來鍛鍊肌肉。嗯。

到頭來能夠派上用場的，只有自己的肉體，只有肌肉。和戀人跑去玩的傢伙，以後一定會哭。不，給我哭！哭吧！

機會很快就來了。

特別訓練。

從第十六分隊的所有人裡挑出十個，和第一分隊聯合訓練。訓練內容是清理森林中的魔物與魔獸。

哼哼哼，這是個大意就有可能導致死亡的危險訓練。不過，也是我身上肌肉展現光芒的時刻。畢竟平常的任務，不是和居民打招呼就是為旅客當嚮導嘛。

我會加油！

首先，在第一分隊的營區集合。

和第一分隊的三十人會合後，以四十人開始移動。

剛走出營區不久，有個集團出現並攔住我們的去路。

從十歲到十五歲的少年少女，都是小孩子。

「我們是『五號村』少年團！要求和警衛隊決鬥！」

這麼說著，就有大約四十個小孩往我們突擊過來。

怎、怎麼啦？不，別慌張。人數相當。對方的武器……是木棒吧？沒問題。

不過，逼近的小孩裡，有好幾個我認得。是「五號村」大人物的小孩們。

讓他們受傷會出事吧？

在我煩惱該不該拿武器時，第一分隊的畢莉卡大人下令：

「無論對方是什麼人，敢挑戰警衛隊就不用手下留情！在場全員，全力壓制敵人！」

了解，我看了看左右兩邊，開始列隊。

然後拿起武器……奇怪？武器不見了？咦？

我的武器，出現在不知從哪邊冒出來的另一群少年那裡。不止我的武器。還有其他隊員的武器在他們手裡。不是所有人都這樣，但是，前線有半數人的武器被搶走了。

他們怎麼做到的？不，重點是我沒武器了。

怎麼辦？別慌，有做過徒手戰鬥訓練。而且，肌肉就是為了這種時候存在的。

我擺出架勢。

然而，孩子們在我們面前緊急停下腳步，把武器丟下後就跑了。

怪了？啊，不對，必須追上去才行。

我往前一站。心想其他隊員應該也會這麼做。

但是，我錯了。

和我一樣往前站的只有幾個人。

有人維持架勢站在原地，有人試圖撿起孩子們丟下的武器，有人打算回營區拿武器，各做各的。

我心想這下糟了。

在我這麼想的瞬間，其他小孩們從左右兩側來襲。隊伍散了。

演變成混戰。

對方是小孩，裡面還有大人物的小孩。我們不能用全力揍人。
對方一開始就已宣誓，說這是挑戰。這些攻擊無意危害我們。
所以，打傷他們無妨，但是不能讓他們死掉。
我的最佳選擇是什麼？抓住小孩往後送。就是這個。
不過，要抓住這些孩子實在很難。就算抓住，也會有其他孩子過來解救。
而且，偶爾會飛來力道強勁的箭矢。雖然沒有箭頭，卻精準地瞄準了手腳。
他們真的是小孩嗎？
……………耳朵好長，是精靈？或許年齡和外表不一樣。
不，就算是精靈，孩提時的成長速度也一樣吧。
嗚，我的肩膀中箭。原本抓到的小孩趁機溜掉了。
可惡，該怎麼辦？
焦急的我聽到指示。
「警衛隊，各位！我是陽子大人身邊的秘書官娜娜！情況緊急，由我代替畢莉卡小姐指揮！請聽從我的命令！不對，給我聽好！」
不認識的人。
不過，她自稱陽子大人的秘書官。

如果說謊的話是重罪。所以我信任她。也只能信任她。

「全員，立刻停止戰鬥後退五步！孩子們不會追過來，安心退下！」

我後退五步。

孩子們確實沒有追趕。

「很好，重新整隊！還沒！還沒！不要往前衝！時機由我指示……」

我看向左右兩邊，重新列隊。有熟面孔在，令人安心。沒錯，有什麼好焦急的。冷靜下來。冷靜下來就會贏。

好啦，突擊命令還沒下來嗎？

…………

……………

沒有突擊的暗號？在我懷疑怎麼回事的時候，發現箭矢集中到秘書官身上了。

還有會冒煙的圓筒往我們扔來。

煙幕？孩子們，你們也太狠啦！

煙幕中，我們再度被迫各自為戰。

情況比剛才更糟。連自己待在哪裡都不清楚。

想聽從同伴的指示，卻有可能在不知不覺間聽從小孩子們的指示。

回過神時，煙幕已經散去，我周圍沒有人。只有我往前站。這令我毛骨悚然。
然後孩子們拋出繩索。
想抓我？何故？為什麼？
孩子們拋出的繩索……沒有套住我，而是套住來救我的隊員。
同屬第十六分隊的同僚。
同僚轉眼間就被拖進孩子們之中。
還、還來！把我的同伴還來——————！

我看到的景象是，一名嬌小的少女向那位被捆住的同僚告白的場面。
…………
就這樣，來自「五號村」少年團的挑戰結束了。
警衛隊敗北。得多加鍛鍊不可。
孩子們把武器還給我了。

啊，前輩。
今天輸了呢。真不甘心。之後是說教和訓練對吧。我懂。
咦？那傢伙？才不是同伴。我的同伴只有這身肌肉。我可沒哭喔。對，沒哭。只有那些和戀人玩的傢伙才會哭。

我的名字叫歐克斯。

興趣是訓練。

戀人，募集中。

閒話　獸人族男孩的學園生活　第二年回顧

我的名字叫戈爾。加爾加魯德貴族學園的教師。

……奇怪。

明明是教師，但我只剩下清理魔物以及在「夏沙多市鎮」打棒球的記憶。

不不不，仔細想想。不是還有回「大樹村」參加武鬥會嗎？

哈哈哈，不對。不是這個，是身為教師的記憶。

呃……春天我做了什麼？

迎接冬天回老家的學生與新入學的學生。大家來學園的時間不統一，幾乎完全沒授課。因此，學生們都是自主性地念書或研究。

……想到了。

誘拐事件。

學園新生，某個貴族的兒子遭到誘拐。我記得，應該是席爾解決的吧。

身為教師，解救學生是理所當然。他得到了雞當謝禮。約一百隻活生生的雞。好像是那個貴族領地的特產。

於是我們蓋了雞舍，開始養雞。學園長應該很頭大吧。

我們答應將一部分雞蛋和雞肉賣給學園餐廳，藉此得到許可。

至於養雞，則由誘拐事件裡被誘拐的貴族兒子擔任。他在老家似乎可以說是和雞朝暮相處，知識比我們豐富。他好像還懂得怎麼管理雞隻健康與防範雞隻生病，讓我們學到不少。

…………怪了？我比較像學生耶。

算了，沒差。

夏天……對了，是建國祭。我怎麼會忘了呢？

我參加了王都的慶典，一場持續三天的活動。

本來，學園不會和王都慶典扯上關係，但是王都的冒險者公會請求我們參加。

至於目的，簡單來說就是想吃學園料理……正確說來是想吃我們做的料理，所以希望我們擺攤。

不過，大概認為我們會拒絕吧，表面上的理由是讓王都與學園的學生交流。所以他們說，希望學園的學生也能參加。

這麼一來，必須和學園長商量。

商量的結果，決定參加。我成了負責人。唉，沒辦法。

慶典不是學園的所有學生都參加，只有想參加的人才去，應該不至於出問題吧。

雖然要參加的人數有一百出頭，感覺多了點。

正確說來是一百二十一人，包含教師和在餐廳工作的人等等。

……………

明明有比我們更年長的教師，負責人依舊由我當，這是怎樣？這樣行嗎？

首先，我們和學生們一起製作高台。

表面目的是促進王都與學生的交流，所以需要一個象徵參與的醒目標記。

我們製作的高台，底部有車輪。村長製作時我有仔細看，所以還記得形狀。

只不過，高台太高很難製作，所以大約兩公尺。最後它變成像有點奇怪的馬車，或者說座位比較高的馬車。唉呀，反正它能移動，應該沒關係吧。

問題在於，大家為了這個高台由誰拉、誰坐在上面而吵架。畢竟是貴族，有立場之類的問題吧。

所以為了公平起見，我拜託學生們負責拉。然後，請學園長坐上高台。

她顯得很不好意思。不過，街坊的評價很好。
畢竟到了最後，街上的人甚至說他們也想拉，跑來參加了呢。
王都與學生的交流算是成功了吧。

高台之後，則是料理攤子的製作。我認為必須回應人家的期待。
不過，料理拜託在學園餐廳工作的人負責，我們待在後台。學生們則是專心當服務生。
雖說方向如此，但是也有想自己做料理的熱心學生，所以到頭來攤子做了五個。
在餐廳工作的人有三個攤子，學生們則是兩個攤子。
最大的問題在於……每個攤子都在慶典第一天就把食材用光。想得太天真了。
老實說，因為沒有宣傳，我原本以為一開始不會有人理，可是慶典開始前就有人在排隊了。
我還在想為什麼會這麼受歡迎，原來是冒險者公會幫忙宣傳的。大概是認為，既然請了我們來，沒讓生意興隆到一定程度說不過去。或者，是前一天招待他們試吃的回禮？
負責擺攤的學生們，決定明年要準備更多食材。
儘管大概沒親眼看見盛況，不過學園長宣布明年以後也要繼續參加。參加的學生與王都似乎都給予好評。明年起好像要納入學校行事曆。但是，僅限學生自願參加。
希望明年負責人不是我。
擺攤賺到的錢，則捐給學園。

順帶一提，王都慶典的主要活動是搬大酒桶。

事先準備好連成年人都抱不起來的大酒桶，讓分散到王都東西南北的各個勢力爭奪，野性十足。

由於有建築物和攤販毀壞的危險，所以在慶典最後一天的傍晚舉行。

各勢力的分配方式看居住地點，不過學園的學生無論住在哪裡，都是以學園所在的東北方為準。所以，形成北隊和東隊的爭奪。

結果，我們不知道為什麼歸在西隊。我還記得，西隊代表葛拉茲人叔當時一臉壞人樣。

職責按照種族分配，酒桶爭奪戰相當有趣。

要是「大樹村」也辦一場，不知道會怎麼樣。

秋天。

秋天……發生了什麼事呢？

西南方發現迷宮後去偵察……啊，這不算教師的工作對吧。

想到了，基修伯爵家的繼承問題。

基修伯爵的兩個兒子在學園就讀。兩人年紀相近，將彼此視為基修伯爵繼承者位置的競爭對手，不過都沒有爆發直接衝突。

但是，基修伯爵倒下的消息突然傳來，於是兩個兒子的跟班開始爭執。

拿課業成績競爭還能放過，直接動用暴力可不行。把出手攻擊的傢伙全部教訓一頓後，兩個兒子的跟班全滅。於是他們來找我，要求一個和平的裁定。

不不不，找我裁定做什麼啊？首先該確認基修伯爵的狀況。就算基修伯爵真的出了什麼事，也有可能留下遺言。

雖然麻煩，但這兩個比我年長的伯爵兒子都是學園的學生，而我則是學園的教師。就算他們沒有上我的課，丟著不管依舊會讓我過意不去。

所以我帶著這兩人前往基修伯爵的領地。

前往領地也就算了，麻煩的是有人礙事。好像還有其他沒就讀學園的兄弟在。

發生許多事之後，我們抵達基修伯爵宅邸，結果伯爵似乎因為得了傳染病而謝絕會面。

不知為何變成我去尋找知名藥師，還被迫蒐集人家要的材料。唉呀，如果領內也有傳染病流行的徵兆，確實不能放著不管。

靠著藥師製作的藥，傳染病平息了。

基修伯爵康復，繼承人問題也跟著延後。希望伯爵一家人好好商量。

還有恕我冒犯，伯爵您好像還有幾個沒認的兒子，我想那些問題也一併解決會比較好喔。

回來之後。

我被學園長狠狠訓了一頓。

她說學園不插手貴族的繼承問題，要貫徹中立。非常抱歉。

對外的說法，變成為了平息傳染病而派我過去。

除此之外，秋天還有回「大樹村」參加武鬥會。

這讓我們反省，自己果然還是太嫩。

而且，在武鬥會上認識的那三個我們稱為龍三姊妹的混代龍族，在武鬥會結束後來到王都。好像要為魔王大叔工作。

話雖如此，但是不知道為什麼，她們的房子蓋在位於學園的我們家旁邊。算了，反正學園長的許可、建築費和生活費都由魔王大叔負責，所以我沒意見。

冬天。

今年冬天很冷。

可能是因為這樣吧，北邊的魔物與魔獸開始南下。老練冒險者說，因為嚴寒讓牠們無法確保充足的食物，所以南下覓食。

雖然王都有北方森林保護，不過，街道等處會有危險，冒險者們因此出動。我、席爾和布隆也接獲邀請。

魔物和魔獸沒什麼大不了，但是移動距離就累了。我們請龍三姊妹協助移動，結果清理掉魔物與魔獸後，居然有人稱呼我們為龍騎士，讓我有點困擾。畢竟我們相當於男爵家當家而不是騎士。

或許只是個小問題，但這部分可是很敏感的。啊，因為是騎乘者所以叫騎士？原來如此。

不過，這麼一來龍三姊妹的心情就……不壞？反而有點得意？為什麼？

冬天大多數學生會回老家，做不了什麼教師該做的事，反而一直在與魔物戰鬥，所以這些事的印象比較深吧。

至於棒球的記憶……是因為看準了我有空的魔王大叔跑來邀我吧。龍三姊妹一開始也不懂棒球，現在已經會在學園裡找地方自主練習了。

大概是因為，龍三姊妹的連續三支全壘打讓現場熱烈無比。告訴她們不要只練習打擊也要練習守備比較好之後，我就被迫陪練了。學園裡也開始有些學生對棒球感興趣。

偶爾我會指導這些學生打棒球……但這算不上教師的工作吧？

我會不會太死腦筋啦？放輕鬆一點或許比較好。

姑且還是會有學生來找我諮商煩惱，教師身分倒也不是完全沒存在感。

雖然諮商內容都是建築、料理和戰鬥的問題。

「戈爾老師。山羊圈這種感覺行嗎？」

「嗯………首先，現在這種門鎖沒有作用。我認為把鎖換更複雜一點的比較好。」
「防止有人偷家畜嗎？這是在學園內耶？」
「不，因為山羊會開門逃跑。」
「咦？牠們是山羊耶？」
「就因為是山羊。牠們聰明到開鎖後會把門關上，避免逃跑被發現。」
「那是披著山羊皮的另一種生物吧？」
這不是商量而是確認。
由於我四處奔走幫忙處理傳染病問題，明年春天基修伯爵要送我山羊當謝禮。
為了取得學園長的許可，費了不少力氣。

閒話　世界啊，畏懼吧！

我的名字叫梅涅克。有山羊頭的魔族。
雖然容易和獸人族搞混，但我和他們不一樣。獸人族比較接近人類。
人類頭部長有動物耳朵和額外毛髮的是獸人族。我的頭部完全是山羊。
但是，我會說話。愛說話的那種。

而且，我的肉體接近山羊。並不是和山羊一模一樣，而是接近山羊。所以，我會穿衣服，也能直立行走。

要是我全裸四肢著地，會有高機率被誤認為山羊，所以我絕對不會全裸四肢著地。

那就是我的自尊。

為什麼我的頭部會是山羊？

不限魔族，只要無法控制自己體內的魔力，魔力就會讓身體變質。原因就在這裡。

魔族能保有的魔力較多，身體因此變質的人並不罕見。不過嘛，像我這樣幾乎全身變質的應該很稀奇吧。

我與生俱來的魔力多，出生後一年就變成這副德行。

但是，我並不悲觀。我現在的模樣，會讓人聯想到某位古代魔族。

羊頭惡魔達賽基。

不止人類，連魔族也一併打入恐懼深淵的王者。

他在傳說中的樣貌，和我完全一致。而且不止外表。

我同樣有足以壓制他人的力量，更具備能任意使用高難度魔法的頭腦與魔力。

我就是羊頭惡魔達賽基本尊——我可以充滿自信地這麼說。

於是，被我這身實力與外表吸引的人，形成一股勢力。

反魔王軍。

總數，十萬人。

十萬人不是聚在同一個地方，而是分散在魔王國各地。等我一聲令下就會開始行動。

哼哼，哼哼哈哈哈哈哈哈哈！

世界啊！畏懼吧！就從魔王國開始！

……被抓了。

我在忙著對付某個超強精靈時被包圍了。

原本只有一個精靈還應付得來，真遺憾。

非常抱歉，都是謊言。我根本拿這個精靈沒轍。那個，太奸詐了，犯規啊。明明只是個精靈，居然那麼強。想必是位有名的精靈。

咦？不是精靈？高等精靈？高等精靈，是指那些食人者？哈哈哈，怎麼可能。

……真的？不是開玩笑？嗚哇…………好險啊。

遭到衛士包圍，反而救了我一命嗎？太好了。

這麼一想，就覺得待在這間衛士小屋接受偵訊也是種幸福。

「所以說，你明白自己為什麼被抓起來嗎？」

年輕衛士這麼問我。

這種哄小孩的口氣聽了就火大。雖然魔族很難從外表判斷年齡，但是你不管怎麼看都比我小吧？我好歹也活了四十年。雖說魔王國不怎麼重視年齡，但是對長者該表示敬意。不是嗎？

「我今年滿五十。」

…………

實在是非常抱歉。您看起來真是年輕。

「常被這麼說。所以，我再問一次。你明白自己為什麼被抓起來嗎？」

因為擅闖學園，還開起派對。

「沒錯。但是，不止這樣吧。」

因為生了很大的營火。

「不止這樣吧。」

…………

「你覺得只有這樣？」

不，那個……可能還有喊一些稍微反社會的言論……我會好好反省。

「嗯，知道反省還不錯。之後，我們會將你交給王都警衛隊，在那邊也要好好表現出反省的樣子喔。」

咦？要被移交嗎？

「畢竟你大聲喊出了要危害魔王國嘛。這種事不能放過。」

怎麼這樣，我沒有惡意！拜託饒了我！

「沒有惡意講得出那種話？」

確實講了，非常抱歉。

「你說你有十萬同胞？」

沒有。只是講得誇張一點而已。是我擅自把父母兄弟姊妹等都算進去的數量……

「實際上有多少人？」

十二人。

「十二人啊。包含你在內對吧。現場逮捕的人數也是十二嘛。所以說，十二人是怎麼變成十萬人的？就算把父母兄弟姊妹都算進去也不到這個數字吧。」

親、親戚也算進去……

「連親戚也算進去就有這個人數？」

知、知道名字的朋友也算進去了。

「你知道名字的朋友，有十萬人那麼多？」

……和我一起被捕的朋友中，有人家裡代代侍奉男爵。我把那個男爵領的人數算進去了。

「齊克男爵對吧。他的家長來接了……不過那位男爵的領地，好像連一千人都不到耶？」

把那一千人的父母、兄弟姊妹、親戚和朋友都算進來，應該有個十萬人吧……

「啊，原來如此。的確。這種計算方式，以後不可以再用囉。」
好的，我明白。
所以，拜託不要把我交給警衛隊……
「跟我講也沒用啊。呃……梅涅克老弟對吧？你的工作是什麼呀？」
自由戰士。
「不，這種的就免了。」
無職。
「無職啊。我的表兄弟也是無職，過得相當辛苦……梅涅克老弟你有沒有為了求職做些什麼呀？」
為了建立求職的人脈而聚集同伴……
「所以才辦那種派對嗎。對了對了，剛剛忘記問，那是第一次對吧？」
小派對已經在朋友家裡舉行過好幾次，今天是第一次在戶外舉辦。
「為什麼這次在戶外？」
因為有人說想生個很大的營火……
「誰啊？帶頭的不是你嗎？」
帶頭的確實是我，但營火不是我提出的。
「這樣啊。嗯……」
有、有什麼問題嗎？

「沒什麼，不關你的事。總而言之，這些證詞我會直接轉告上司……衛士隊的大人物，如果他說不行就不行囉。」

拜託了。要是被交給警衛隊，不知道會有什麼下場。

「你還真怕警衛隊呢。總之，我會說你有在求職，記得配合喔。還有，反省的態度，不要忘記。」

我、我知道了。一切麻煩您了。

衛士離開後，我一邊祈禱一邊等待。

拜託，救救我。

也不知道等了多久。

剛剛的年輕衛士回來了。另外還有一個看似老練的衛士。

我想，看似老練的衛士大概就是上司。這個看似老練的衛士，一見我就大笑。

…………

不明白對方為什麼大笑的我愣在原地，但他停不下來的笑聲讓人很不爽。

可是，要忍耐。畢竟這有可能是用來激怒我的策略。

我一直努力忍到笑聲停止。

「啊～笑得真痛快。抱歉抱歉。」

不是一句抱歉就能帶過吧。

一開始偵訊我的衛士，以冰冷的眼神瞪著看似老練的衛士。

「唉呀，抱歉。我會笑是有理由的。願不願意聽啊？」

雖然不想聽，但是我想知道理由。

「像你這種有山羊頭的魔族，大多都以羊頭惡魔達賽基為目標。」

咦？

「還會嚷嚷自己是達賽基轉世呢。」

…………

「特徵是在戶外圍著很大的營火開派對。這次的事，我聽到的時候就猜搞不好是這樣，結果你比我想像的還要更像達賽基，當然會笑出來囉。」

呃、呃……有那麼像嗎？

「幾乎一模一樣。你知道王都的哈聶斯武器店嗎？店裡掛著達賽基的肖像畫，你和他相像到會讓人懷疑那幅畫畫的是你。」

果然。

「你也自稱達賽基轉世開派對沒錯吧？」

我說的不是達賽基轉世，而是達賽基本尊。

「這樣啊這樣啊，我想也是。哈哈哈。那麼，就是那個，你在戶外喊的反社會言論，是達賽基的名台詞吧？」

是、是的。

「好。在這裡說一次看看。說了就原諒你。」

咦？

「姿勢之類的也練習過吧？拜託囉。」

…………無法拒絕。

於是我全力以赴——

哼哼，哼哼哈哈哈哈哈哈哈哈！

世界啊！恐懼吧！就從魔王國開始！

現在，我在魔王國王都的加爾加魯德貴族學園裡工作。

不知為何學園教師有個牧場，我則是牧場管理員。

負責偵訊我的衛士，幫忙介紹了這份工作。感激不盡。

儘管工作辛苦，不過我會好好努力。畢竟，這裡的伙食味道好份量又多嘛。

只不過，有兩個令我非常煩惱的問題。

第一個。

柵欄裡的山羊們，一看見我就會突擊過來。雖然很想當成是鬧著玩，但我能感受到明確的敵意。

說不定，牠們把我當成擅自溜出去的山羊(同伴)了。真是屈辱。

第二個。

先前和我交手過的高等精靈。

她似乎叫莉格涅，而且她好像很中意我，經常要我陪她訓練。

「你的資質夠，鍛鍊多少就能變強多少。」

得到認可令人開心，但是我想確保牧場管理員的工作時間。

居然要我削減睡眠時間？拜託請別強人所難。

我的名字叫梅涅克，有山羊頭的魔族。

如今過著充實的每一天。

「梅涅克先生！山羊逃跑了～！快追～！」

……

如今過著還算充實的每一天。

閒話　學園報告會

我在加爾加魯德貴族學園擔任教師。名字……就別在這裡公開吧。只是一名普通教師。

今天，有一場會議召集了在學園工作的教師們。
嗯，就類似報告會吧。報告一些像近來發生的麻煩怎麼解決、有了什麼結果之類的事。
目的在於消除教師之間的情報差距，必須認真聽。
畢竟報告人是學園的首席教師嘛。

・學園的學生在王都散步時遭到誘拐。
教師席爾趕到，救出學生。逮捕誘拐犯。
已解決。

・學園內爆發學生之間的衝突。
在搬出家長的爵位之前，教師戈爾趕到，雙方和解。
已解決。
雙方家長向教師戈爾表達謝意。

・王都發生竊案。
教師席爾前往搜索，發現犯人。奪回失竊物品。逮捕竊盜犯。
已解決。

遭竊商會一同致贈禮金給教師席爾，教師席爾直接捐給學園。

・學園第三資料室，由教師布隆帶領部分學生進行整理。
職員們給予好評，表示變得非常方便使用。
他們進一步施壓，希望連第一資料室和第二資料室也麻煩一下。
還有，發現許多原以為已經遺失的資料和魔道具。
目前，正在追究發現的資料與魔道具由誰負責管理。

・在魔王於王城舉辦的派對上，發現有人挖角教師戈爾。
現場有參加派對的學園學生，因此成功阻止對方挖角。
挖角主謀的供述內容，都是「希望那個強棒能在我們隊上發揮實力」和「期待他成為中止我們隊伍連敗的救世主」等棒球相關發言……關於這件事，之後我會私下向魔王抱怨。

學園長是魔王大人的夫人這件事很有名，不過學園首席教師是魔王大人的朋友倒沒什麼人知道。
據說，首席和魔王大人出身於同一個城鎮，和魔王大人從小認識。換句話說，他們是青梅竹馬。
順帶一提，學園首席教師是女性，儘管我懷疑她可能對於魔王大人和學園長的夫妻情深有所不滿，不過懷疑就留在心底吧。

畢竟學園首席教師已婚了嘛。

‧教師席爾介入北方陸地叛軍的事。
他率領地方軍，包圍並殲滅叛軍。最後和叛軍首謀單打獨鬥，成功抓住對方。
已解決。

那個，為什麼北方陸地的叛亂騷動會和教師席爾扯上關係啊？
而且，怎麼會演變成由他率領地方軍啊？
地方派閥的親疏意識很重，應該不會交出指揮權呀？
我的疑問，由其他教師說出口了。
「這會觸及軍事機密，無可奉告。」
學園長苦著一張臉這麼說，所以這個話題到此為止。

順帶一提，我知道真相。
教師席爾的交往對象裡，有一個是地方派閥大人物的女兒。
決不能算是毫無關係。

•可以預見學園的學生會增加。

詳情請各自看資料。

問題在於，如果事情如預期發展，五年後教師會不足，十七年後校舍會不足。

針對這點，魔王國提議設立新的貴族學園，或是擴大現在的學園。

「預算不足，兩個方案都難以接受。」

因為是貴族學園，其實只要接受魔王國或大貴族的資金援助就好，但是這麼做會難以抵抗金主未來的要求。

如果對方要求優待特定學生，會讓學園的信用掃地。站在學園長的立場，想必無法接受吧。

然而，這個問題也不能放著不管。

如果有個不會多嘴的出資者就好了，但世上有不讓他多嘴還肯出資的人嗎？

「不會多嘴的出資者，我倒是想得到。」

教師戈爾發言。

…………

學園長可能也認識吧，她和教師戈爾以眼神交談後，露出十分為難的表情。

「關於這件事，暫時擱置。戈爾、席爾和布隆，待會請來學園長室一趟。」

事情就是這樣。

在那之後還報告了許多事，不過大部分都和教師戈爾、教師席爾與教師布隆有關呢。

如果沒有那三人，感覺會議能在短時間內結束。

不，應該不是錯覺。在他們三個來之前的會議都很短。

但是，我不希望他們三個離開。

畢竟多虧了他們三個，學園的伙食品質才能大幅改善。

像今天就準備在會議結束後舉行餐會慶祝。我之所以沒有蹺掉會議，理由也在這裡。

「學園長，麻煩盡快放他們三個出來喔。」

某位教師對學園長這麼要求。呵呵呵，他也是為了餐會呢。

「我也有些話要對他們三個說。」

弄錯了。喂，這樣餐會不就要拖得更晚了嗎！明天再說啦，明天。要不然就等到餐會之後。

我可是從早上就期待到現在喔。

Farming life in another world.

Final chapter

Presented by
Kinosuke Naito
Illustration by
Yasumo

〔終章〕

「五號村」與三騎士

01.住家　02.田地　03.雞舍　04.大樹　05.狗屋　06.宿舍　07.犬區　08.舞台　09.旅舍　10.工廠
11.居住區　12.澡堂　13.高爾夫球場　14.進水道　15.排水道　16.蓄水池　17.泳池與相關設施
18.果園區　19.牧場區　20.馬廄　21.牛棚　22.山羊圈　23.羊圈　24.藥草田
25.新田區　26.賽跑場　27.迷宮入口　28.花田　29.遊樂設施　30.看守小屋
31.正規遊樂設施　32.動物用溫水浴池　33.萬能船專屬船塢　34.世界樹

1 第十六年的春天

春天。

瑪爾比特沒有回去。

她抵抗了。非常強烈地抵抗。她鑽進暖桌，做出難以想像是一兒之母的抵抗。

居然能夠讓想要說服她回去的琳夏讓步，真的很厲害。

到頭來，瑪爾比特和琳夏都會待到春季遊行結束。

對於這個決定，最開心的是小黑四。沒有下棋對手似乎會讓牠很寂寞。而且小黑四這就去找瑪爾比特下棋了。在瑪爾比特回去之前，好好享受下棋的樂趣吧。不過，要適可而止喔。

因為小黑四的伴侶耶莉絲會來找我訴苦。不能沉迷下棋丟著家庭不管喔。

…………

講得冠冕堂皇，我自己又如何？儘管我自認沒有丟著家庭不管，實情卻不見得和我想的一樣。

多加注意吧。

我向起床的座布團打招呼。

座布團不知為何曉得我去了「五號村」，對於沒能製作我在「五號村」穿的衣服感到遺憾。
不不不，我去「五號村」時可是穿著座布團做的衣服喔。
妳說該換上符合當時情況的服裝……或許的確是這樣沒錯，但我覺得那套衣服也不壞啊……
並非如此是吧。
我的衣服都由座布團負責。既然座布團說不行，應該就是不行。
說不定，在服裝方面還有我不知道的禮儀或象徵性。以後我會注意。
還有，如果能準備幾套緊急時能穿的服裝就幫大忙……啊，已經準備好啦。
座布團表示，只是因為覺得我會排斥才沒提起，所以更加不甘心。真是抱歉。

由於座布團醒了，我想時間已經差不多，所以去看蓄水池的樣子，但池子中央還凍著。
奇怪。
雖然的確還有點冷，卻沒有冷到蓄水池會結凍的地步。而且，蓄水池結凍時會從邊緣開始，只有池中央凍結很不自然。
這麼想的我仔細一看，便聽到很大的一聲「啪嘰」，冰塊中央裂開，池龜的龜殼鑽了出來。
喔喔！
於是冰塊粉碎，分散在池中。啊，那些冰是池龜用魔法做的啊。然後，剛剛那個相當於從冬眠中醒來的運動嗎？嘿～

不過，明明是因為天氣冷才冬眠，一醒來就在玩冰塊是怎樣？算了，不重要。總而言之，早安。其他池龜還在冬眠嗎？問出口的瞬間，蓄水池中央就冒出新的冰。

看樣子已經醒了。

原本到了春天，要讓烏爾莎和娜特去魔王國的學園，不過延期了。一來是在「五號村」的爭執，二來要在魔王國的學園讓她們學什麼成了問題。

事情的開端，源自戈爾他們的報告書。

他們表示，在哈克蓮的教導下，學問、魔法和武術方面的實力已綽綽有餘。如果想當魔王國的貴族倒是有東西可學，但如果不是，就不推薦到加爾加魯德貴族學園。

「貴族學園的重點，是讓未來的魔王國貴族們有個交流場合……雖然很適合建立派閥，但是烏爾莎小姐和娜特小姐應該不需要。」

文官少女組也這麼建議。

之所以讓戈爾他們去魔王國的學園，除了增廣見聞之外也有找老婆的用意在，不成問題。但是，既然烏爾莎和娜特不是要找老公，去加爾加魯德貴族學園似乎沒意義。原來如此。

看樣子，魔王國的學園和我所想的學園或學校不太一樣。聽到沒有校慶和運動會之類的活動，讓我很驚訝。不止加爾加魯德貴族學園，其他學園好像也是一樣。

畢竟去學園不是為了玩，這也是理所當然。是這樣嗎？

好比說加爾加魯德貴族學園，舉行這種活動感覺有助於建立派閥……會過度激化派閥之間的對立？不過，學校沒有活動，相對地學生們會自己舉行狩獵會或茶會，似乎能培養學生的自主性。

總而言之，我一個人煩惱也沒用，於是我找了當事者以及她們的母親哈克蓮與娜西一起商量，結果烏爾莎和娜特明確地表示還不想去學園。

哈克蓮和娜西也認可，所以決定今年就不去魔王國的學園了。

她們說的是還不想去，說不定會改變主意。所以當成延期。

不過，待在村裡是可以，但兩人也到了差不多該工作的年紀。雖然照顧比自己小的孩子們也不能說不算工作……該怎麼辦呢？

正巧她們都在，所以我試著問了。

烏爾莎要跟高等精靈一起打獵。春天到來前，她已經告知高等精靈莉亞，目前似乎在練習狩獵。

然後，娜特會和獸人族女孩們待在一起做各種工作。她似乎也在春天到來前和獸人族賽娜提過了。

…………

兩人比我想得還周到，讓我放心了。

不，是我都沒在想嗎？反省。應該多考慮孩子們的事。

只有陪他們玩是不夠的。

春季種族會議與獎勵牌發放都結束之後，我便著手耕田。

耕種內容和往年一樣，不過我闢了兩塊新田。

一塊在村子東側，位於藥草田附近，嘗試培育能當成咖哩香料的新作物。

這是「一號村」居民的要求。他們似乎想追求更進一步的味道。

不過，我所知道能當成咖哩香料的作物，已經都種了。

於是，儘管知道自己很任性，我依舊拜託「萬能農具」。我耕田時一邊向它道歉，一邊期望種出可以當咖哩香料的作物。

至於會長出什麼，則是等它長大之後的樂趣了。

另一塊，在村子北側。果園區的更北邊，花田附近。

種的是世界樹。

雖然不知道長不長得大，現況是一棵獨一無二的樹苗在「大樹村」扎根。

瑪爾比特和琳夏說不用介意，但是我無法釋懷。所以，我決定試著培育到其他天使族來抱怨時可以還給她們。期待它能平安長大……嗯？怪了？如果平安長大，那就不是樹苗而是成樹了吧？成樹能還給人家嗎？

田務忙完就是遊行。

來自其他村子的援手紛紛抵達。

於是在山精靈的指揮下，大家組裝出了移動式高台。今年的旗幟真多呢。不止旗幟，竿子……清掉葉子的竹子感覺也很多。

琪亞比特她們摘花要做什麼？遊行時從上面灑下來？原來如此。那片花田是為了蜜蜂和妖精闢的，注意別摘太多啊。

蒂雅叫出了魔像……練習行進嗎？

魔像們整齊劃一的動作，相當美觀。

……怪了？魔像數量是不是有點多？

之前請蒂雅幫忙建水道的時候，她明明說三十隻左右就是極限，但是在我面前踏步前進的魔像大概有一百隻。

「我也是會成長的。」

蒂雅挺起胸膛說道。

「說是這麼說，不過實際上是利用魔石讓它們自律行動，沒辦法做複雜動作。」

邁步、停下、大鬧。

似乎只會聽這種簡單的命令。

順帶一提，下令大鬧時不會分辨敵我，如果像現在這麼密集，可能會變成自相殘殺。

蒂雅再度挺起胸膛表示，雖然以實用性來說不怎麼樣，但是像這種遊行的時候就能用來撐場面。

我知道，不用一直挺胸。我遵從蒂雅的要求，摸摸她的頭誇獎她。

然後，在我面前來了一段漂亮的團體飛行。

兵蜂們看見了。

…………

你們是想要我摸頭誇獎嗎？不是？不用誇獎沒關係，希望能夠借一隻座布團的孩子？要做什麼？原來是要威脅變胖的女王蜂減肥。

胖到沒辦法自己飛實在是個問題？原來如此，我懂了。

不過，要等到遊行結束喔。因為座布團的孩子們也很期待遊行。

正式遊行是明天，加油吧。

2 神的仲裁

村裡響起輕快的太鼓聲。太鼓裡可能裝了沙吧，發出獨特的音色。

拿著太鼓的蜥蜴人共二十名。隊伍由他們領頭，遊行正式開始。

蜥蜴人太鼓隊的遊行路線從村子西側出發。穿過居住區，朝我的宅邸移動。

蜥蜴人太鼓隊後面，由蒂雅製作的魔像隊跟上。魔像是約兩公尺的人類體型。雖說是粗糙的岩石身軀，不過腰間纏有座布團牠們製作的白衣，因此顯得更像人類。

此外，這些魔像還裝備著加特製作的武具，感覺很強。而且，總數兩百。

…………

比蒂雅練習時更多了呢。

整齊劃一的行進隊伍雖然漂亮，看起來卻像要進攻什麼地方，有點恐怖。

魔像隊之後，則是三名死靈騎士（Death Knight）。

它們拿著劍與盾，一邊跳舞一邊跟著走。不過，舞蹈不像平常那樣活潑，可能是以戰鬥前夕為意象吧，氣氛相當沉重。

接著跟在死靈騎士後面的，是二十名半人牛族與二十名半人馬族。

半人牛族和半人馬族全都戴著面具，不露臉。此外，所有人雙手各拿一把劍，二刀流。感覺很強。

他們後面沒有任何人。不是弄錯，和預定的一樣。

蜥蜴人太鼓隊、蒂雅製作的魔像隊、三名死靈騎士、二十名半人牛族和二十名半人馬族組成的隊伍，抵達我的宅邸前。

在那邊等待的，是獸人族、高等精靈與山精靈組成的集團。每個人都拿著不同武器，沒有統一感。

率領這集團的是娜特。

娜特揮舞旗幟，獸人族、高等精靈與山精靈組成的集團，怒吼一聲開始突擊。

蜥蜴人太鼓隊和蒂雅製作的魔像隊往左右兩側分開，讓獸人族、高等精靈與山精靈的集團通過。

迎接他們的是三名死靈騎士。當然，沒有要認真打一仗。集團一邊演出被死靈騎士揮劍砍倒的模樣，一邊退回隊伍後方。

嗯~高等精靈和山精靈的演技不太理想。

不，不是演得太差，而是因為演得過於逼真所以不太理想。

拜託別嚷嚷些「我的手啊~」、「內臟掉出來啦~」之類的話。小孩子會聽到。

獸人族則是演得很穩定。不錯喔。

在三名死靈騎士的活躍下，娜特率領的集團四散奔逃。

死靈騎士舉劍指向娜特，正當娜特也要被打倒時，大太鼓的沉重音色奏響。

接著，在每個人都停止動作的情況下，魔王配合大太鼓聲隆重登場。

魔王後面則是藍登、葛拉茲、荷、比傑爾等四天王。

四天王抱著配合身體尺寸的小木桶。桶裡裝著水。

在魔王的指揮下，四天王用手從小木桶裡舀水，朝死靈騎士灑去。

死靈騎士連忙撤退。半人牛族和半人馬族緊跟在後。

蜥蜴人太鼓隊和蒂雅製作的魔像隊，則是朝反方向前進，站到魔王後方。

魔王和娜特等人一同得意洋洋地開始行進。

他們的路線從我的宅邸前通過，朝著居住區……在即將踏進居住區時，又有一批新面孔攔路。

瑪爾比特、琳夏、蒂雅、格蘭瑪莉亞和琪亞比特等天使族。她們後面，則是剛剛撤退的三名死靈騎士與半人牛族和半人馬族。

瑪爾比特等人挑釁似地緩步前進。

於是，跟在魔王後面的蜥蜴人太鼓隊和蒂雅製作的魔像隊出現亂象。看來是倒戈了。

換句話說，魔王與四天王遭到包圍。魔王陷入大危機，顯得驚慌失措。

魔王、娜特與四天王朝村子東側——我家的方向撤退。

這時，四天王一個個都有留下來拖延追兵的場面。演技好逼真啊。

來到我的宅邸前時，只剩下魔王和娜特。

在兩人已經要放棄時，大鐘被敲響。

於是所有人停止動作。看向我的宅邸。

我在宅邸三樓。

然後，踩著為了這次遊行而做來擺在宅邸正面的階梯往下走。

大家都停下動作，也沒發出聲響，所以我非常顯眼。好緊張。

而且，明明是走下階梯，卻給了「盡量別往下看」這種亂來的指示，讓我相當為難。
我慢慢地走下階梯，一心只想著千萬別踩空。

當我的腳踩到地面時，大鐘再度被敲響。
敲鐘的是座布團。
事先躲在階梯下的阿爾弗雷德和蒂潔爾登場，阿爾弗雷德先將一塊寫了文字的木板交給我。
我接過寫了文字的木板，交給魔王。魔王以雙手高高舉起那塊木板。
緊接著，方才四散奔逃的獸人族、高等精靈和山精靈的集團回到魔王後方，倒戈的蜥蜴人太鼓隊回到魔王後方，蒂雅製作的魔像隊停止動作。
再來，蒂潔爾將樹苗交給我。
我接過樹苗，將其遞給瑪爾比特。瑪爾比特高舉樹苗，天使族站到我的背後。
只剩下三名死靈騎士、半人牛族和半人馬族組成的集團。
我站到魔王一行與死靈騎士之間，他們雙方各自後退十步。
這是「紛爭就此平息」的演出。
大鐘再度被敲響。就這樣演出的故事到此結束。
我舉起一隻手，周圍爆出盛大的歡呼。

這個從村子西側開始的故事，一直有許多觀眾同行。所以，應該有很多人目睹這個故事吧。這段路附近的田地，我早已料到會遭到多人踩踏，所以沒耕作。預定遊行一結束就要動手。

好啦，故事表演完畢，但是遊行還沒結束。

不如說，接下來才是遊行重頭戲。象徵兩個陣營和好之後一同向前邁進的演出。裝了車輪的高台，從居住區移動過來。

在故事裡沒戲分的小黑牠們也聚集至此，等待出發的信號。別急，先稍微休息一下……應該說還得換裝呢。

我現在身上只簡單地裹了一塊布，用腰繩綁著。走下階梯時我就在想，風一吹就要穿幫了。真是危險的裝扮。還有，好冷。

所以我想換衣服。

這不是因為我任性，而是計畫中的換裝。座布團已經準備好下一套衣服了。我知道。

這次的遊行，我預定要換裝十一次。加油吧。

在稍遠處待命的文官少女組。

「這是魔神神話的第一部對吧？不演第二部嗎？」

「第二部是魔神大人消失的故事，和慶典不合吧？而且魔神大人消失後，人們又起了紛爭啊。」

「原來如此。不過，第二部比較受歡迎吧？」
「因為都是戰爭場面嘛。雖然很盛大，但是在『大樹村』表演那個……感覺會因為角色分配而吵起來。」
「啊……確實。不演才是正解吧。」
「不，如果要演，最好花更多時間準備。特別是英雄女王這個角色，我希望讓小烏爾莎來演。」
「啊哈哈。不過，如果要演……魔王大人得被打倒多少次啊？」
「魔王大人的角色，全部都要交給魔王大人嗎？」
「魔王大人在場還交給別人來演，是種冒犯吧？」
「可是魔王大人都是演些被打倒的戲耶……這樣不是更冒犯嗎？」
「這次的四天王都已經拜託四天王扮演了，還有什麼好說的。」
「啊哈哈哈。唉呀，畢竟是演戲嘛。」
「沒錯沒錯，都是演戲。」
「話說回來，階梯上那個魔神大人的席位，貓一直坐在上面耶……」
「的確坐在上面呢。」
「可能是因為席位的關係吧，看起來比平常還要威風兩成。」
「的確有呢。」
「怎麼辦？」

「不怎麼辦。看，我們要搭的高台來囉。」
「啊，得快點才行。」

3 春季遊行

遊行隊伍前進。

這次隊伍最前方是小黑牠們。

由小黑領頭，稍微後面一點是小雪。再後面則是由小黑一、小黑二、小黑三和小黑四依序排成整齊的隊伍。

連尾巴擺動都一致呢。應該練習很多次了吧。

第二隊是座布團的孩子們。

領頭的是阿拉克涅——阿拉子，她拿著大旗行進。枕頭大小的孩子們在後面排成一直線。

枕頭大小的孩子們擔任高台，載著拳頭大小和雜誌大小的孩子。哈哈哈，不需要勉強向我揮手……更正，揮腳。如果掉下來很危險的。

第三隊是始祖先生。
後面跟著芙蘿拉、芙修，以及聖女瑟蕾絲。
儘管只有四人顯得有點冷清，不過始祖先生用魔法叫出了像影子士兵的列隊。總數四十。始祖先生說，如果有意他可以叫出四百個，不過我婉拒了。其實我覺得四人也無妨。
旗手是芙修。她偶爾會揮動旗幟，讓觀眾為之興奮。
她揮舞得很漂亮，應該不是隨便亂揮吧。科林教有揮旗之類的修行嗎？

第四隊是天使族。
瑪爾比特、琳夏、庫德兒、可羅涅、琪亞比特、蘇爾琉和蘇爾蔻。
緩速低空飛行的行進。
為了與前面的始祖先生一行對抗，有四十二隻蒂雅製作的魔像同行。拜託別用數量較勁啦。
旗手是庫德兒。

第五隊是高等精靈。
領頭的是莉格涅。
原本預定由莉亞的妹妹莉莉領頭，不過為了對抗前面的始祖先生和瑪爾比特，莉亞她們把莉格涅叫回來了。她們是不惜接受莉格涅的訓練也要和人家對抗嗎？

「因為要考慮到對等……比方說，如果前面都是國王陛下之類的大人物，後面卻跟著平民，平民不是很可憐嗎？」

莉亞是這麼說的，不過真是這樣嗎？遊行也是慶典的一種，我覺得可以不必在意就是了。

第六隊是鬼人族女僕。

領頭的是鬼人族第二把交椅——拉姆莉亞斯。

原本以為會是嚴肅整齊的行進，卻充滿笑容一團和氣。因為領頭的不是安嗎？

「就算由我領頭，應該也會是那種感覺。」

唉呀，被安聽到了。

第七隊是蜥蜴人。

領頭的是達尬。

人數增加了呢。明明也有人當觀眾，參加行進隊伍的卻有五十人。

以前看臉分不出來，不過現在已經大致分得出來了。特別是已經能夠判斷在村裡出生的年輕人。

年輕人的鱗片厚度和膚色深度不同。和一開始來村裡的那些蜥蜴人比，我已能辨識到某種程度了。

雖然能讓我抬頭挺胸說絕對不會認錯的，大概只有達尬。

第八隊是獸人族。

領頭的是格魯夫。

嗯～剛來村裡時還很稚嫩的獸人族女孩們，如今已成了出色的女性。

讓人感受到歲月流逝。

第九隊是矮人。

由多諾邦領頭，拿著木桶行進。

桶子裡是酒不用說，但是邊喝邊行進是怎樣？

因為也會招呼觀眾一起喝所以無妨嗎？

第十隊是龍。

從這裡開始是高台，由半人牛族、半人馬族、惡魔族、夢魔族、巨人族和半人蛇族負責拖行。

高台上是德斯、萊美蓮、德萊姆，以及基拉爾。

他們顯得很開心。

第十一隊是文官少女組。

平常她們總是待在幕後，所以這回我讓她們搭上高台。

原本想請魔王他們也在這裡出場，不過這麼一來就沒辦法讓文官少女組玩得盡興，所以芙勞提出了替代方案。

和魔王等人商量的結果，決定請他們搭乘別的高台。真是抱歉。

由於文官少女組搭上高台，所以幕後工作改由山精靈們負責。必須找個機會彌補她們才行。

第十二隊是我、露、蒂雅、莉亞和安等母親乘坐的大型高台。母親增加了呢。

另外，為了協助我換裝，座布團和數名鬼人族女僕也同乘。

然後，不死鳥幼雛艾基斯與鷲，在我所搭乘的高台上方飛翔。速度是鷲贏得壓倒性勝利。雖然牠們應該沒在競爭。

第十三隊是孩子們搭乘的高台。

阿爾弗雷德、蒂潔爾和烏爾莎站在前端，向觀眾揮手。

孩子們也增加了呢。

哈克蓮擔任孩子們的監督，與他們同乘。有哈克蓮在，應該沒問題吧。雖然妖精女王也在那裡，讓人有點不安……

第十四隊是魔王與四天王搭乘的高台。

和文官少女組的相比要大上一號，更加豪華。

這是芙勞的替代方案。

魔王也表示遊行主角是文官少女組而願意退讓，真的是幫了大忙。

至於四位四天王……怪了？沒看見葛拉茲？喔，大概因為他是半人牛族，所以婉拒搭乘了吧。

這座高台上還有麥可先生。

原本預定讓麥可先生單獨一座，不過遭到他鄭重拒絕。

但是文官少女組認為，考慮到村子的歷史，實在不能不將麥可先生納入。最後請麥可先生在我的高台和魔王的高台之間做選擇，他決定搭魔王的。

其實搭我的高台也無妨啦。麥可先生待在魔王那座高台的後方，輕輕地揮著手。

魔王的高台之後不是高台，而是由「二號村」、「三號村」、「一號村」、「四號村」和「五號村」的集團步行跟隨。

之所以不是高台，原因在於拖行人手不足。

「二號村」領頭的是哥頓。

葛拉茲在他後面。既然蘿娜娜就在葛拉茲身旁，看來兩人很快就會結婚吧。

不久前……應該說好一段時間之前，兩人已經論及婚嫁，卻因為婚後生活而起了爭執。

蘿娜娜說想在「二號村」生活，葛拉茲也表示要住進村裡，看來沒什麼問題，但是有股勢力對於讓葛拉茲住進「二號村」相當抗拒……應該說魔王、比傑爾和藍登全力阻止這件事發生。畢竟葛拉茲在軍中的職位似乎非常重要嘛。

原本以為荷不會在乎這件事，不過很意外地，荷支持葛拉茲。畢竟荷是女性，支持人家結婚的心情或許比較強烈吧。

結果，葛拉茲變成在「二號村」和工作地點之間往返。

大概是比傑爾用傳送魔法接送他的吧。和結婚前沒什麼差別。儘管早了點，不過恭喜結婚。

「三號村」領頭的是古露瓦爾德。

芙卡走在稍微後面一點的位置。芙卡旁邊的應該是她丈夫吧。

好像是芙卡趁著歸還爵位的機會求婚。夫妻感情看起來很融洽，真是太好了。

負責照顧半人馬族的菈夏希說，看見芙卡結婚，讓古露瓦爾德有點急……怪了？之前不是有聽說她要結婚嗎？我還以為就是因為這樣才要歸還爵位耶？

理由似乎是，如果古露瓦爾德一歸還爵位就結婚，會讓未婚夫感到內疚，所以稍微往後延了點時間。原來如此。我支持你們喔。

「一號村」領頭的是樹精靈依葛。

她們以人形態行進。

依葛她們的人類形態，感覺已經很久沒看到了。

傑克他們必須照顧小孩，所以只當觀眾。畢竟照顧小孩很辛苦嘛。

沒人因為育兒得到精神官能症，讓我鬆了口氣。

應該是多虧了惡魔族的助產師們以及鬼人族女僕們的指導吧。感謝。

「四號村」領頭的是庫茲汀。

墨丘利種的各位也到齊了。

米優回村裡時，對我發了一頓脾氣。遊行結束後，她似乎要趕回「夏沙多市鎮」，她說，事到如今已經沒辦法撒手不管。真是抱歉。

所以，我正式任命米優負責「夏沙多市鎮」。

「負責『夏沙多市鎮』？範圍會不會太廣啊？是我的錯覺嗎？」

是妳的錯覺。

死靈騎士和獅子一家也參加這一隊。

死靈騎士們雖然是邊跳舞邊前進，不過氣氛已經沒有方才那麼沉重，恢復往常的開朗活潑。

獅子一家也很有精神，真是太好了。

最後是「五號村」的集團，不過優莉搭乘魔王的高台，聖女瑟蕾絲則和始祖先生他們同行，所以只有陽子和兩位前任四天王。

這樣實在有點冷清，於是我打算幫忙想點辦法，結果陽子把觀眾們牽連進來變成集團。這是在隊伍尾端才做得到的妙招呢。

他們讓酒史萊姆和貓咪們坐上類似神轎的東西，扛起來炒熱氣氛。

啊，神轎上還有之前來過的妮姿。陽子邀來的嗎？她在神轎上的舞姿，從我這裡看也顯得很美。不過美歸美……該怎麼講呢，有種相當拚命的感覺。

希望她注意別因為太專心跳舞而摔下神轎。

遊行集團按照既定路線巡迴村子各地，最後抵達舉行武鬥會等活動的舞台。

這段期間，我換了三次衣服。

隊伍尾端抵達之後又換了一次，然後我在眾人注視下指向天空。

哈比族已經在天上排好隊伍待命。然後，他們拉開黑布，在空中畫出一隻巨大飛龍的模樣。

我朝向黑布做出投擲長槍的手勢。

哈比族隨即朝四面八方飛散，畫出的飛龍也跟著粉身碎骨。似乎是重現我打倒飛龍那一幕。

一陣熱烈的歡呼與鼓掌。稍後，天使族飛上空中，朝舞台灑下花瓣。

嗯，真漂亮。

在這之後，遊行進入了宴會階段……不過，宴會就沒什麼特別的了。頂多就是我的座位固定，還要定期換衣服。
啊，還有山羊、馬與牛闖進來了。大概是因為沒讓牠們參加遊行吧。特別是馬，牠在我面前鬧起彆扭。畢竟去年有出場今年卻沒有嘛。真是抱歉。
如此這般，今年的遊行平安結束。
好累。

4 遊行的善後與賞花

遊行結束了，所以要收拾善後。
高台要拆掉，並收進倉庫保管。
擺在我宅邸前方的階梯，讓我有點煩惱該怎麼處理，最後把它劈碎當柴燒。反正有需要再做就好。
階梯上的椅子則是拆下來，平常可以用。
文官少女組和山精靈們說後面由她們來就好，於是我交給她們處理，自己則把田沒耕的部分耕完。

要耕作的範圍不大，一天就搞定了。

總算告一段落。

我這麼想著回到宅邸時，發現瑪爾比特和琳夏正在爭論。啊……不用特別說明。

原本講好遊行完畢就要回去，結果瑪爾比特抗拒了對吧？嗯，我懂。

瑪爾比特，答應的事如果不做到……

「真難看。」

莉格涅從背後抱住瑪爾比特，爽快地來了個後腰橋。換句話說，背摔。

但是，瑪爾比特在後腦勺撞上地面前，搶先用雙手撐住了。厲害。

還有，瑪爾比特雖然穿著裙子，不過底下還有長褲。天使族大致上都是這樣呢。

瑪爾比特就這樣往後一滾，逃出莉格涅的雙臂。

然後，給了還在後腰橋的莉格涅一記飛踢。大概也用了天使族的飛行能力吧，居然在空中兩段加速。厲害。

但是，飛踢命中之前，琳夏已經抱住瑪爾比特，把她狠狠摔到地上。

看來成了一對二的特殊規則賽。瑪爾比特站起身，表情顯得很焦急。

然而，此時救世主現身了。

瑪爾比特旁邊，有個身影擺出一副「真沒辦法」的模樣站了出來。那是小黑一家引以為傲的智多星，小黑四！

瑪爾比特見狀不再焦急，臉上滿是「二對二就不會輸」的笑容。相對地，輪到琳夏和莉格涅焦急了。瑪爾比特大喊一聲「好機會」就撲了上去，小黑四也配合出招。

…………

但是，小黑四無法動彈。

因為，小黑四的伴侶耶莉絲咬住小黑四的尾巴。不是唧著，是咬住。

然後，耶莉絲示意「我有話要和你說」，並把小黑四往後拖。小黑四雖然驚慌卻無法抵抗。你露出悲傷的表情向我求救也沒用，夫妻倆好好談一談吧。

接著，在小黑四離場後的瑪爾比特……算了，還是別多說吧。

勝負分曉之後，瑪爾比特老實地準備回家。

「畢竟當事人也明白再不回去就糟了。」

這麼說的琳夏則是忙著整理土產。

由於兩個人拿不動，所以琪亞比特與格蘭瑪莉亞預定和她們同行。

琪亞比特是母親瑪爾比特指名的。格蘭瑪莉亞似乎是為了告訴她母親自己生了孩子的事。

格蘭瑪莉亞原本打算等蘿潔瑪莉亞長大一點再說，不過最後她判斷，如果生產一事由瑪爾比特和琳夏轉告她母親會起衝突，所以打算先下手為強。

話說回來，她母親是會和人家起衝突的人？鬧起彆扭會很麻煩……原來如此。
格蘭瑪莉亞不在的時候，蘿潔瑪莉亞似乎會由蒂雅領著庫德兒和可羅涅照料。當然，我也會喔。

莉格涅似乎會在村子裡多留一陣子，鍛鍊高等精靈們。
學園那邊沒問題嗎？好像沒問題。
據說是因為，春季期間主要是迎接回老家過冬的學生與新生，幾乎不授課。
再加上莉格涅已經得到畢業資格，現在她是個輕鬆的學生，可以自由行事。
「輕鬆歸輕鬆，不過一直有派閥邀我加入，讓我很困擾。」
妳講些我沒聽過的貴族名字也沒用啊。基利吉侯爵好像在哪裡聽過，普加爾伯爵我倒是知道。
「為了回絕邀請，我在形式上加入了布里多爾侯爵的派閥。沒問題吧？」
問我有沒有問題？不需要我的許可吧？
「不不不，如果是和村長為敵的派閥就尷尬了嘛。對方可是非常拚命地強調他和村長關係良好喔。」
嗯？布里多爾侯爵是我的熟人？
……………的確好像在哪裡聽過……哪裡啊？
「就是葛拉茲大人啦。」
——經過的文官少女組告訴我答案。

原來是這樣啊，我都忘了。
哈哈哈，葛拉茲是個大人物呢。
我看向在客廳角落向蘿娜娜賠罪的葛拉茲。
看來，葛拉茲對蘿娜娜做的料理發表感想時失言了。真是大意啊。
不過嘛，和沒辦法吵架的夫妻相比，還是能吵架的夫妻比較好。加油吧。
還有莉格涅，訓練時別忘了手下留情。

氣候暖和許多。這就是所謂的春暖花開吧。
矮人們在世界樹附近飲酒作樂。不是賞花，而是賞世界樹？
順帶一提，世界樹在冬季也是一片翠綠、枝葉繁盛。雖然看起來不像常綠樹……不過它大概就是這種樹吧。也不會掉葉子。
……枯葉不會掉落，而是直接回歸世界樹呢。真是奇怪的樹。
由於矮人們邀請，於是我也參加賞世界樹活動了。
雖然參加，不過我要先回宅邸一趟。
因為我不想只喝酒，還想吃點東西。弄些簡單的三明治就行了吧。
雞蛋三明治和火腿三明治。
豬排三明治要油炸很麻煩，跳過。再來是下酒菜，起司、鹽味餅乾、火腿、維也納香腸還有花生。

反正有煙燻箱，試著現場做些煙燻起司吧。煙燻鮭魚也不錯呢。鮭魚……倉庫裡應該還有才對。魚是凍著的，得麻煩鬼人族女僕解凍才行。鬼人族女僕……啊，已經在做參加的準備了是吧。

我抵達世界樹時，發現人數增加了。

除了方才的矮人們之外，還有高等精靈、山精靈、蜥蜴人和獸人族。

之所以沒演變成宴會，看來是因為在等料理。

世界樹位於居住區，所以家家戶戶各自準備。稍遠處，高等精靈正準備把一整隻長了獠牙的兔子拿去烤。加特也準備了火，這是燒肉……不，是戶外燒烤呢。

看來有很多人參加。我做的三明治應該不夠。正當我這麼想時，鬼人族女僕們推著攤子來了。

知道了，我來幫忙吧。

對了，孩子們應該會過來，準備個兒童區吧。禁止把酒拿到那邊喔。

賞世界樹一直持續到深夜。由魔法之光照亮的世界樹，相當美麗。

隔天。

我一個人在櫻花樹下。

賞世界樹雖然不壞，但是在我心中，說到賞花就是櫻花。連續兩天宴會實在有點過頭，於是我決定獨自賞櫻。

我手裡拿著酒瓶、杯子，還有昨天做的煙燻鮭魚。

來得晚了點，花瓣已落，枝頭一片綠意。

嗯，沒辦法呢。

畢竟櫻花最美的時期，正好和遊行時期重疊嘛。何況如果遊行一結束就賞花，那些要回去的人就回不去了。美麗的櫻花，我可以在遊行時的高台上觀賞，所以不需要勉強賞花。

嗯？小黑和牠的子孫們來了不少隻。怎麼，來陪我賞花啊？

上面？櫻花樹上，座布團的孩子們向我揮動前肢。

你們也來陪我啊？謝謝。

還有酒史萊姆。

你從剛剛就一直盯著我的酒瓶對吧。昨天你已經喝得夠痛快了，現在還要喝啊？要喝是沒關係，不過記得留下我的份……啊啊！全都喝光了！

怎麼？別慌？

我往酒史萊姆示意的方向看去……矮人們正扛著酒桶往這邊走來。

…………

連著兩天，賞花都成了宴會。我得稍微反省一下。

我將竹子切開。

然後，利用竹節做出大量簡單的竹杯。竹杯的直徑……大約二十公分。與其說是竹杯，不如說是小竹盤？

不，深度有十公分左右，應該叫竹杯。

……還是叫小竹盤吧。

鬼人族女僕將我做的小竹盤拿去洗。我做了很多，真是抱歉。

客廳一角，山精靈正在組裝桌子。

一邊可坐十人，總共能輕鬆坐二十人的長桌。

那張長桌上擺了個寬約三十公分、深約十公分左右的軌道。軌道呈細長的O字形，類似賽馬跑道的形狀。

先把水倒進軌道，然後將我做的小竹盤放到水上。有確實經過實驗，所以小竹盤不會沉。

接著暫時收起小竹盤。

露將魔道具裝在軌道上，產生水流。

調整了幾次水流後，露發出了OK的信號。

收到信號後，我再次將小竹盤放上軌道。嗯，開始順著水流漂了。
小竹盤一個個放上去，確認沒問題。完成。
「這是什麼啊？」
對於文官少女組之一的問題，我給了回答。
「迴轉軌道。」
正確說來，是迴轉壽司的軌道。

我想讓孩子們開心，但是什麼才能讓他們喜歡令我苦思良久。
然後我想到迴轉壽司。
這個主意或許有點老舊，不過以山精靈為中心的大人們顯得很感興趣，應該沒問題吧。預定放到小竹盤上的不是壽司，而是各式料理。
總之盤子會流動的實驗確認成功。
料理就拜託鬼人族女僕，接著只要把孩子們叫來……長桌旁的椅子上，已經坐了德斯、基拉爾、始祖先生、魔王、德萊姆、露、蒂雅、妖精女王和比傑爾。
……現在吃晚餐還太早了耶？
無法違逆他們期待的眼神。
算啦，當成孩子們使用前的試驗就行了吧。

我向大家解釋迴轉軌道的規矩。
第一，只能從眼前的軌道上拿。別給鄰座添麻煩。
第二，拿了就要確實把盤上的東西吃光。不可以剩下。
第三，每人一次只能拿一盤，吃完之後再拿下一盤。
酒另外準備。
以上。
鬼人族女僕們開始料理了，就試試看吧。

「原來如此，料理是這樣流動嗎……喔，這個似乎很好吃……不，下一盤——」
德斯的目光追著流過的盤子移動，卻始終沒有出手。
「只顧著煩惱永遠都吃不到喔，來什麼就吃什麼。」
基拉爾拿走看上的料理盤，吃了起來。
「和普通的派對相比，又有另一種風情呢。」
始祖先生拿了烤雞盤、沙拉盤、烤魚盤和水果盤，相當均衡。
「光是看就很有趣。孩子們應該會喜歡吧。」
魔王拿起偶爾會流過的飯類料理盤。
「會讓人只吃自己喜歡的東西呢。」

德萊姆和始祖先生相反，專門拿放了煮蘿蔔的盤子。儘管如此，依舊沒辦法全部拿下來。他以哀愁的眼神看著自己還沒吃完就已從眼前流過的煮蘿蔔。

「甜點連續來五盤實在太過分了！」

露瞪著布丁盤、冰淇淋盤、蜂蜜優格盤、可麗餅盤和糰子盤，在最後關頭選了冰淇淋盤。

「上游的座位比較有利呢。」

蒂雅毫不遲疑地選了布丁盤。

「選錯座位了」。

妖精女王拿了可麗餅盤。立刻吃掉後又拿了糰子盤。吃得真快。

「甜點全都卡在隔壁了。」

尾端，比傑爾一邊小口喝酒，一邊拿起流過來的料理盤。

嗯……果然離出餐位置最近的座位有利啊。

不過，因為不曉得下一盤會出什麼，很吃判斷力。

差不多第二、第三個位置，可以確認接著會流過來什麼料理，又不太需要擔心被拿走，或許是相對較好的位置。

話又說回來，偶爾改變一下出餐位置是不是比較公平啊？

還有，同一道料理如果不一次放個三盤讓它流，到不了最尾端。

座位用抽籤決定怎麼樣？
總而言之，追加規則。
第四，不要對其他人下指示。不准別人拿或指定別人吃什麼之類的都不行。

一看見大人們就座，山精靈們便開始製作新桌子和新軌道。
「我想座位應該不夠。」
她們很快就搞定，並且接上現有的軌道。座位一口氣倍增。
操作簡單，而且不用把軌道的水放掉也能連接，看來一開始就有考慮到擴充。真可靠。
至於我，則是追加生產小竹盤。畢竟軌道變長了嘛。我會加油。

孩子們看見迴轉軌道，眼睛閃閃發亮。
我提議用抽籤決定座位，但是被文官少女組否決。
為什麼？
「舉例來說……如果比傑爾大人坐在德斯大人的位置，村長覺得他能自由取用餐點嗎？」
文官少女組看著尾端吃得還算愉快的比傑爾，這麼說道。
……不能嗎？
「不能。大人有大人的順序，小孩有小孩的順序。如果把它打亂……」

被這麼一說，我還真沒辦法反駁。
對我而言，只要孩子們能夠和睦相處就好……座位交給孩子們自己決定。
孩子們接在比傑爾旁邊。
按照利留斯、利格爾、拉提、特萊因、阿爾弗雷德、蒂潔爾、烏爾莎、娜特、火一郎和古拉兒的順序坐著。
坐下之後，才發現孩子們伸手拿不到軌道上的盤子。重大失敗。反省。
文官少女組、高等精靈與鬼人族女僕們站在孩子們旁邊，照他們的指示拿盤子。嗯，很麻煩。真是抱歉。
正當我在心中道歉時，山精靈又拿了新的桌子和軌道過來。
然後接上去。
這是……桌面比較窄，設計給孩子們用的桌子！
「剛剛疏忽了。這樣如何？」
山精靈，幹得漂亮。
讓孩子們換位置之後，大家繼續吃飯。

喔喔，看來自己拿果然比指揮別人來得有趣。

哈哈哈，不要慌到打翻盤子啊。還有，不可以拿軌道的水來玩喔。

迴轉軌道非常受歡迎。以後可以偶爾來個一次。

嗯？要我也一起坐下來吃？

說得也對。

那麼，我就坐到古拉兒旁邊打擾了。

嗯，雖然是自己做的，但是相當有趣。

不過，一人一盤的限制有點嚴格。我打算改成允許保留三盤。

在我頗為享受時——

座布團的孩子乘著小竹盤順流而來。哈哈哈，雖然很適合，但是不可以在吃東西的地方玩喔。

不是？沒有在玩？

座布團的孩子，在快要抵達我面前時噴出絲，讓小竹盤停下。

？

這麼做的話，下一個小竹盤會撞上來喔。

座布團的孩子示意沒問題，牠伸腳指向下一個小竹盤，上頭沒盛料理。

怎麼回事？

取代料理的，是個鐵製的大獎牌和信。信是孩子們寫的。

看見信上的內容，我的眼淚不禁奪眶而出。

那面大大的鐵獎牌，似乎是孩子們在加特的指導下打造的。

這樣不是很危險嗎？雖然高興，但是不可以做些危險的事喔。

那面鐵做的大獎牌上，歪歪扭扭地刻著我的名字、孩子們的名字，以及母親們的名字。

連年紀還小的孩子也沒漏掉。嗯，我會一輩子珍惜它。

這天，我陪孩子們玩到很晚。

深夜。

矮人們坐在有迴轉軌道的桌子旁邊。

然後軌道上流動的，則是盛了酒杯的盤子與放了下酒菜的盤子。

「酒杯加上蓋子是個好主意。」

「該挑哪杯酒讓人舉棋不定。」

「一人最多三杯酒啊，不准拿過頭喔。」

「我知道。嗚～好煩惱！」

「哪用得著煩惱，只要跟村長說一聲，想怎麼喝就怎麼喝吧。」
「那是兩回事。這種煩惱正是樂趣所在。」
「或許是這樣沒錯，不過要適可而止啊。」
「嗯。話說回來，杯子裡裝的酒，量一樣嗎？總覺得這兩杯的量不同耶？」
「如果酒是同一種，量就一樣。或許多少有一點差，但是不必在意啦。」
「不是多少有一點喔，明顯不一樣。」
「既然如此，選多的那杯就好了吧？」
「不，我想喝的酒不是那杯。」
「你很麻煩耶。」
矮人們的酒宴，一直持續到天明。

6 孩子們的工作

村裡的孩子到了一定年紀後，上午要念書，下午則要做些工作。
遊玩要等到工作做完。
在我看來，只要有好好念書，就算不工作也無妨，但是母親們說服了我，她們表示讓孩子們承擔某些責任也很重要。

孩子們看起來也不討厭工作，於是我認可了。雖然認可，但我對於他們的工作內容不夠關心，這點需要反省。

不，工作內容我有問。但是，那些工作我大多沒有實際做過，我覺得自己不明白他們有多辛苦。

所以，我決定也來試試看。

首先，幫忙打掃牛、馬、山羊、綿羊和雞的棚舍。

清掃主力是獸人族女孩們。

由於是幫忙，我原本以為很簡單……不過意外地很消耗體力。

特別是把糞便運到特定地點，又重又累。我甚至當場想用「萬能農具」把它們都耕成土。雖然我覺得這樣使用「萬能農具」實在很不好意思，所以沒真的做就是了。

總而言之，我拜託山精靈製作運糞便用的台車。

因為要用在棚舍之類的地方，考慮到高低差，輪子要做得大一點。不，單輪手推車就行了吧。

台車取消。麻煩做些單輪手推車。

…………

單輪手推車啊。讓我想起只有自己一個人的時候呢。

再來是幫牛、馬、山羊和綿羊刷毛。

這項工作的主力一樣是獸人族女孩們。

我雖然是幫忙，不過做的事和她們一樣。

需要注意之處，則是不同動物得用不同刷子，要避免拿錯。還有，要一邊刷一邊檢查動物的狀況。

如果看起來和平常不同，要向獸人族女孩們報告。原來如此。

總而言之，我借了道具來試。

牛和馬很老實，沒問題。

唉呀，牛和馬我也刷過，所以不成問題。麻煩在於幫山羊刷毛。

不知為何山羊喜歡往我撞過來。喂，照順序來啊，照順序。給我排隊……跟你們講這個也沒用

啊……嗯？為什麼獸人族女孩的指示就聽？嗚，這就是餵食者與其他人的差距嗎？

還有，綿羊不肯接近我。一看見我就逃開。為什麼？這讓我的心靈有點受創。

看在眼裡的小黑子孫們，幫我把綿羊聚集起來。謝謝你們。

…………

不過，該不會就是因為這樣綿羊才討厭我？希望不是。

收集雞蛋也是孩子們的工作。

雖然主要是由鬼人族女僕來做，不過好像是因為雞下蛋的時間都不一樣。

有早晨下蛋的，也有到中午左右才下蛋的。

鬼人族女僕早上會把雞從雞舍趕出來，回收下在裡面的蛋。孩子們好像是負責在那之後尋找並收集下在雞舍外面的蛋。

聽起來很辛苦，不過每隻雞都有固定下蛋的地方，習慣之後似乎很輕鬆。

我請孩子們告訴我哪裡有蛋，試著自己去收集。

原來如此。蛋就在他們講的地方。試著自己做之後，才發現裝蛋的籃子大小有問題。籃子是大人尺寸，對孩子們來說不太好拿。所以我打算做些小孩尺寸的籃子。

幫忙打掃村子。

基本上，家家戶戶都會自己打掃，所以要做的是收垃圾。回收位於固定位置的垃圾箱，然後擺放新的垃圾箱。

垃圾箱不重，但是也不輕。對孩子們來說，稍微大了點呢。

這個也用單輪手推車……垃圾箱不好搬運啊。拜託山精靈們做專門搬運垃圾箱的台車吧。

…………

幫忙清掃水道和蓄水池。

這項工作並非每個孩子都要做，主要是蜥蜴人的小孩負責做。

清理掉進水道和蓄水池的落葉與石頭等東西。
至於需要注意之處，則是別去遠離村子的水道。理由在於有魔物和魔獸出現，很危險。清掃遠處水道是成年蜥蜴人的工作。
我雖然也想嘗試……不過水還太冷。沒辦法。
於是我試著思索有沒有能減輕負擔的道具……
泳鏡。
蜥蜴人不需要這種東西。也用不上呼吸管。
……抱歉。如果有什麼需要的東西就跟我說一聲。不用客氣。也不需要花獎勵牌。
採蜂蜜。
獸人族女孩會和座布團的孩子們合作將蜂蜜裝進瓶子或壺裡，只需要回收就好。
瓶子蓋得很緊耶。是為了避免孩子們舔嗎？不是？是為了避免妖精們舔？原來如此。
…………
妖精會來舔？偶爾？
改天我和妖精女王說一聲，要她幫忙叮嚀一下。放心，只要說用來做甜點的蜂蜜會變少，她就會乖乖聽話。

小黑子孫們的運動。
丟飛盤或球，讓小黑的子孫們運動。原來如此。
我偶爾也會做呢。
…………
這個不需要做也沒關係吧？不行？小黑的子孫們以驚人的速度聚集過來了耶？
幫忙鍛冶。
不是親自鍛冶，只是從倉庫拿鍛冶要用的道具和材料過來。加特他們會指示，所以不怎麼困難。
考量到孩子們的安全，也有確實規定好禁止進入的場所。沒什麼問題。雖然沒問題，卻有令我在意的部分。
那就是加特會仔細講解作業內容。
他是專業的，因此我以為他會要別人自己看著學，結果和我想的不一樣呢。
「告訴孩子們我在做什麼，也比較容易讓他們有幹勁。」
原來如此。
「而且，如果孩子們對鍛冶有興趣……也是有點這種私心。」
我懂。
希望至少有個人對農業感興趣——我也不是沒想過這種事。

幫忙料理。
內容是清洗食材和削皮等事前準備。
孩子們靈巧地用刀削皮。說不定做得比我還好……可是會不會有危險啊？
只要用正確的方式拿刀，就不會削到手指。如果有個萬一，就使用治療魔法？這樣啊。
那我就放心了……不過我還是拜託加特做了削皮刀。
用法呢，只要把這裡抵在皮上……像這樣。一陣歡呼。主要來自鬼人族女僕們。
哈哈哈，我第一次用削皮刀時也很驚訝，心想居然有這麼方便的道具。我怎麼會忘了呢？真抱歉。
順帶一提，如果換一種刀片，還可以削成鋸齒狀喔。
好的，我先去拜託加特製作孩子們和鬼人族女僕的削皮刀。加特抱歉。

嗯。
孩子們在這個季節的工作，大概就是這樣。
雖然我原本就沒有小看的意思，不過真的相當辛苦。
如果是剛收穫完的時期，除了這次的工作之外，好像還要多出將作物加工、裝桶和裝箱等作業。
嗯，我之前就知道大家都有努力幫忙，然而理解還是不夠。抱歉。同時也要再次感謝大家。
儘管我自認已經將能夠改善的部分都改善了，但那是我的觀點。或許還有什麼不便之處，別客氣盡量說喔。

總而言之，我決定製作孩子們用的籃子。

用來收集雞蛋的籃子。

至少，得做每個孩子的份才行。

至於山精靈們……忙著製作單輪手推車和回收垃圾箱用的台車嘛，籃子就由我努力吧。

…………

嗯？怎麼啦，阿爾弗雷德。想幫忙做籃子？蒂潔爾和烏爾莎也要？一來是自己用的，二來要答謝我幫忙工作？

…………謝謝你們，那就一起做吧。

7 梅酒與養蠶業

梅子的果實變大了。

看到這一幕，讓我想起釀梅酒。

至今為止沒釀過梅酒。在之前的世界也沒釀過。但我知道釀法。在電視上看到的。看了很多次。

雖然已經是很久以前的事，不過應該沒問題吧。

首先，採收青梅。

座布團的孩子們來幫忙。謝謝大家。

接著，仔細地將每一顆梅子都洗過。這個由我自己努力。

之後，泡水數小時去除澀味。這個也由我自己努力。

把水瀝乾，陰乾。

這部分由我一個人做實在不太容易，所以我請獸人族女孩們幫忙。

梅子陰乾後把蒂全部去掉，放進壺中。

壺差不多是可以雙手環抱的大小，使用前用熱水消毒過。壺中原本應該一層梅子一層冰糖交替鋪，由於這裡沒有冰糖所以改用蜂蜜。

然後把酒倒進去，不過……

記得是叫做White Liqueur的酒，但White Liqueur是什麼啊？不知道。

總而言之，是酒應該就可以……不過我好歹知道不能用紅酒。

我從蒸餾酒裡挑了酒精度數比較高的，倒進壺裡。

然後蓋上蓋子，完成。

不，接下來才是重點。要耐心等待，讓梅子的精華與酒融為一體。

至少半年，最好能等上一年。期待暢飲的那天到來。

釀製梅酒的壺總共十二個。

蜂蜜不夠，所以約有八個是用砂糖。儘管有點不安，但應該沒問題吧。

我把壺安放到宅邸地下室。作業完畢。

啊，還有一件重要的事，差點忘了。

「這是酒。很遺憾，不是甜點。」

把真相告訴在我背後期待的妖精女王。

「明明用了那麼多蜂蜜和砂糖耶？」

抱歉。

還有矮人們。你們或許想了解過程中的味道變化，但是不准試喝喔。

如果允許試喝，怎麼想都會在半年內消失。這是要花時間釀的酒。要喝的時候會叫你們，試喝就放棄吧。

考慮到矮人們可能會給予好評，我研判是否要增加梅樹。

…………

畢竟要消耗大量蜂蜜和砂糖，現在的量就綽綽有餘了吧？要增加梅樹可以，但是釀成梅酒的量就得仔細想想。
多餘的梅子，做成醃梅乾就行了嘛。
雖然也沒做過，不過記得是用鹽醃漬。應該不會太難吧。嗯，就這麼辦。

關於梅子的事，暫且擺到一邊。
春收開始了。
豐收。感謝上天。
半人蛇族來幫忙了。等到收穫完畢，她們好像會直接留下來協助矮人們釀酒。
謝禮和往常一樣，用農作物支付。

入夏前夕。
「二號村」開始發展養蠶業。
先前之所以沒實行，是因為以糧食自給自足為優先。
更何況，還要面對「座布團家族的絲」這個強大的競爭對手，不曉得蠶絲的需求會有多少。此外也需要蠶舍和紡織道具。
由於不知道能否回收成本，所以「二號村」的半人牛族過去一直很克制。
但是，去年冬天。

「二號村」代表哥頓，提出想發展養蠶業的意見。

當時，「二號村」拿出了兩百枚獎勵牌，希望用來換取養蠶業的設施與道具。

就我的立場來說，在「二號村」發展養蠶業不成問題，我甚至想鼓勵他們。

所以我說不需要獎勵牌，然而哥頓表示，考慮到養蠶業有可能失敗，希望我務必收下。

如果我無償提供設施與道具，一旦養蠶業失敗，會讓半人牛族無法立足。就算我這個村長原諒他們，也會被其他村子的人當成麻煩來源。

雖然對養蠶業不是沒自信，然而一來要看蠶的狀況，二來在生產高品質蠶絲之前必須反覆試誤。不能將半人牛族的地位，賭在沒有百分之百成功把握的養蠶業上頭。

但是，如果用獎勵牌發展養蠶業，失敗也只是半人牛族被笑而已，村子的地位能夠保住。所以，如果允許發展養蠶業，希望我務必收下獎勵牌。

我煩惱了一會兒，最後決定收下獎勵牌。

因為我覺得，用自己的資金做生意，會比拿他人的資金做生意要來得更能放開手腳。更何況如果我不收下，養蠶業一事就會變成沒提過。

就我來說，不止養蠶業，任何「二號村」主動提議的創業案，我都想歡迎。如果「二號村」的養蠶業順利，其他村子說不定也會開始創業。

這麼一來，各村應該能發展得更好。美事一樁。

哥頓交出的獎勵牌我會收下，不過等到養蠶業上軌道後，會當成獎賞歸還他們。所以，現在只是寄放在我這裡。

帳面上是收下了，不過這是我心情的問題。

「二號村」的養蠶業定案後，我向麥可先生的戈隆商會下訂蠶和道具。

我以為蠶會從經營養蠶業的人那邊收購，但並非如此。

好像是擔心把蠶賣給其他養蠶業者會讓自家的絲賣不出去，所以不肯賣。

因此，麥可先生要僱用冒險者進森林幫忙捕蠶。冒險者真辛苦啊。

不過，蠶還有野生的啊？牠們不是得仰仗人類的力量才能生存嗎？

養蠶的道具倒是沒那麼特殊。

很快就拿到了。

問題在於從蠶繭抽絲的道具。這些東西市面上好像沒賣，要向專業工匠訂製才能拿到。

於是麥可先生找我商量，問我們將抽絲交給「夏沙多市鎮」的紡織業者，以蠶繭狀態販賣如何。

針對這點，哥頓沒有立刻回答，而是稍微想了一下。

最後，他說不需要道具，也不需要紡織業者。

正當我懷疑他要怎麼做時，我發現哥頓身旁……應該說他肩上有座布團的孩子。應該是待在「二號村」的座布團孩子吧。

這些在「二號村」的座布團孩子，表示希望抽絲、紡紗和織布都交給牠們。
原來如此，我懂了，麻煩你們幫忙。雖然還早就是了。
麥可先生那邊我會向他道歉。

設施部分，則是和「二號村」的人討論，再由高等精靈建造。
養蠶的蠶舍很簡單，不過使用者是半人牛族，所以尺寸很大。
蠶舍先蓋一棟就好，預定等養蠶業上了軌道之後再增加。

我已經用『萬能農具』種了能長出蠶飼料的葉子的樹。
這是早春的事。

蠶舍完工，戈隆商會也拿了蠶的幼蟲過來，於是「二號村」開始了養蠶業。
令我驚訝的，是蠶幼蟲的尺寸。
我所知道的蠶寶寶……大約七公分至八公分。雖然有這種大小的，不過也有二十公分至三十公分的蠶寶寶。
雖然同樣是蠶，種類好像不一樣。這麼巨大的幼蟲也行？沒問題？有經驗？那就好。
至於設施……既然是這種尺寸，應該沒問題。

……該不會，還有比這更大的蠶寶寶？他們表示有一公尺級的。這樣啊。有點想看卻又不太想看耶。

總而言之，今年他們好像會以增加幼蟲數量為目標。

一般尺寸的蠶寶寶來了約兩百隻，要增加到數萬隻；大型蠶寶寶來了二十隻，這些則要增加到數千隻。希望大家加油。

至於蠶飼料，我種的樹的葉子雖然能用，但那些樹還年輕，採不了太多。似乎要從森林裡採集能當飼料的樹葉。

他們表示之前就有在找，所以飼料暫時不成問題。這點我知道，但是進森林時別忘了找小黑的子孫們當護衛。不可以受傷喔。

還有座布團的孩子們，和蠶寶寶培養友誼是無妨，可是……那個，蠶的壽命……

咦？小隻的蠶寶寶有十年？大隻的蠶寶寶有百年？而且結繭後，如果感覺有危險就會留下繭逃走？

…………

這真的是蠶嗎？其實是我所不知道的其他生物吧？呃，唉呀，畢竟在野外生存，有這種能力也很合理吧。嗯。

不，你們是蠶寶寶。抱歉懷疑你們。

啊，哥頓，確認一下。

這些幼蟲，沒有危險吧？不會攻擊人吧？

只要有給飼料就沒問題。原來如此。

…………

飼料千萬別斷喔。

我會祈禱「二號村」的養蠶業成功。

如果有需要幫忙，別客氣盡量說。

題外話，我所知道的蠶，計數是一條、兩條，用「條」來算，在這個世界好像是用「隻」。

畢竟蠶的歷史不一樣嘛。而且這邊是在野外生存的。

8 三名騎士

在人類的國家，有叫做白銀騎士（Silver Knight）、青銅騎士（Bronze Knight）和赤鐵騎士（Iron Knight）的三騎士。

這些不是自稱，都是正式的稱號。

白銀騎士的稱號，由位於雷懷特王國的科林教所封。是在各地流浪，守護自身所信正義的騎士。因此，很受孩子們歡迎。

青銅騎士的稱號，必須是得到以路加王國、加雷特王國和貝露露王國為代表的十二王國認可的騎士才能受封。

因此，青銅騎士可以自由往來十二王國，有時還要在王國之間擔任仲介或仲裁的角色。不能只懂武，文方面也必須優秀才能得到這個稱號。

至於赤鐵騎士，則是曾擔任凱山王國第二騎士團團長的人，在卸下團長職務後得到的稱號。由於是卸任後得到的，所以榮譽稱號的意義很重，在孩子們之間就沒那麼受歡迎。

但是，大多數的赤鐵騎士在卸任後不會隱居，而會以凱山王國軍事顧問或王族專屬護衛的身分活躍，在凱山王國的知名度比國王陛下還要高。

順帶一提，凱山王國的第一騎士團團長是國王陛下，所以第二騎士團團長就是凱山王國騎士實質上的頂點。

白銀騎士、青銅騎士和赤鐵騎士雖然不是獨一無二的稱號，但在同一個時代基本上只會有一兩人。

理由在於，這三名騎士必須實力堅強。不止劍術，各種戰鬥都要表現優異。

當然，置身於戰鬥總有敗北的一天。但是，要有一顆敗北也絕不氣餒的心，並在最後贏得勝利。這就是三騎士。

在某些地方，他們甚至比勇者和劍聖更受崇拜。

我在「五號村」聽畢莉卡聊到三騎士的話題。原來如此，我想我對三騎士已有某種程度的理解了。

「所以說，倒在那邊的是誰？」

「白銀騎士。」

……確實穿著白色鎧甲呢。說是白銀騎士，還真有點像。

「那裡被插在牆壁裡的是？」

「青銅騎士。」

看得見的下半身穿著藍色鎧甲。說是青銅騎士，還真有點像。

「那麼，在那邊發抖的是赤鐵騎士嗎？」

「不，他是赤鐵騎士的隨從。赤鐵騎士逃跑了。」

這樣啊，逃跑啦。

「啊，剛剛接獲已經抓到他的報告了。」

這樣啊，抓到啦。

…………

呃……為什麼會變成這樣？

我現在會定期訪問「五號村」。

因為陽子提議，問我要不要在「五號村」開店。

「夏沙多市鎮」的馬可仕也表示，有好幾名員工希望到「五號村」工作。另外，若是在「五號村」就能從「一號村」通勤，「一號村」裡有孩子的人也比較容易過來工作。

了解緣由後，我便到當地視察。

陽子在「五號村」擴大之前就已確保土地，所以我開店的候選地點，一開始就只有五個。

每個地點都不壞。不，都是好地點。所以，我用抽籤決定。

決定的地點位於南側斜坡的中央區域。

五公尺乘兩公尺，乍看之下很窄……但是有開挖「五號村」所在的小山，所以內部其實很寬敞。開挖的部分約有十公尺。

所以，能用的面積是五公尺乘十二公尺。雖然比不上夏沙多大屋頂，卻也算得上相當寬敞。

弱點在於陽光照不進來，所以內部很暗。就算是白天也需要魔法照明。

順帶一提，按照「五號村」的規定，禁止在沒有許可的情況下開挖小山。要是居民隨便亂挖，「五號村」所在的小山可能會崩塌。

這個地方有事先得到許可，或者該說，主導開挖的人正是發許可的陽子，所以沒問題。

再來，開店計畫已進行到只剩和「一號村」居民商量，並且找「五號村」的工匠進行內部裝潢。

然後，我趁著來「五號村」的機會，順便去看看畢莉卡他們的狀況……結果發現兩名騎士倒地和一名騎士逃跑。

…………

「總而言之，誰幹的？」

格魯夫擔任我的護衛。達尬沒來「五號村」。

這麼一來，就是畢莉卡、陽子，剩下有可能的……從「四號村」來「五號村」的希伊、娜娜，和始祖先生託我們關照的雀兒喜。還有……巫女妮姿？可是妮姿感覺不像會動手的人耶。

啊，動手的也有可能是畢莉卡的弟子呢。

在我思索時，犯人舉手了。

就是畢莉卡。

毫無意外性啊。起爭執的原因是？對方挑戰妳的結果？

原來如此……沒有闖禍吧？那就好。

那麼，抓到的赤鐵騎士就放他走吧。咦？不行？

「我還無法獨當一面。所以，人家瞧不起我，我可以接受。但是，嘲笑前代就不能退讓。」

啊，嗯，說得也對。

換句話說，這三個騎士嘲笑身為畢莉卡師傅的前代劍聖。

這樣就沒辦法要她原諒人家了呢。

不過，所謂的騎士，不是應該稍微更注重禮節嗎？居然嘲笑已故的前代劍聖。

順帶一問，他們講了什麼啊？

「都是因為前代愚蠢，才會害得你們這些弟子被趕來這種邊疆。類似的話他們講了很多次。」

這可沒辦法緩頰呢。還有，居然說「五號村」是邊疆……

知道了，那就不放他們走。但是，不可以動用私刑喔。如果要打，以比賽的形式好好打。

一對一較量再來個二十次？嗯，也好。讓他們見識一下你們的力量吧。

赤鐵騎士的隨從……你要怎麼辦？如果想一起參賽，我和畢莉卡講一聲。

絕對不幹？赤鐵騎士用「救我啊！」的眼神看著你，沒問題嗎？

他剛剛丟下你逃跑，所以沒問題？我懂了。

那麼，和我聊聊吧。我想問一下，為什麼這三個騎士要來「五號村」。

我離開畢莉卡他們，聽赤鐵騎士隨從的解釋。

在格魯夫的指示下，有人端茶過來。謝謝。

根據隨從表示，三個騎士原本沒有一起行動。

白銀騎士和赤鐵騎士，是在往「夏沙多市鎮」移動的前一個港鎮相遇，青銅騎士則是在「夏沙多市鎮」碰上的。

三個騎士的目的一樣，都是劍聖畢莉卡。好像是來挖角畢莉卡和弟子們的。

呃，既然如此為什麼要嘲笑前代？會造成反效果吧？隨從表示，那是為了確認畢莉卡他們的實力。

…………

我想把「自作自受」這句話，送給三個騎士。

三個騎士醒來之後，被強迫參加「五號村」警衛隊的特別訓練。

「五號村」的精靈們很高興有了同伴。

另一方面，赤鐵騎士的隨從則由陽子出面迎接，將他當成正式的訪客。

既然有大人物的信，一開始拿出來就不會這樣了。

「理由好像是，與其用言語往來，不如以劍交心更能理解對方。」

是這樣嗎？

不過，丟著赤鐵騎士不管真的沒關係嗎？平常和大人物對話都是你負責所以不要緊？原來如此。

那麼，在「五號村」好好放鬆吧，如果有問題和陽子說一聲就行了。

啊，我？姑且是這個村子的村長。

將赤鐵騎士的隨從帶到旅店後，我回到陽子宅邸，讀赤鐵騎士隨從拿來的信。

這封信來自凱山王國的國王，他在信上以非常客氣的口吻表示，這麼做或許會給我們添麻煩，但是他沒有與我們為敵的意思。

…………

赤鐵騎士，凱山王國是不是拿他沒轍啊？

閒話　白銀騎士

我的名字叫萊塔斯，萊塔斯·歐爾耶。

十歲時才能受到認可，此後持續修行，於二十歲成為科林教的騎士。

然後，成為騎士的我認真工作，在四十歲時獲賜白銀騎士稱號。雖然應該也有運氣成分在內，但我認為這是自己努力不懈的結果。

這樣的我，今年四十三歲。在總算習慣白銀騎士稱號有多少份量的某天，劍聖的下落傳到我耳裡。

所謂劍聖，是給予最強劍士的稱號，也是獨一無二的存在。

我聽說，劍聖要經過嚴苛的修行，然後憑實力繼承稱號。

二十多年前，前代劍聖曾經來雷懷特王國打招呼。

目的應該是問候雷懷特王國的王室與科林教吧。畢竟科林教總部就在雷懷特王國嘛。

當時，我有幸見識前代劍聖的劍術。壓倒性的強。感覺就算有一百個我也贏不了。但是，我沒有就此氣餒，反而覺得自己有了個變強的目標。

我之所以能夠得到白銀騎士這個稱號，與當年見識到前代劍聖的劍術應該有不少影響。很遺憾，前代劍聖十幾年前就已亡故，經過十年的空位期後，聽說現在由一個叫畢莉卡的人繼承了劍聖稱號。

之所以不清不楚，理由在於這位畢莉卡大人行蹤不明。前代劍聖開的道場在福爾哈魯特王國，但是聯絡了許多次都沒有回應。即使問福爾哈魯特王國，他們也只會含糊其詞。

在我氣憤地想「搞什麼啊」時，我得知了劍聖……畢莉卡大人的所在地。儘管有點猶豫，最後我還是決定去見當代劍聖畢莉卡大人。一趟長達半年的旅途就此開始。

畢莉卡大人所在的地方，是魔王國的「五號村」。

福爾哈魯特王國與魔王國處於戰爭狀態。原來如此，既然劍聖在魔王國，福爾哈魯特王國也只能含糊其詞了吧，這點我能理解。

而且，連前代劍聖道場的門生也在一起。劍聖站到魔王國那一邊了嗎？雖然聽說過劍聖和福爾哈魯特王國起了爭執，卻沒想到這麼嚴重。

…………

這樣放著不管行嗎？據說劍聖的劍術，源自英雄女王烏爾布拉莎。理應代代相傳的劍術，留在魔王國是怎樣？我不會要他們回福爾哈魯特王國，也不會要他們來我所在的雷懷特王國。但是，可以考慮移居到魔王國以外的地方吧？

…………

他們當場拒絕，說是在這裡已經有工作，沒有半點想搬家的意思。

唔，該怎麼辦才好？

在我為難時，青銅騎士和赤鐵騎士開始挑釁畢莉卡大人。

青銅騎士與赤鐵騎士，是和白銀騎士並稱的騎士。我和這兩人，是在魔王國相遇的。

他們的目的和我一樣，都是見當代劍聖畢莉卡大人一面。

只不過，見了面才知道，畢莉卡大人是位還不到三十歲的女性。在那兩人眼裡，大概覺得她配不上劍聖稱號吧。

此外，當事者表示這個稱號對她來說還太沉重，所以不以劍聖自居，這點或許也讓那兩人不爽。

不過啊，你們或許是想見識一下畢莉卡大人的實力，但是講那種瞧不起人的話可不能恭維喔。

喂，夠了。

講前代劍聖的壞話我也會生氣。不，確實講到沒有好好培養繼承人這點就……慢著慢著，還不能確定畢莉卡大人沒資格當劍聖吧。
雖然如果真是這樣，或許就可以怪在前代劍聖的頭上了……
巨響傳來。不知道出了什麼事。
我看向聲音來源，發現青銅騎士的上半身插進了附近民宅牆壁。
……
總不會是自己撞進去的吧？換句話說，是畢莉卡大人幹的？
我舉起手中的劍。
直到現在，我依然不覺得自己贏得了前代劍聖。但是，換成當代劍聖的畢莉卡大人又會如何？
這些年來我並不是在玩。我想試試自己的本領能發揮多少用處。赤鐵騎士啊，這裡就讓給我吧！
我揮劍砍向畢莉卡大人。
相對地，畢莉卡大人則是一拳往我臉上打來。
咦？我的鼻梁斷了。而且，意識有點模糊。
咦，啊，不，慢著。畢莉卡大人，拔劍。妳是劍聖吧？難道妳的意思是，對付我這種貨色連拔劍都用不著？啊，願意拔劍啦。太好了。
那麼，我們重新……她把劍扔過來了。
嚇我一跳。真的嚇了我一大跳。
我大動作避開，畢莉卡大人拿出**第二把**劍砍來。

等等，喂、喂！

我一個滾動躲開。白銀鎧甲沾上了泥土。

夠了，現在不該介意這種事。畢莉卡大人不肯對我拿出真本事？還是說，她認真出手就是這樣？如果是後者，我很失望。

別太瞧不起我！我打起精神，舉起手裡的劍。我不會再大意了。我會將所有的攻擊都砍斷！不會取妳性命，但是要給妳個教訓！

下定決心的我，挨了畢莉卡大人一記下盤踢。嗚，這腳太不乖了！

雖然不痛，我的姿勢卻有些崩了。反省。

對手的攻擊不是只有劍，該學乖了吧我。

不，更重要的是必須擋住畢莉卡大人的追擊。這回總該用劍砍過來了吧。我看向畢莉卡大人的劍。看不到。

畢莉卡大人的劍，藏在她背後。她用身體遮住出劍位置。而且雙手都在背後，讓我不知道她用哪隻手拿劍。

真麻煩。

不過，沒問題。不管拿劍的是右手還是左手，我都會擋下來給妳看。我已經有所覺悟了。遊戲到此為止。

畢莉卡大人用右手拿的劍，從上方來襲。

沒什麼！雖然快但是接得住。別小看我！

畢莉卡大人用左手拿的劍，從下方來襲。

啊？啊，不，畢莉卡大人都拿著兩把劍了。誰規定不能有**第三把**？要怪我自己先入為主。死定了。

我原本這麼想，但畢莉卡大人的劍沒有砍中我。

她雙手的劍，不知何時已經換成了木劍。

我被狠狠揍了一頓，真是生不如死。

但是，我的戰鬥不是白費力氣。

應該已經見識到畢莉卡大人劍術的赤鐵騎士，一定會替我報仇。

赤鐵騎士是和白銀騎士齊名的強者。照理說只要曉得對方的把戲，就會有辦法對付。

拜託囉，赤鐵騎士。

…………

赤鐵騎士不知道什麼時候溜了。

…………不可原諒。

日後。

不知為何我被迫參加「五號村」的警衛隊訓練。

好嚴格、好艱苦，周圍精靈們的溫暖眼神好煩。

能帶給我內心安寧的，就是青銅騎士和赤鐵騎士同樣被迫參加訓練。特別是赤鐵騎士，因為他的年紀比我還大吧，已經氣喘吁吁了。

然而，不愧是赤鐵騎士。他沒有因此氣餒，還在逞強。

這一點令人尊敬，雖然我不會忘記他丟下我們逃跑的事。

在訓練的空檔，我看了畢莉卡大人與獸人族格魯夫大人的比試。

畢莉卡大人有認真打。她的劍術配得上劍聖之名，不輸前代劍聖。是很美的劍術。

不過話說回來……畢莉卡大人是不是分身啦？是因為動作太快，所以看起來像有兩個人嗎？

格魯夫大人則是輕描淡寫地避開了兩位畢莉卡大人的攻擊。

畢莉卡大人除了劍以外，連手腳都用上了，依舊沒有效果。

…………

格魯夫大人只是輕揮木劍，就攔住了畢莉卡大人的動作。令我無法招架的畢莉卡大人，完全不是格魯夫大人的對手。啊，原來如此。世上還有連畢莉卡大人都贏不了的對手啊。就是因為這樣，她才不方便自稱劍聖吧。

而且，我再次體會到什麼叫人外有人。

強者之巔好遙遠。我是否有登頂的一天呢？就算上不了山頂，好歹也要走到山腳下。

為此，得先練到能夠輕鬆應付區區「五號村」的警衛隊訓練。

呵，那就放馬過來吧。

青銅騎士、赤鐵騎士，休息時間結束啦！要上囉！

9 甜點與茶的店

「二號村」的養蠶業碰上了麻煩。

那些原本以為能當成蠶飼料的樹葉，蠶不肯吃。牠們只吃我種出來的蠶飼料用樹葉。

可是，那些樹還年輕，摘太多葉子會讓樹變虛弱。收下蠶的時候，有順便向戈隆商會拿一些能當飼料的樹葉，所以不至於立刻全滅，但是得趕緊準備能夠當蠶飼料的樹葉。

我連忙趕往「五號村」，向戈隆商會的「五號村」分店大量訂購可以當蠶飼料的樹葉。

原本不需要我去，不過我還要確認「五號村」新店的狀況，所以順便跑一趟。不，蠶飼料才是重點，確認「五號村」新店的狀況才是順便。

作為蠶飼料的樹葉順利下訂。

似乎需要兩天才能拿到，畢竟原本不會想到要常備，所以也是無可奈何。反倒是兩天就能拿到才令人驚訝。

仔細一問才知道，那些能夠當蠶飼料的樹，在「五號村」周邊森林有很多自然生長的。既然如此，根本不用下訂，自己去摘不就好了嗎？不，考慮到今後的發展，還是拜託人家比較好。

可是，為什麼不吃「二號村」周圍那些樹的葉子呢？因為不是桑樹的葉子？不，戈隆商會幫忙準備的樹葉有好幾種，應該沒這回事吧。

「二號村」的哥頓也說過，以前他們會餵村裡的蠶許多種樹葉。如果只是一兩隻不吃，或許還能說是個體的偏好……

「二號村」周圍那些樹的葉子沒有毒吧？是樹木種類的問題嗎？嗯……

我姑且也在村裡找過蠶可能會吃的樹葉，但是櫻樹和梅樹的葉子不行，果樹類的也不行。看樣子蠶對於食物相當講究。

雖然有找到一種，但是露和蒂雅看見之後呈現很誇張的表情，所以我放棄了。畢竟我希望心愛的老婆們能安穩的生活嘛。哈哈哈。

順帶一提，是世界樹的葉子。

蠶吃得很來勁耶，真可惜。

蠶飼料交給戈隆商會，我則是前往預定在「五號村」開的店。

店舖的準備幾乎都已完畢。看來隨時都能開張。

不過，開張還要再等一會兒。必須先進行員工教育。

這間「五號村」的店，負責人是巫女妮姿。

妮姿來參加春季遊行時，看起來在收入上有困擾，這是商量後的結果。教會工作的酬勞似乎不高。

商量途中陽子闖了進來，形成妮姿爭奪戰，不過妮姿本人選了店，所以就這麼定案。

儘管陽子向我抱怨，不過在「五號村」開店原本就是陽子的要求，所以我會希望她乖乖退讓。

妮姿以外的工作人員，共有十五人。

其中，有五人是從「夏沙多市鎮」來的馬菈員工。料理、接客、會計等等，什麼都做得到的優秀人員。店將以這五人為中心經營。

剩下十人，則是從「五號村」僱用。

「我們僱用了符合店長要求的人選，但是真的這樣就好嗎？」

馬菈的員工之一問道。

這間店和馬菈一樣，店長是我。

所以，妮姿的頭銜成了代理店長。唉呀，畢竟我的本業是村長，所以妮姿也就相當於店長啦。

提出疑問的男性背後，站著聘來的十名員工。

全員都是女性，而且已婚。外表從四十歲到六十歲都有。雖然矮人太太年齡不詳就是了。

因為我要他們鎖定住在附近的家庭主婦僱用。

「因為是店長的指示，所以僱了她們，但是招攬年輕一點的女性不是比較容易吸引客人嗎？」

嗯嗯，我懂你的心情，但是這麼做的話，會變成只有年輕男性光顧的店喔。

「會嗎？」

會。

更何況，我希望店在地方上扎根。做到這點的第一步，就是招聘住在附近的家庭主婦。

一間新開的店，拉攏附近的主婦社群可是重點喔。

「是這樣嗎？」

就是這樣。

唉呀，我不是否定選用年輕女孩，以後你們可以自由僱人。不過，到時候別忘了徵詢現有員工的意見喔。

當然，你的意見也很重要。靠你囉。

話說回來，我另外有個問題……負責聘用員工的不是妮姿嗎？

妮姿在哪裡？

「代理店長去西側的店了。」

西側的店，就是我開的第二間店。

我原本只打算開一間，但是這間店不賣酒的方針洩漏出去了，所以有人要求我開第二間。尤其是「五號村」的矮人們。

妮姿也說她會一併接下，於是我就開了第二間。只不過，因為工作人員不夠，所以開張還要等一段時間。

儘管如此，妮姿還是跑去西側的店，出了什麼事嗎？我該去看看狀況嗎？不，應該先處理這間店。妮姿不在，那就做些在場成員能做的吧。

我讓半數工作人員擔任客人，進行接客練習和調理練習。我希望工作人員了解自己賣的料理是什麼味道。

啊，這些練習也會付薪水。理所當然。

試營運在十天後。

營業五天後會暫時關門。接著，先解決發現的問題，搞定後才正式開始營業。

馬菈那時有段距離所以我沒參與，不過店在「五號村」的話，從大樹村通勤就沒什麼問題。我會加油的。

「店長，不好意思，有件事忘了確認。想麻煩您一下。」

忘了確認？

「是的，就是店門上面裝飾的遮雨棚。」

喔，進來時我有看到，沒什麼問題。不過，姑且還是出去確認吧。

店門上架了個遮雨棚，上頭寫著大大的「甜點與茶的店」。嗯，和要求一樣。

畢竟，如果不知道這家店賣什麼，客人是不會上門的。

然後，在甜點與茶的店這行字底下，低調地寫著店名「小黑與小雪」。就如字面所示，這間店借了小黑和小雪的名字。

由於是賣甜點的，所以用「妖精女王咖啡廳」或「Sugar」也不錯，但是先想到了就沒辦法。

甜點與茶的店「小黑與小雪」。

既然拿了名字來用，就要讓這家店成功。

閒話　赤鐵騎士的隨從「五號村」報告　前篇

我的名字叫基森，基森・賀利茲。今年滿三十歲的男性，單身。

職業是赤鐵騎士的隨從。所謂隨從，一般來說是指和主人一起戰鬥的人。

有沒有在戰場上見過一名騎士周圍有很多步兵？如果騎士是主人，周圍的步兵就是隨從。對，我就是眾多隨從之一。
隨從呢，有代代侍奉騎士家族的家臣、有領地徵兵來的、有花錢僱來的等，背景各式各樣。
我是在領地被徵召的，也就是平民。
不過，我打從出生起，就被當成未來的隨從培養。因為以平民來說，我的家境算得上富裕。
然後呢，很幸運地，我所侍奉的主人實力高超，足以得到赤鐵騎士這個稱號。嗯，幸運。
某一天，有個崇拜赤鐵騎士的少年問我：
「隨從大人平常都負責怎樣的工作呀？」
我這麼回答：
「聆聽並應對他人的怨言。」
這可不是開玩笑喔。是真的。最近連凱山王國的國王陛下，都把我當成專門處理怨言的。
好啦。
目前，我待在一個叫「五號村」的村子。已經兩個月了。
隨從工作暫時休息。可能是因為這樣吧，早上起床時神清氣爽。原本因為缺乏睡眠而擺脫不掉的黑眼圈也消失了。
或許該歸功於每天睡前不再毆打枕頭。一定是這樣。

我在旅店吃早餐。

旅店提供的餐點都很好吃，不限早餐。而且，每餐吃的都不一樣，令人驚訝。

在凱山王國的旅店，就算每天都端出一樣的東西也不足為奇。

這家旅店比較特殊嗎？還是說，魔王國的旅店都這樣？

來到「五號村」之前，我在「夏沙多市鎮」停留過一陣子，但是我從沒在那邊的旅店吃飯，都是到一間叫做「夏沙多大屋頂」的巨大建築用餐。

回凱山王國時，必須好好調查一下。

食物的多樣性，乃是豐饒的證明。我聽說過魔王國物產豐饒，但是我想親身體驗一下究竟豐饒到什麼程度。

吃完早餐後，我在村裡散步。

暫時不當赤鐵騎士大人隨從的我，目前身分是凱山王國的使者。

將凱山王國國王陛下的信，交到「五號村」代理村長陽子大人手裡的那一刻，我的工作就結束了。

在赤鐵騎士大人說回去之前，我沒什麼事要做。

原本應該老老實實地待命，但是難得來魔王國，我想要藉這個機會增廣見聞。散步的理由在此。

好啦，今天……該怎麼辦呢？

待了兩個月，很多東西都看過了。這下子有點困擾。

…………

不得已，為了思考要參觀什麼，去慣例的那家店吧。

兩個月前，差不多就是我剛來「五號村」那陣子，在「五號村」南側開張的「小黑與小雪」。賣甜點和茶的店。

這間店乍看之下很窄，裡面卻相當寬敞。

剛開店時還沒幾個客人，隨著時間經過客人越來越多。到了中午時分，外面甚至會排起隊來。這點我知道，所以中午以後不會去。如果要去，建議挑上午時段。

這家店雖然沒有什麼指定席，但是坐在老位子會讓人心靈平靜。某位不曾交談卻認得長相的熟客也在，於是我向他點點頭。一位有點年紀的魔族男性，他是誰呢？

我聽過他的名字一次，但是太長了記不住。唉呀，挖別人身家太沒禮貌了。

我叫來店員，點了慣例的餐點。

這間店的店員，都會穿上相同款式的制服接待客人。

整齊劃一的制服真不錯，誰是員工一看就知道。

只不過，這家店。

員工的年齡稍微高了點呢。

我個人是期待看見年輕一點的女性員工……不過一考慮到可能會破壞現在的寧靜氣氛，就讓人覺得兩難。

紅茶與迷你鬆餅很快就送到我面前。我試過許多種搭配，認為這種組合最棒。

特別是這個迷你鬆餅。第一次看見的時候，我因為它小小一塊而感到失望。現在倒覺得這種尺寸剛剛好。

喝一口紅茶，然後咬一口迷你鬆餅。

呵呵呵，好一段幸福時光。

糟糕，我完全忘了增廣見聞的事。

走出店門我才注意到。在店裡時，茶和甜點澈底支配了我的腦袋。太大意了。

算了，美味就好。

好啦，接下來該怎麼辦……機會難得，逛逛和「小黑與小雪」有關聯的店吧。

這間「小黑與小雪」開幕後一個月，又有四間店開張。這些店彷彿要和南側的「小黑與小雪」對抗一樣，分別開在西側、東側、北側，以及山麓。

雖然我很想說「小黑與小雪」是第一，但它們都是不同類型的店嘛，無法分出高下。那麼，就去西側的……那家店要晚上才開，所以去東側的店看看吧。

在東側開張的店，店名叫「青銅茶屋（Cafe Blue）」。
和「小黑與小雪」一樣是賣甜點和茶。店的大小也和「小黑與小雪」差不多。
不過，它和「小黑與小雪」有個明確的差異。答案如店名所示，青銅騎士在這裡工作。這樣好嗎？
青銅騎士是一位適合小鬍子的四十來歲男性。就算在我這個男性的眼裡，也算得上相當英俊。這樣的他，穿著筆挺的服裝接待客人。而且，只要顧客是女性，他就會單膝跪下讓視線高度配合對方，不介意對方的身分，也不介意對方的年齡。總是稱呼客人為「大小姐」。
儘管我覺得這不是青銅騎士該做的事，他卻處之泰然。雖然不甘心，不過真的很適合他。
然後理所當然地，顧客無法只靠青銅騎士一個人接待。店裡自然有其他員工，並且這些店員也都長得英俊瀟灑。而且，年齡層很廣。
大概是因為這樣吧，這間店非常受女性歡迎，她們總是顯得很興奮。
雖說這家店沒有謝絕男性顧客，但是店內氣氛會讓男性無法一個人進去，所以我在遠處觀望。
……青銅騎士看起來充滿活力，是我的錯覺嗎？
這間「青銅茶屋」。
店內品項感覺和「小黑與小雪」差不多，價格卻訂得比「小黑與小雪」要高出一截。
大概是把青銅騎士與其他帥哥店員的笑容也算進去了吧。

我從「青銅茶屋」前面走過，朝向開在「五號村」北側的店移動。

開在北側的店，店名叫「甘味堂科林」。

正如店名所示，這間店與科林教有關。店員大概是科林教關係人士吧。

能在這裡見到「五號村」教會的熟面孔。

據說，辣手芙修偶爾會在這裡出沒，然而這只是謠言。畢竟她不可能離開雷懷特王國，所以不可能出現在「五號村」。

更何況，如果她來「五號村」，應該會對白銀騎士有所處置，不過白銀騎士目前依舊在參加「五號村」的警衛隊訓練。換句話說，什麼辣手芙修出沒是編的，是謠言。

因此，在店前整理隊伍的女性，應該只是和辣手芙修長得很像吧。啊，說不定是辣手芙修的親戚呢。

哈哈哈，人家喊她芙修大人，我決定當沒聽到。

好啦，「甘味堂科林」不提供內用，是只能外帶的甜點舖。

菜單上，只有煎餅和時令糰子。兩種都很受歡迎。

缺點在於販賣的量固定，一賣完就打烊，所以很難買到。如果真的想買，恐怕在太陽升起前就排隊比較好。我也在太陽升起前排過一次。煎餅和時令糰子都很好吃。不能放到隔天真是遺憾。

還有，理所當然地是限量購買，如果想買多一點就需要人手。大商人底下工作的年輕人在太陽升起前過來排隊，已經快成為日常景色了呢。

順帶一提，時令糰子是「小黑與小雪」的隱藏菜單，只有在客人少的時候才會端出來。得知這件事的那一刻，我非常開心。

總而言之，確認一下排隊買不買得到煎餅……看起來沒辦法，所以我放棄了。

我回到「五號村」的南側，往山麓走去。

閒話　赤鐵騎士的隨從「五號村」報告　後篇

在「五號村」南方山麓開的店，店名叫「麵屋布里多爾」。

只賣一種叫「拉麵」的麵料理。

拉麵我知道。我在「夏沙多市鎮」吃過，很好吃。

第一次來這家店時，我原本期待能吃到那個味道，但是在這間「麵屋布里多爾」吃到的拉麵，和夏沙多的拉麵不一樣。

不，「將湯和麵裝進很深的容器裡，配料放在上頭」這種料理形態一樣，但是味道完全不同。這樣能一視同仁叫它拉麵嗎？我覺得不行。

我忍不住這麼告訴店員，店員不慌不忙地仔細為我解釋。

這間店端出來的，毫無疑問是拉麵。只不過，「夏沙多市鎮」的拉麵是醬油口味，至於這間「麵屋布里多爾」賣的拉麵好像是鹽味。

麵料理，也分成許多不同口味。店員表示，兩者是一樣的道理。

原來如此。拉麵是拉麵料理的統稱，但是各家調味不同。

既然如此，那麼不是該自稱鹽味拉麵嗎？可能是聽到我這麼質疑吧，隔天開始料理名改成了布里多爾拉麵。我有點開心。

渴求布里多爾拉麵的我，走進店裡。

方才吃的迷你鬆餅已經消化完畢。吃得下。

布里多爾拉麵，只有簡單分成大碗和小碗。由於沒有其他菜色，所以坐下來之後就算不點餐也會端來布里多爾拉麵。

大碗提供給半人牛族等大型種族，因此擺在我面前的是小碗。

店裡有叉子，但我用筷子。在「夏沙多市鎮」認識筷子時，我還想「誰要用這種棒子吃東西」，試著一用才發現很方便。甚至可以說它特別適合吃拉麵。幸好有學過怎麼用筷子。布里多爾拉麵，好吃。

走出「麵屋布里多爾」時，太陽依舊高掛空中，要去開在西側的店還嫌太早。

這樣的話……難得來到山麓，就去那邊吧。

目前，在「五號村」很受歡迎的地方。

棒球場。

這裡供人們進行一種叫做「棒球」的運動，棒球的規則有點難，但是純粹旁觀也很有樂趣。

我坐到觀眾席，向叫賣的大姊買了麥酒。

嗚～麥酒真是冰涼，在夏天能來上這麼一杯實在令人開心。她們大概僱了很多會用冰系魔法的人吧。真奢侈。

還有，要不是剛剛才吃了布里多爾拉麵，我大概會點個夾了豬肉腸的麵包吧。

…………

可以點嗎？呃，嗯——一個就好。

棒球打到四局下半，三比三平手。

唉呀，守備方猛虎魔王軍好像要在這時候換投手。喔，原來如此，先前的投手是新人啊。換上來的投手，球速很快，和先前截然不同。球投進捕手手套的「啪」聲，連我這裡都聽得一清二楚。

打者們理所當然地紛紛揮棒落空，轉眼間就攻守交換。

五局上半。

彷彿整個氣勢都不一樣了，猛虎魔王軍接二連三地打擊出去。

然而，他們的對手「五號村」木匠也不是單方面挨打，讓觀眾們見識到了精彩的守備。

無論是攻擊或守備，見到精彩的表現就鼓掌。這才叫看棒球賽。

啊，叫賣大姊，再來一杯麥酒。

球賽以猛虎魔王軍的勝利告終。

結束之後，可以和猛虎魔王軍的選手握手，所以我參加了。

我和那位雖是女性卻在代打時揮出全壘打的選手握手。今後也請妳多多加油。

總教練看起來很寂寞，所以我也和總教練握手。

八局的代打攻勢令人印象深刻。就算領先也不能掉以輕心對吧？這麼告訴總教練之後，他友善地拍拍我的肩膀。

場地很快就整理完，其他隊伍的比賽要開始了。

繼續留下來看也行，不過我選擇離開球場。

去西側的店之前，得讓肚子空一點才行。我決定稍微運動一下。

我的目標是棒球場旁邊的設施。

這個約有棒球場四倍大的地方，被高牆圍住。牆內有許多蓋得很密集的建築，簡直像個小城鎮。

但是，這個場地內的建築，全都無人居住。

那麼，為什麼有這些建築？答案是讓「五號村」警衛隊進行訓練。沒錯，這裡是訓練警衛隊進行市街戰的場地。

一般而言不會做這種訓練。畢竟往往見招拆招就應付得了，而且要訓練通常都是直接在街上硬來。

但是，「五號村」打造了一個訓練用的市街。出發點就完全不同。而且，感覺像在誇耀他們的經濟能力。

場地有兩個入口。其中一個是可以前往能從高處俯瞰場地的觀眾席。

我走另一個入口，往場地內前進。

稍微走一段路就有待機區，除了我之外，還有好幾個年輕人在這裡等。也有不管怎麼看都不像能戰鬥的人在。這也是理所當然。

這個場地提供給「五號村」警衛隊進行訓練，但不是隨時都在使用。

因此，空出來的時候會開放給一般大眾使用，舉行某種活動……或者說遊戲。

目前舉行過的遊戲，我所知道的有……

【死神遊戲】

遊戲內容是將場地內當成舞台，參加者四處逃竄，躲避扮成死神的人。

只要逃過一定時間就算勝利。
就算被抓，也能按照撐過的時間領取獎品。扮演死神的人腳程很快，所以被發現後通常跑不掉。有躲起來等時間過去的人，也有隨時移動位置的人，能看見各式各樣的戰略，很有意思。

【尋寶】

在一定時間內尋找藏在場地內的寶箱的遊戲。獎品會隨寶箱而有所不同，所以賭博成分很重。
這種尋寶活動，會安排小孩限定場，所以小孩子也能玩得開心。至於大人限定場，則會在街上和寶箱上裝設不至於讓參加者受傷的陷阱，有點危險。

【盜賊密探】

這個和【死神遊戲】相反，是安排盜賊讓參加者全員追逐他的遊戲。
盜賊會變裝、會在建築物的屋頂之間跳來跳去，有各種逃脫手段。雖然看起來參加者人數夠多就有辦法，不過參加者之中會混進盜賊方的密探攪局。
如果抓到盜賊，所有參加者都能拿到獎品；如果發現密探並抓住，抓到密探的人則可以另外領到個人獎品。

【爭奪戰】

這是將參加者分成兩隊，在守護自家陣地寶物的同時，搶奪敵隊寶物的遊戲。

不愧是講明禁用武器的遊戲，常常有人受傷。但是，看得出它有多受歡迎。

偶爾會用來解決「五號村」居民之間的糾紛。

此外，還有準備了謎題和寶物的【名推理】或參加者全都是敵人的【最後一人】等等，大概就這種感覺吧。

基本上都是免費參加，所以我也參加過好幾次。

【死神遊戲】的死神真的很恐怖。那個對心臟很不好。

這次的活動是【可疑男子】。

這是猜猜看場內有幾個可疑男子的遊戲。

所謂的可疑男子都會披上可疑男子斗篷，所以一看就知道。但是，可疑男子不會乖乖待在一個地方，如果不記住斗篷之外的特徵就會數錯，是個相當困難的遊戲。

但是，對於想把時間都拿來移動藉此幫助消化的我而言，倒是剛剛好。其實，活動內容每天早上都會寫在旅店的布告欄上，我有先確認過。

一會兒後，我們前面那一組回來了。少數人面帶笑容，多數人顯得很不甘心。

既然參加，希望能笑著結束。好啦，輪到我了。

我想，我現在應該一臉不甘心。

場內的可疑男子有七個。我回答八個。

之所以數錯，是因為中了「其中一人半途變裝」的陷阱。太奸詐了。

但是，場內好幾個角落有變裝道具，我該注意到的。由於不甘心，所以我為了再參加一次而走向待機區。

順帶一提，那個變裝的可疑男子，是白銀騎士扮演的。

今天不參加訓練沒關係嗎？啊，參加這種活動也是警衛隊的工作？原來如此。

對了對了。

之所以能免費參加的祕密，其實就藏在場內的建築物裡。

呃，這個嘛，其實也算不上什麼祕密啦，好幾棟建築物掛著看板，順便宣傳「五號村」的店。

我們這些參加者交換情報時會提到建築，像「『小黑與小雪』那棟建築的後面有可疑男子！」或「『青銅茶屋』前面的人沒有斗篷，是假的！」之類的，所以自然而然會記住店名。

還有，準備的獎品大多數是「五號村」店家的商品兌換券。

我也有一張兌換券……不過能換的是鍋子。雖然似乎是矮人打的好鍋，不過現在換了也只會礙事，我打算等要回凱山王國時再換。

太陽差不多快下山了，於是我朝著開在西側的店移動。

開在西側的店，店名叫「酒肉妮姿」。以酒和烤肉料理為主的店。

店內的氣氛有點特殊……我想大概是魔王國東方的文化吧。看似店長的女性，也穿著東方的服裝。

客人看來還不多，所以我順利入座。時機抓得正好。

這家店，有個不點菜就不能點酒的規矩，所以幾乎是強制點吃的。

每桌都有個火缽，上頭放著金屬網，客人則用這張網烤肉後沾醬料吃。這邊的沾醬也是頂級美味。

這種讓人想一吃再吃的美味，深深吸引了我。

肉品以牛、豬、羊和雞為主。可以指定種類，但是不能指定部位。

因此是以量點菜。

「麻煩牛肉來四人份。」

一人份的肉，是一個小孩子能自己吃完的份量。如果是大人，點兩人份至三人份比較適合。我能吃四人份就是了。

肉會跟著搭配的蔬菜一起端上桌。

「至於酒……就麥酒。」

白天也喝過，但應該無妨。室外喝的麥酒和店裡喝的麥酒不一樣。

順帶一提，替我點餐的店員就是我的主人，赤鐵騎士大人。

赤鐵騎士大人白天參加警衛隊的訓練，晚上則在這裡工作。東方的服裝很適合您喔。

他好像已經承認畢莉卡大人是劍聖，並且低頭請求人家鍛鍊他。

雖然已經向凱山王國領了在「五號村」停留所需的花費，但他是基於個人理由留下，所以想要以勞動賺取生活費而不使用王國給的費用。在凱山王國時無法想像他會這麼做。不過值得尊敬。

順帶一提，我老家還算富裕，所以不用為生活費發愁。

我問過主人好幾次要不要借他錢，但是他不知為何無法容忍金錢借貸，所以我被拒絕了。可能以前在金錢方面吃過苦頭吧？算啦，畢竟這是主人為數不多的優點，所以我就不勉強了。我會私底下為他加油打氣。

「不好意思～豬肉追加一人份。還有，麥酒也要麻煩追加。」

10 五間店

我老是失敗啊。該反省。

而且，我有點後悔。

在「五號村」開店的計畫，一開始預定一間。後來變成兩間，現在成了五間。

為什麼會這樣呢？事情很簡單。

居民們得知陽子確保的土地要開店後，起了糾紛。雖說起了糾紛，卻不是拒絕開店，真要說起來是希望開店。說得精確一點，則是陽子確保的那五塊土地，除了南側以外的地方都有人抗議。抗議「為什麼不在我們這邊開店」。

接獲抗議的陽子笑了笑，隨即厲聲斥責。

「在哪裡開店是村長的決定，不要在那邊鬼叫給村長添麻煩。其他地方遲早也會蓋些東西的，你們先等著。」

陽子的話雖然讓騷動平息下來，但是我打算在西側開第二間店的計畫曝光後，事情便嚴重到連陽子也笑不出來了。

「西側偷跑嗎？」

「是不是西側動了什麼手腳？」

「協調人在搞什麼？」

「我們落後了嗎？募集協力者，越多越好！」

居民爆出這樣的聲音，北側、東側和山麓同時聚集了許多人，南側和西側見狀連忙跟著聚眾，劍拔弩張的氣氛籠罩「五號村」。

看見這種情況，就算是陽子也火大了。

「這一次開店，追根究底是我將你們這些居民的要求轉達給村長，他願意聽取才有這個計畫。因為自己沒獲利就吵吵鬧鬧是存何居心！如果對村長的行事有所不滿，就給我滾出這個地方！」

陽子召集各地區代表……由於沒有明確的人選，所以是召集各地區感覺說話比較有份量的人，向他們宣布。

感覺說話比較有份量的人們慌張地解釋：

「我們對村長的行事沒有不滿，只是對南側和西側的偷跑看不過去。」

「不是不滿。我們認為自己所住的地方，不會輸給南側和西側。但是，為什麼我們所在的地方沒被選上呢？我們只是對這點感到很難過而已。」

細節多少有點差異，不過主流意見基本上就是這兩種。

「那麼，為什麼不等？村長要在南側開店，西側也在計劃中。既然如此，你們為什麼不會想到東側、北側和山麓也有計劃呢？」

陽子這麼說完，騷動就平息了。

然後，她將事情始末整理完畢後向我報告。

是的，不管怎麼想都是我的錯。

南側姑且不論，我不該輕易決定在西側也開店。

一來妮姿很有幹勁，二來南側「小黑與小雪」的目標客群明顯排除喝酒的人，所以我認為，開一間賣酒的店不會讓客層重疊，應該沒問題。
結果在「五號村」引起一場不該有的騷動，我對此深切反省。
反省不是用嘴巴講，要身體力行。
南側的「小黑與小雪」就這樣進行開店準備。雖然會稍微晚一點，但我也打算在西側、東側、北側和山麓開店。
陽子用「居民會得寸進尺」來勸阻我，但我決定強行推動。要不然，下次可能會為了開店順序而吵起來。

但是，這下子就得煩惱人手問題。
我希望以懂得讀寫計算並能夠專門負責該店的人為主。
「五號村」的居民應該能幫忙，但是懂得讀寫計算又能託付一間店的人，都已經有工作了。就算從「夏沙多市鎮」的馬菈搬救兵也有極限。
更何況，如果從「夏沙多市鎮」調走能計算的人手，在「夏沙多市鎮」負責會計的米優會生氣。就算米優不生氣，目前還是靠著瑪爾比特將加雷特王國能夠負責會計的人手介紹過來，才讓「夏沙多市鎮」的會計不足問題得到舒緩。我不能反其道而行。
那麼，該怎麼辦？一個人煩惱也沒用，所以我到「五號村」找陽子和聖女瑟蕾絲商量。
陽子提議，會計人手就叫和這次騷動有牽扯的商人負責。不能勉強人家喔。

瑟蕾絲給了個令人安心的意見，她說教會關係人士可以負責管理其中一間店。謝謝妳。但是，這樣還不夠。

在我煩惱該怎麼辦時，以護衛身分與我同行的格魯夫提議。

「從警衛隊找人如何？我記得，裡面不少人有從商經驗。還有，精靈帝國出身的人應該懂得讀寫計算。」

原來如此。

我立刻去找畢莉卡，和她商量。

「一切遵從村長旨意。」

不，我是來找妳商量的，不是命令喔。

我叫格魯夫站到中間，商量。

畢莉卡說，如果隊員想到店裡工作，可以辭掉警衛隊，也可以兼任，於是，我請畢莉卡在朝會時向隊員宣布。

最後募集到了約二十名志願者，不過朝會時立刻回答的人，只有參加警衛隊訓練的青銅騎士，以及兩名精靈帝國出身的人。

首先，青銅騎士。

你該不會打算在這裡定居吧？你不是非回去不可嗎？你會定居所以請把你從訓練中解放出來？不不

不，先等一下。用這麼消極的態度管店我會困擾的。

更何況，訓練不是強制吧？既然那麼排斥，別參加就好啦？

白銀騎士和赤鐵騎士都繼續在訓練，要是只有青銅騎士不幹就等於逃跑？

你現在不就是要逃嗎？想要冠冕堂皇的理由啊？既然如此，要不要我去叫人家放過你？問我能做什麼？呃，你這麼說我也……畢竟我是這個村子的村長，我去和畢莉卡講一聲應該就行了。

沒錯，地位在陽子之上。姑且算是。

被一把年紀的男人哭著拜託了。啊，嗯，那麼我去跟人家講一聲，讓你從訓練中解放。之後就可以隨你高興囉。

咦？願意管店？會全力以赴？雖然是貴族出身，但是有做生意的經驗，所以希望能交給你負責？

這倒是求之不得……可是沒問題嗎？不，不是做生意的實力，而是身分問題。

他拍胸脯告訴我不用在意。真的沒問題嗎？

精靈帝國出身的第一人。

「我原本是帝國皇家財務總管的女兒，自己也有開店的經驗。我不會說鍛鍊肉體和精神沒意義，但我希望能運用既有的知識和經驗對村子有所貢獻。」

她說，她原本對文武都有自信，但是跟不上警衛隊的訓練，成了吊車尾。如果可以從事商業方面的工作，希望能轉去那裡。

只是間小店，沒問題嗎？店的大小不是問題？只要生意做得好，就算不想也會變大？錄用。

精靈帝國出身的第二人。

「我是前皇族。求求您救救我。只要能逃離那些訓練，要我做什麼都行。」

什麼都行？

「是的。幸好，經過那些訓練後，我自認已經具備能忍受不講理的精神力。沒問題，不管做什麼都行！」

明明有了能忍受不講理的精神力，卻想逃避訓練？

「雖說要加個前，不過我畢竟是皇族，是公主殿下喔？但是我現在會自然而然地思考『今天能承受多少公斤啊』或『好～今天就挖個兩公尺的坑吧』之類的，好恐怖。好幾次在休假時，明明沒人要求，我卻不斷地做伏地挺身和仰臥起坐直到假期結束。請看這裡。我手臂上的肌肉。這是公主殿下的手臂嗎？不是吧？不管怎麼看都不是吧？」

啊～呃，沒問題啦。精靈的肌肉不明顯。

不過，依我的猜測……恐怕妳就算去開店還是會繼續鍛鍊肌肉。我覺得妳已經習慣成自然了。

沒這回事？算啦，這也無所謂就是了。

「所以說，錄用了嗎？」

錄用。

「非常感謝您的大恩大德。我姬涅絲塔．奇尼．金．拉格愛爾芙，向您獻上永遠的忠……抱歉，方便請教您的大名和身分嗎？……村長？這裡的？……需要情婦嗎？真的做什麼都行喔？」

哈哈哈，有這份心就好。行動就免了。不說清楚不行嗎？我不需要。

於是我將錄用的人才納入計畫，重新建構各店的經營方案。

南側，甜點與茶的店，「小黑與小雪」。

代理店長，姬涅絲塔。

原本預定由妮姿擔任的，改由姬涅絲塔負責。

我判斷這邊來自馬莅的援軍較多，就算帶頭的令人有些不安，應該也不要緊。

妮姿雖然卸下了「小黑與小雪」代理店長一職，但是我請她擔任五間店的副總經理。

順帶一提，總經理是我。

各店的店長也是我。

我其實是村長耶……

東側，這邊也是甜點與茶的店，「青銅茶屋」。

代理店長，青銅騎士。

我原本打算打造成「小黑與小雪」那樣的咖啡廳類型，但青銅騎士自豪地說他的武器是臉，於是我拿這項長處當賣點，變成類似執事咖啡廳的店。

我有點擔心居民無法接受。

從「五號村」招募的工作人員，感覺也是青銅騎士看臉選的。連我這個男人看了也認為他們很帥。

北側，「甘味堂科林」。

代理店長，聖女瑟蕾絲。

這裡則是賣煎餅與糰子。和讓人在店內飲食相比，純粹在店面販賣比較沒那麼辛苦。

瑟蕾絲雖然是代理店長，卻沒辦法常駐店裡。因此由教會關係人士輪流負責。

考慮到人手有可能不夠，於是我找上來到「大樹村」的始祖先生商量，他好像會請芙修研判是否要追加人手。

山麓，「麵屋布里多爾」。

代理店長，前精靈帝國財務總管的女兒。

這邊則是拉麵店。正好「夏沙多市鎮」的馬菈也有人想專門做拉麵，因此談得很順利。

希望此人和財務總管的女兒能齊心協力。當然，其他工作人員也一樣。
這裡很多員工是警衛隊兼職，應該比較不怕碰上麻煩吧。

西側，「酒肉妮姿」。
代理店長，妮姿。
由於是賣酒的店，所以一開始原本要當成酒館，不過顧慮到附近的酒館而改成燒肉店。不能夠只點酒類。
這也是顧慮到附近的酒館。
要配合種族準備大中小火缽，相當累。還有沾醬。
這裡的沾醬是由「一號村」居民和鬼人族女僕協力製作，從「大樹村」出貨的形式。因為用了許多「大樹村」生產的蔬菜和調味料，其他店應該學不來吧。
至於酒的部分，則是交給矮人多諾邦。交給專家處理是最佳解。
還有，赤鐵騎士好像也在這間店工作。他和想當正職的青銅騎士不一樣，感覺上比較接近打工，似乎是為了賺待在這裡的生活費。一來目的明確，二來妮姿說想錄用他，所以沒問題。
如此這般，經歷一番辛苦後，五間店開張了。
每間店的生意看來都不錯，讓我鬆了口氣。

然後，我原本想以行動表達反省之意……卻也有令我後悔的地方。

那就是原料。

特別是甜點用的小麥、砂糖、茶葉、煎餅與糰子用的糯米。

今年、明年還可以靠「大樹村」的存貨應付過去，後年就難說了。

因此，必須擴張「大樹村」的田。目前，我正在努力。

閒話　加雷特王國的動搖

我的名字叫阿席利亞納．加雷特。加雷特王國的國王。

聽到國王這個詞，大概會有人誤以為我大權在握可以隨心所欲，然而這個身分沒那麼簡單。

一個判斷錯誤，就會讓眾多國民受害。就算判斷正確，也有可能讓國民受害。沒人告訴我正確答案。

雖然有人可以諮詢，最後的決斷依舊非得自己來不可。

所謂君王，其實是一種既痛苦又孤獨的身分。

但是，我們加雷特王國的國王，確實比他國君王來得輕鬆。

因為，這裡有打從建國時就與我們並肩同行的天使族。

天使族不會積極介入國家營運。但是，當我們有困擾時，她們會笑著接受我們的諮詢。

她們是長命種族，所以知識豐富，更具備不會將知識用在錯誤之處的智慧。

我們王國與天使族同在，永遠屹立不搖。

正當我這麼想時，卻聽到某個傳聞。

據說天使族要移居。

這並不是什麼值得驚訝的內容。天使族之里的位置，五十年前也換過。既然有前例，就沒什麼好慌張的。

必須安排人手幫忙搬家，以及籌備慶祝喬遷事宜。

我命令部下去找資料。

傳聞的後續來了。

內容是天使族移居地點在加雷特王國之外。

「不可能。」

我下了這樣的結論。

天使族要搬離加雷特王國，代表她們要清算和加雷特王國之間的關係。這種事有可能嗎？

確實，若論地位高低，天使族遠比加雷特王國來得強勢。然而，雙方的關係沒有淡薄到天使族會一句話都不說就走。
換句話說，這是假情報。一定是他國的計謀，想讓我國陷入混亂。
對方是誰？魔王國嗎？不，最近魔王國很老實。
這麼一來……最可疑的果然是鄰國嗎？
儘管有和魔王國接壤，但我國並未積極發動攻勢。
加雷特王國接受後方國家支援卻擺出這種態度，鄰國對此一直很不滿，而且從未隱瞞。
大概是為了讓我國認真，所以想挑撥我國和天使族的感情，並且假裝成魔王國幹的吧。
不可原諒。
無論是誰，都有一條一旦越界就會發怒的線。就算是國家也一樣。
而且，我們加雷特王國的憤怒界線，正是天使族相關事宜。
我要讓想出這種計謀的國家遭受報應，國內協助這種計謀的傢伙也逃不掉。
我從相熟的天使族那裡得到情報。對方表示，傳聞是真的。
好像是天使族族長瑪爾比特大人和輔佐長琳夏大人計劃移居的樣子。
…………
又來了～天使族兩大巨頭都要移居，這種事根本不可能嘛。
有證據嗎？對方說，那兩位似乎想把天使族珍藏的世界樹幼苗帶出去。

原來如此。

…………………………

怎麼可能？真的要搬家？搬離加雷特王國？

我連忙試著聯繫天使族的族長和輔佐長，卻發現一件事。

發現得太晚了。

我們加雷特王國和天使族的往來，一直是由擔任天翼巫女一職的天使族代表她們全族。

這個天翼巫女呢，數年前突然從琪亞比特大人換成一位從沒聽過的葛比特。

我和那位叫葛比特的打過招呼，但對方當時用兜帽把臉遮住。

從名字聽來，大概是瑪爾比特大人與琪亞比特大人的親戚……但是我直到現在都沒見過對方的尊容。

彼此之間的往來，一直是由輔佐長琳夏大人代理。

……換句話說，天使族是認真的。

想必她們從數年前就計劃拋棄加雷特王國。

琪亞比特大人對我們很好，所以被撤職了。

怎麼辦？沒了天使族，我國還撐得住嗎？

辦不到。

我國的信用，大半是因為有天使族。一旦天使族離開，國家就無法維持下去。

既、既然如此，不管動用什麼手段都要挽留天使族。

除了挽留別無他法。

數個月後。

好不容易才留住天使族。太好了。這下子國家就保住了。

可是……

「真是不簡單耶。」

「是啊，嚇了我一跳。」

「沒想到，年過六十的國王，居然在地板上打滾耍賴……」

「天使族的諸位也非常驚訝呢。」

「那不是傻眼嗎？」

「就當成是驚訝吧。」

令人懊悔的是，我的評價成了犧牲品。

還有，那邊的大臣、警衛和女僕。我都聽得到，所以講話再小聲一點。

間話　某國的復仇者

我成了某椿案件的犯人，遭到處刑。

確實，我有些可疑的舉動。這點我承認。

除了我以外沒有嫌疑犯，這點我也明白。

然而，我不是犯人。

我發誓要對將我當成犯人處刑的國家復仇。名字我拋棄了。

不過，雖說要復仇，但我到底該怎麼做才好？

讓國家崩潰？不，私人恩怨不該殃及無關的普通居民。

復仇對象是國家，但是我希望範圍限定在那些要我頂罪的人身上。這麼一來，就是國王了吧。

復仇者也有復仇者的自尊（Pride）。

打從想要復仇算起，已經過了五十年。

但是，我的復仇之火並未變弱，反而燒得更為旺盛。

這五十年來，我把握住每一刻，進行復仇準備。

明天……對，明天就要讓大家看見我的成果。

今天有可能興奮得睡不著，但是腦袋昏昏沉沉有可能導致復仇失敗。好好睡一覺吧。

隔天。

我確認過自己的身體狀況後，決定實行復仇計畫。

進入王城的路線已經確保……怪了？有牆？之前這地方沒有什麼牆啊？

「不好意思。那邊的警衛兵啊，這面牆是怎麼回事？」

「這面牆？喔，之前有洞的那個地方啊？好像有王子利用那個洞溜出去，所以堵起來了。」

原來如此，真是好動的王子呢。

呵，沒什麼，入侵路線不止一條。只要從其他地方……怪了？這邊也有牆？

「那邊的警衛兵啊。這邊的洞也是？」

「是啊，為了防止王子偷溜而堵住啦。」

…………

把那個王子加進復仇名單吧。妨礙我復仇的人，就是我的復仇對象。

儘管費了點力氣，我總算成功進入王城。

於是，我就這樣前往王座廳……怪了？國王不在？

「那邊的女僕啊。國王上哪兒去啦？這個時間他應該在王座廳才對吧？」

「啊～是慣例的那個吧。」
「慣例的那個？」
「蹺掉工作逃跑了。」
…………
太沒有國王的自覺了！
「真是的！警衛兵、警衛兵在嗎！國王逃了！把他抓起來！」
在我的指揮下，成功抓住國王。
然後，他被帶到我面前。
「國王啊，先前我應該已經說過，今天有重要的話要告訴你，你逃跑是什麼意思啊？」
「不、不是啦，呃，你所謂重要的話就是那個吧？」
「你注意到啦？」
「是啊。但是，身為國王……實在不能接受你的……不能接受宰相的退休要求。要是沒有你，這個國家要怎麼辦？這個國家是因為有你才能撐到現在耶！」
「哼哼哼……這就是我的復仇！」
參與國政，占據重要職位，然後放棄——於是我的復仇就此完成！
「不，你的復仇對象是我爺爺吧？他不是已經死了嗎？」

沒錯，復仇對象已經死了。

為了讓他活久一點，我試過很多手段，他卻自顧自地死了……可惡。

不過，幸好他的孫子還健在。

「我認為，在繼承王位的同時，你也繼承了接受我復仇的義務。」

「我放棄這種義務。真要說起來，你懷恨在心的話趁我爸爸在位時下手不就行了嗎？我聽說十年前叛亂騷動時，你可是挺身奮戰守護爸爸耶。」

「愚蠢。要是國家滅亡，不就沒辦法復仇了嗎？」

「你的復仇內容，只是進了女生房間如何如何的無聊事吧？爺爺和爸爸不是都宣布過那件事你無罪了嗎？」

「才不是無聊事！那個案件害得我被喜歡的人討厭，人生因此被糟蹋！就算事後說無罪，我的戀愛也不會回來！」

「這些話，你敢對現在的夫人說嗎？」

「哪說得出口啊！所以才選在今天！因為我老婆回自家領地了！」

「你要退休的事，夫人知道嗎？」

「哼。再怎麼說我也年過六十了。老婆也說我差不多該把位置讓給後進，所以沒問題。」

「那是要你培育後進的意思吧？你根本沒培育繼承人嘛。」

「培育後進就算不上復仇了吧！」

「所以不能讓你退休啊！好啦，退休就別提了，不然我向夫人打小報告喔。你這場牽扯到初戀的復仇也會一併告訴她。」

「才、才不是初戀！」

我的復仇失敗了。

但是，我不會放棄。這點小事無法撲滅我的復仇之火。

啊，不，我對現在的妻子沒有不滿。我很感謝在那樁案件中維護我的她。

嗯，不過這跟那是兩回事。

Farming life
in another world.
Presented by Kinosuke Naito
Illustration by Yasumo

10

登場人物辭典

Characters
Isekai Nonbiri Nouka

◉人類

【街尾火樂】
穿越者暨「大樹村」村長，在異世界努力從事過去夢想的農業。

【畢莉卡・溫埃普】
年紀輕輕就拜入劍聖門下。展現才華後，因為道場出了麻煩而成為道場主人。為了擁有與劍聖稱號相符的強大，正在修練劍術。

◉地獄狼族

【小黑】
村內地獄狼的代表，也是狼群的首領。喜歡番茄。

【小雪】
小黑的伴侶。喜歡番茄、草莓與甘蔗。

【小黑一／小黑二／小黑三／小黑四　其他】
小黑與小雪的孩子們，排行一直到小黑八。

【愛莉絲】
小黑一的伴侶。優雅恬靜。

【伊莉絲】
小黑二的伴侶。個性活潑。

【烏諾】
小黑三的伴侶。應該很強。

【耶莉絲】
小黑四的伴侶。喜歡洋蔥。性情凶暴？

【吹雪】
小黑四與耶莉絲的孩子。是變異種的冥界狼。全身雪白。

【正行】
小黑二與伊莉絲的孩子。有多位伴侶，是隻後宮狼。

◉惡魔蜘蛛族

【座布團】
村內惡魔蜘蛛的代表，負責製作衣物。喜歡馬鈴薯。

【座布團的孩子】
座布團所生的後代。一部分會於春天離家旅行，剩下的留在座布團身邊。

【枕頭】
座布團的孩子。第一屆「大樹村」武鬥會的優勝者。

◉諾斯底蜂種

【蜂】
村裡飼養的蜜蜂。與座布團的孩子維持共生（？）關係，為村子提供蜂蜜。

◉吸血鬼

【露露西・露】
村內吸血鬼的代表，別名「吸血公主」。擅長魔法，喜歡番茄。

【芙蘿拉・薩克多】
露的表妹。精通藥學，正在努力研究味噌與醬油。

【始祖大人】
露和芙蘿拉的祖父。科林教的首領，人們稱他為「宗主」。

◉鬼人族

【安】
村內鬼人族的代表兼女僕長。負責管理村裡的家務。

【拉姆莉亞斯】
鬼人族女僕之一。主要負責照顧獸人族。

◉天使族

【蒂雅】
村內天使族的代表，別名「殲滅天使」。擅長魔法，喜歡黃瓜。

【格蘭瑪莉亞／庫德兒／可羅涅】
蒂雅的部下，以「撲殺天使」的稱號聞名。不時要負責抱著村長移動。

【琪亞比特】
天使族族長的女兒。

【蘇爾琉／蘇爾蔻】
雙胞胎天使。

【瑪爾比特】
琪亞比特的母親。天使族族長。

【琳夏】
蒂雅的母親。

◉蜥蜴人

【達尬】
村內蜥蜴人的代表。右臂纏有布巾，力氣很大。

【娜芙】
蜥蜴人之一。主要負責照顧二號村的半人牛族。

◉高等精靈

【莉亞】
村內高等精靈的代表，以旅行兩百年所培養出的知識，負責村子的建築工作（？）。

【莉格涅】
莉亞的母親。相當強。

【莉絲／莉莉／莉芙／莉柯特／莉婕／莉塔】
莉亞的血親。

【菈法／菈莎／菈菈薩／菈露／菈米】
跟莉亞她們會合的高等精靈。

加爾加魯德魔王國

【魔王加爾加魯德】
魔王。照理說應該很強才對。

【比傑爾．克萊姆．克洛姆】
魔王國四天王之一，負責外交工作，封伯爵。勞碌命。傳送魔法使用者。

【葛拉茲．布里多爾】
魔王國四天王之一，負責軍事工作，封侯爵。雖是軍略天才卻喜歡上前線。種族是半人牛。

【芙勞蕾姆．克洛姆】
村內魔族暨文官少女組的代表。暱稱「芙勞」，是比傑爾的女兒。

【優莉】
魔王之女。擁有未經世事的一面，曾在村子住過幾個月。

【文官少女組】
優莉跟芙勞的同學兼朋友。在村裡擔任芙勞的部下非常活躍。

【菈夏希．德洛瓦】
文官少女組之一，伯爵家的千金。主要負責照顧半人馬族。

【荷．雷格】
魔王國四天王，負責財務工作。暱稱「荷」。

龍

【德萊姆】
在南方山脈築巢的龍，別名為「守門龍」。喜歡蘋果。

【葛菈法倫】
德萊姆的夫人，別名「白龍公主」。

【拉絲蒂絲姆】
村內龍族代表，別名「狂龍」。是德萊姆和葛菈法倫的女兒。喜歡柿餅。

【德斯】
德萊姆等人的父親，別名「龍王」。

【萊美蓮】
德萊姆等人的母親，別名「颱風龍」。

【哈克蓮】
德萊姆姊姊（長女），別名「真龍」。

【絲依蓮】
德萊姆姊姊（次女），別名「魔龍」。

【馬克斯貝爾加克】
絲依蓮的丈夫，別名「惡龍」。

【海賽兒娜可】
絲依蓮和馬克斯貝爾加克的女兒，別名「暴龍」。

【賽琪蓮】
德萊姆的妹妹（三女），別名「火焰龍」。

【德麥姆】
德萊姆的弟弟。

【廓恩】
德麥姆的妻子。父親是萊美蓮的弟弟。

【廓倫】
賽琪蓮的丈夫。廓恩的弟弟。

【古拉兒】
暗黑龍基拉爾的女兒。

【火一郎】
火樂與哈克蓮的兒子。人類與龍族的混血。

【基拉爾】
暗黑龍。

◉古惡魔族

【古吉】
德萊姆的隨從，也是相當於智囊的存在。

【布兒佳／史蒂芬諾】
古吉的部下。現在擔任拉絲蒂絲姆的傭人。

◉惡魔族

【庫茲汀】
四號村的代表。村內惡魔族的代表。

◉獸人族

【格魯夫】
來自好林村的使者。照理說應該是一名很強的戰士。

【賽娜】
村內獸人族的代表，從好林村移居至大樹村。

【瑪姆】
獸人族移民之一。主要負責照顧樹精靈族。

【戈爾】
幼年時移居至大樹村的三個男孩之一。個性認真。

【席爾】
幼年時移居至大樹村的三個男孩之一。容易衝動。

【布隆】
幼年時移居至大樹村的三個男孩之一。做事可靠。

◉長老矮人

【多諾邦】
村內矮人的代表。最早來到村裡的矮人，也是釀酒專家。

【威爾科克斯／庫洛斯】
繼多諾邦之後來到村子的矮人，也是釀酒專家。

◉夏沙多市鎮

【麥可・戈隆】
人類。夏沙多市鎮的商人，戈隆商會的會長。極其正常的普通人。

【馬龍】
麥可先生的兒子。下任會長。

【提特】
馬龍的堂弟。戈隆商會的會計。

【蘭迪】
馬龍的堂弟。戈隆商會的採購。

【米爾弗德】
戈隆商會的戰鬥隊長。

●？？？

【阿爾弗雷德】
火樂與吸血鬼露所生的兒子。

【蒂潔爾】
火樂與天使族蒂雅所生的女兒。

【露普米莉娜】
火樂和吸血鬼露的女兒。

【奧蘿拉】
火樂和天使族蒂雅的女兒。

●山精靈

【芽】
村內山精靈的代表，是高等精靈的亞種（？）。擅長建築土木工程。

●半人蛇

【裘妮雅】
南方迷宮統治者。下半身為蛇的種族。

【絲涅雅】
南方迷宮的戰士長。

●半人牛

【哥頓】
村內半人牛族的代表，是身軀龐大而且頭上長牛角的種族。

【蘿娜娜】
派駐員。魔王國四天王之一的葛拉茲為她著迷。

●半人馬

【古露瓦爾德・拉比・柯爾】
村內半人馬族的代表。是一種下半身為馬的種族，腳程飛快。

【芙卡・波羅】
雖是男爵，卻是個小女孩。

●樹精靈

【依葛】
村內樹精靈族的代表。是一種能變成樹樁和人類模樣的種族。

●其他

【史萊姆】
在村子裡的數量與種類日益增加。

【牛】
分泌牛奶，不過牛奶產量不像原世界的牛那麼多。

【雞】
提供雞蛋，不過雞蛋產量不像原世界的雞那麼多。

【山羊】
分泌山羊奶。一開始性格狂野，但後來變乖了。

【馬】
為了讓村長移動用而購買的。對古露瓦爾德抱持競爭意識。

【酒史萊姆】
村內的療癒代表。

【死靈騎士】
身穿鎧甲的骷髏，帶著一把好劍。劍術高手。

【土人偶】
烏爾莎的隨從。總是努力打掃烏爾莎的房間。

【貓】
火樂撿回來的貓。充滿謎團的存在。

◉大英雄

【烏爾布拉莎】
暱稱烏爾莎。原為死靈王。

◉巨人族

【烏歐】
渾身長滿毛的巨人。性情溫厚。

◉墨丘利種（人工生命體）

【葛沃・佛格馬】
太陽城城主輔佐。初老。

【貝爾・佛格馬】
種族代表。太陽城城主首席輔佐。女僕。

【阿薩・佛格馬】
太陽城城主的專屬管家。

【芙塔・佛格馬】
太陽城的領航長。

【米優・佛格馬】
太陽城的會計長。

◉九尾狐

【陽子】
活了數百年的大妖狐。據說戰鬥力與龍族相當。

【一重】
陽子的女兒。已經誕生百年以上，不過還很幼小。

◉妖精

【妖精】
有翅膀的光球（乒乓球大小）。喜歡甜食。村裡約有五十隻。

【人型妖精】
嬌小的人型妖精。村裡約有十人。

【妖精女王】
人類樣貌的妖精女王。成年女性，高個子。人類小孩的守護者，在人界受到許多人尊崇。但是，龍不擅長應付妖精女王。

◉不死鳥

【艾基斯】
圓滾滾的雛鳥。跑步比飛行快。

◉蛇神族 NEW

【妮姿】
修得人身的蛇。同時也是蛇神的使徒，能夠和蛇對話。

Farming life
in another world.
Presented by Kinosuke Naito
Illustrated by Yasumo

異世界
悠閒
農家

後記

呃～首先，請想像一位《異世界悠閒農家》裡喜歡的角色。我知道座布團和小黑很受歡迎，不過人型角色比較沒問題。

再來，請想像一下那位角色握拳擺出勝利姿勢，或是做出其他展現喜悅的姿勢。

最後，讓那位角色說出下面這句台詞。

「恭喜《異世界悠閒農家》第十集發售！」

（語尾請配合角色修改。）

呼，做到了。

當初的目標是出書達到兩位數。還記得看見第一集標題後面寫著01時，自己還「咦」了一下。

因為，如果大概五集就結束，十位數的0該怎麼辦？就看成是當時那位編輯對我的期許吧。或許因為設計上的問題，不標成01感覺不對，但我不會在意。

然後呢，我要對沒有白費工夫的十位數那個0說聲辛苦了。嗯，私下小聲說。

下個目標是第十一集呢。嗯，我不會說大話。第十一集。一集一集確實地前進很重要。我最喜歡腳踏實地。

我不排斥誇下海口訂個大目標鼓舞自己的人，但是這種作風不適合我。最了解我的人就是我自己。我絕對會被壓力打垮。

所以，我會一邊看準安全線一邊訂立目標。沒錯，是以能夠達成為前提。畢竟寫這篇後記時，我已經在寫下一集的原稿了嘛。呵呵呵。

唉呀，還有空間呢。

那麼，就當成自由閒聊時間吧。

呃……我擅自把某部作品當成競爭對手。原以為勝負在伯仲之間，但對方已經發表動畫化消息了。

咻～不愧是我的勁敵。真厲害耶～今後也要走在前面繼續當我的勁敵喔！

…………

騙人的。我非常不甘心。甚至會悶悶不樂。真是的，怎麼能輸。就算把靈魂賣給惡魔，我也要超過對方！

「咦？把靈魂賣給惡魔就是寫悠閒的內容？」

雖然不知道是誰，不過謝謝你的冷靜吐嘈！我平靜下來了。

擅自當人家是勁敵，擅自悶悶不樂，擅自把靈魂賣給惡魔。根本莫名其妙嘛。

我會以自己的步調為重，今後也想繼續撰寫悠閒的作品。

今後，也請各位多多支持。

內藤騎之介

作者 內藤騎之介
Kinosuke Naito

大家好，我是內藤騎之介。
一顆在情色遊戲農田裡收成的圓滾滾鄉下土包子。
過著有大量錯字漏字的人生。
還請多多指教。

插畫 やすも
Yasumo

有時玩遊戲，有時畫圖。
是一位插畫家。
希望自己能創作出更多元的題材。

異世界
悠閒
農家

10

火樂&露的下集預告閒～聊

大家好，我是露露西·露。十集達成，幹得好！

我是村長火樂。十集達成，這都是多虧了各位讀者！

今後也請多多指教。

還請各位繼續奉陪。

不過，沒想到會撐過十集呢。

不不不，我本來就覺得能撐下去喔。畢竟每一本都有露的活躍嘛。

謝謝。不過，我的戲分可沒有你誇獎的那麼多喔。很遺憾。

怎麼會。妳明明這麼漂亮又有趣。

我只能說，戲分是被你的活躍搶走的。

哈哈哈。那麼，問候就到這裡，該來做下集預告了！

即將發售！

Next
Farming life
in another world.

好好好，呃……下一集古拉兒的媽媽要登場了。

古拉兒的媽媽，也就是基拉爾的妻子。

會不會又來一頭特色鮮明的龍呢？

妳說特色鮮明，但我覺得沒有耶。

試著想一下目前待在村裡的龍。

……這話題很危險，換一個！

了解。再來……還有阿爾弗雷德他們去魔王國王都的事呢。

為了進貴族學園就讀嘛……要變冷清了。

是啊。不過，還有留在村裡的孩子們，別忘記囉。

當然。就是這樣，下次的第十一集也請多指教！

請多多指教！

轉生就是劍 1~5 待續

Kadokawa Fantastic Novels

作者：棚架ユウ　插畫：るろお

直擊隱藏於地下城最深處的
黑貓族進化之謎！

師父與芙蘭得到情報指出有人知道黑貓族的進化方法，那人正是置身地下城最深處的地下城主。芙蘭為了達成進化的目標四處奔走，卻在地下城內碰上有如天羅地網的高難度陷阱，以及冒險者之間的欺瞞妨礙與殺人行為……

各 **NT$250~280/HK$83~93**

SWORD ART ONLINE
刀劍神域
Unital ring IV
025
川原 礫
插畫／abec
SWORD ART ONLINE
Kadokawa Fantastic Novels

轉生後的我成了英雄爸爸和精靈媽媽的女兒 1~7 待續

Kadokawa Fantastic Novels

作者：松浦　插畫：keepout

艾齊兒的女兒艾米爾在鄰國下落不明!?
鄰國海格納卻進行著一樁可怕的陰謀！

我是還在修行的女神艾倫。爸爸的宿敵艾齊兒的女兒艾米爾在鄰國下落不明。腹黑陛下求助我們幫忙，我們也決定用精靈之力幫他。但在同一時間，鄰國海格納卻進行著一樁可怕的陰謀——「艾倫會因你而死。」家族牽絆更穩固的第七集！

各 **NT$200~220/HK$67~73**

熊熊勇闖異世界 1~16 待續

Kadokawa Fantastic Novels

作者：くまなの　插畫：029

冒險再度展開！
以新組合踏上旅途——

優奈想起以前取得的神祕礦石「熊礦」，為解開它的謎團而與菲娜一起朝矮人之城出發！兩人在精靈村落迎接露依敏的加入，以前所未有的組合踏上旅途。此外，再次與傑德的隊伍重逢後，矮人之城似乎還發生了頗具異世界風情的事件？

各 NT$230~280/HK$75~93

半獸人英雄物語 忖度列傳 1~3 待續

Kadokawa Fantastic Novels

作者：理不尽な孫の手　插畫：朝凪

霸修被矮人族少女求婚？
還將參加奪冠就能實現願望的大賽。

「麻煩你成為我的鬥士！」半獸人英雄霸修來到矮人國，被矮人族少女普莉梅菈求婚（？）了。霸修後來得知只要在普莉梅菈有意參賽的「武神具祭」奪冠，便能實現任何願望——霸修決定成為鐵匠普莉梅菈的鬥士，將在大賽中理所當然地一路晉級！

各 **NT$220/HK$73**

國家圖書館出版品預行編目資料

異世界悠閒農家/內藤騎之介作 ; Seeker譯. -- 初版.
-- 臺北市 : 臺灣角川股份有限公司, 2022.02-
冊 ; 公分
譯自 : 異世界のんびり農家
ISBN 978-626-321-211-4(第9冊 : 平裝). --
ISBN 978-626-321-782-9(第10冊 : 平裝)

861.57 110021309

Kadokawa
Fantastic
Novels

異世界悠閒農家 10

（原著名：異世界のんびり農家 10）

2022年9月26日 初版第1刷發行
2023年4月25日 初版第2刷發行

作者：內藤騎之介
插畫：やすも
譯者：Seeker
發行人：岩崎剛人
總編輯：蔡佩芬
編輯：楊芫青
美術設計：莊捷寧
印務：李明修（主任）、張加恩（主任）、張凱棋
發行所：台灣角川股份有限公司
地址：104台北市中山區松江路223號3樓
電話：（02）2515-3000
傳真：（02）2515-0033
網址：www.kadokawa.com.tw
劃撥帳戶：台灣角川股份有限公司
劃撥帳號：19487412
法律顧問：有澤法律事務所
製版：巨茂科技印刷有限公司
ISBN：978-626-321-782-9